意义的浓汤与文学的筋腱

邱晓林 著

四川大学出版社

图书在版编目（CIP）数据

意义的浓汤与文学的筋腱 / 邱晓林著. — 2 版. — 成都：四川大学出版社，2024.4
ISBN 978-7-5690-6595-4

Ⅰ. ①意… Ⅱ. ①邱… Ⅲ. ①文艺评论－世界－文集 Ⅳ. ① I106-53

中国国家版本馆 CIP 数据核字（2024）第 051620 号

书　　名：意义的浓汤与文学的筋腱
　　　　　 Yiyi de Nongtang yu Wenxue de Jinjian
著　　者：邱晓林

选题策划：黄蕴婷
责任编辑：黄蕴婷
责任校对：张伊伊
装帧设计：胜翔设计
责任印制：王　炜

出版发行：四川大学出版社有限责任公司
　　　　　地址：成都市一环路南一段 24 号（610065）
　　　　　电话：（028）85408311（发行部）、85400276（总编室）
　　　　　电子邮箱：scupress@vip.163.com
　　　　　网址：https://press.scu.edu.cn
印前制作：四川胜翔数码印务设计有限公司
印刷装订：四川省平轩印务有限公司

成品尺寸：152mm×230mm
印　　张：18
插　　页：2
字　　数：213 千字

版　　次：2019 年 11 月 第 1 版
　　　　　2024 年 4 月 第 2 版
印　　次：2024 年 4 月 第 1 次印刷
定　　价：78.00 元

本社图书如有印装质量问题，请联系发行部调换

版权所有 ◆ 侵权必究

扫码获取数字资源

四川大学出版社
微信公众号

行走在边缘域的四川散人

王逸群

晓林兄号称四川散人，好像有点不务正业，这部文集即是明证。

确切些说，这是部公众号文章合集，辑录了晓林兄近两年发布在其微信公众号"龙三听说"上的文章。它们既不普及知识、博取流量，亦非晾晒论文的边角料，而只是聊聊我们日常的文学阅读都不免遭遇的一些问题。

阅读是无用之用，由之而来的困惑，也便显得更"卑微"，更容易随手放过去。不过，也许我们都曾有这样的时刻：当书翻到某页，或怅然若失，或心神激荡，某物会悄然击中我们——就像走夜路时被什么轻轻绊了一下，心里不禁一颤，那时，我们希望能探身到一团漆黑中，把那绊住我们的东西捞起来。

令人遗憾的是，今天的文学批评无意做这样的事情，反而教我们忘记那一丝丝幽玄的感受，教我们抹除文学作品以其肉身撞击我们的种种瞬间，以理智的名义，以高级的理由。形式论的 X 光技术越来越发达,文化研究简直要一统天下。可是,文学呢,文学作品的血肉在哪儿呢?用晓林兄的话说,当今的文学研究精于熬制种种"意义的浓汤",就是想捞点肉渣也捞不起来了。而一个更要命的问题是,若是喝惯了意义的浓汤,你还嚼得动文学的筋腱吗?

这个时代从来不缺文学阐释,缺的是能直面困惑,照亮作品也照亮读者幽微体验的阐释,缺的是清明、朗澈、直击性命的阐释,自由的、痛快的、明心见性的阐释。想想我国古代文人,他们不是极擅此道吗?晓林兄的射洪老乡,唐人陈子昂评东方虬的《咏孤桐篇》,寥寥十六字,便豁然道出此文的艺术质地,让人神往不已:

"骨气端翔,音情顿挫,光英朗练,有金石声。"

东方虬此文想来有古意,而陈子昂的评价亦有古意。这也提醒我们,好的文学批评,除了要烛照我们的阅读体验,也必有自身的气质和风度——它本身即是一种动人的存在。这是多么自然而然的道理:只有一个带着充沛的感受力率然出场的个人——而非复数的我们,才能辨识出任何杰作都各自拥有的意味深长的表情。阐释并不是将作品钉死在墙上,交付我们确定的知识,而是以某种存在风度通达作品,让我们有所响应,以自身的方式有所响应。

晓林兄正是这样的阐释者,文集里那些长长短短的文章——恕我不单独举例,你只需读上几页,就能呼吸到另外一种空气,那是在当代阐释中罕见的、有益健康的空气。当然,从形式上说,这些文字也只是兴之所至的闲谈而已——论文写作之外的另一种文体,另一种兴味。这样的表述,也使晓林兄更自如地收集文学作品中的"边缘域"。

他有意识地与这样的批评保持距离:像训练有素的侦探一样,将文学作品视为已完成的存在,进而汇聚诸种可疑的细节,以某个贯通解释办理结案手续。相反,他将作品中的世界视为一个永远躲躲闪闪的、无法穷尽的世界,他所做的,只是去拓展它的边界,为它增加存在的深度和厚度。这也为我们在作品中找到切己的意义通道提供可能。

1886年,音乐指挥家布鲁诺·瓦尔特前往奥地利的阿特湖拜访作曲家古斯塔夫·马勒,当他凝视地狱山脉的断崖时,马勒说道:"你不需要再看那些悬崖了——我已经摧毁了它们,它们已被我编进了乐曲中。"

若在文学批评,这是多么可怕的笃定。

晓林兄在《暴风雪、迷雾和深不可测的峡谷》中谈莱蒙托夫的几句话,可以拿来作一比照:

"而莱蒙托夫引人注意之处,或许就在于他处理自然的方式。不,不能说他'处理'自然,如是,他就不是莱蒙托夫了。在《当代英雄》中,高加索的风貌,尤其是那些深不可测的峡谷,对于莱蒙托夫来说,或许就是列维纳斯所说的'存在的脓肿'。固然,它们也作为背景,衬托了主人公毕巧林的'高深莫测',但更引人注目的,是它们自身的'高深莫测'……"

《当代英雄》中的自然描写构成了小说的边缘域,正如晓林兄这三十几篇文章,显然也处于批评界的边缘域。不过,这有什么关系呢?如果它们不仅是阐释,也见证了那些被问题所牵引、所充实的瞬间,容我抒情一点,可否说,它们也构成了一种存在方式的明证？

当然，可能你还是要问：说到底，晓林兄驱散了总是环绕着文学阅读的哪些迷雾？其表达又有何种风度？它属于那个长发飘飘的晓林兄，还是剃了光头的晓林兄？

就请翻到下一页吧！

目 录

意义的浓汤与文学的筋腱 /1

"意义大餐"的致命诱惑 /5

《红与黑》里的意象人生 /13

决斗及服装与阶级及虚无主义之关系 /24

尼采和瓦格纳的那点事儿 /28

珍惜生命，远离大师 /35

没有比只爱一个人更肉体的了 /40

要是你的那个他/她突然消失，你会怎么样？ /44

你有没有可能背叛一个你至爱的人？ /50

你可能谈了一场假的恋爱 /55

一早出门，花儿对你笑了吗？ /61

感觉的汪洋与自我的堤坝 /68

暴风雪、迷雾和深不可测的峡谷 /75

伊凡·伊凡内奇的别墅人生 /90

如果你的生命就是那张驴皮 /94

"孤零零"的存在和夜色中的苍杉 /99

现代主义的"葵花宝典"及其版权问题 /103

终究未能免俗的弗吉尼亚·伍尔夫 /108

在劫难逃：马尔克斯教你如何"杀人" /114

"古老的敌意"和一只八哥的故事 /120

《变形记》：一次"愿望的达成" /125

生命中那些不可阉割的暧昧 /135

卡弗：不可承受的叙述之轻 /143

《纯真博物馆》：一桩模仿创世的矫情悲剧 /150

我读《悲伤或永生：韩东四十年诗选》 /160

要汉堡，还是要蜗牛？ /166

从格里耶的新小说到毕赣的凯里叙事 /179

从波洛克的焦虑到 AI 艺术问题 /185

逻辑能力和自我塑形 /191

歌德的出场 /196

海子，现代诗，汉语风度，自我重复 /200

现代诗为什么晦涩？ /205

现象学"乱劈柴" /212

尼采也有认怂的时候 /222

VR 的世界里每个人都是唐璜 /233

西方现代小说的起点：《包法利夫人》 /243

后　记 /278

再版后记 /279

意义的浓汤与文学的筋腱

读到卡夫卡的微型小说《绿龙的造访》，感其妙造，不忍独享，遂照录如下：

"门开了，绿色的龙进入房间里，精力充沛，两边圆滚滚的，没有足，用全部下部移动进来。我请它全身进来，它表示遗憾说，它太长了，所以没有办法办到。于是不得不让门就这么开着，这是够难受的。它半不好意思，半带点狡猾地微笑着，开始说道：'由于你的渴望的感召，我从远方爬了过来，我身体下部都已擦伤了。可是我情愿。我乐意前来，乐意向你展示我。'"

这几乎是我读到过的最美丽的故事，要知道，像"美丽"这样的形容词我是极其慎用的，但我觉得这个故事就是"美丽"一词的最好的"客观对应物"。奇怪的是，我是很久以后才想起来我们有一个《叶公好龙》的故事的，是因为卡夫卡的龙没有足的缘故吗？想了一下，应该不是，而是因为它恰到好处的戛然而止。

或许有人既不满意卡夫卡的写法，也不满意我的反应，而是要问："这故事有什么意义呢？"是啊，它有什么意义？是不是至少得像《叶公好龙》那样，来个"是叶公非好龙也，好夫似龙非龙者也"一类的总结？然而我却没有这个焦虑，我不必去想它有什么意义就心满意足地享受它了，尽管卡夫卡本人可能确想表达点什么意义，或者卡夫卡专家们可以从里面读出多重意义。

其实还有很多我没搞懂意义但记忆深刻的文学作品。就艾略特那首惊世骇俗的《荒原》来说，虽然我可以就它的"现代性"故作深沉地讲上半天，但全部意义比画都敌不过原诗中的一个问句来得令人印象深刻："去年你种在花园里的尸首抽芽了吗？今年它会开花吗？"当年读至此句，一句"我×！"冲口而出，一个水杯应声落地。

诗人柏桦有一首小诗，开头写道："这是纤细的下午四点/他老了/秋天的九月，天高气清/厨房安静/他流下伤心的鼻血。"初读时感觉难以言表，恍惚间忆起儿时在外面玩耍饿了，跑回厨房找东西吃，但终于没找到任何可吃的东西时，回头望见阳光穿过头顶上的亮瓦，像根柱子似的投射下来，万千微尘当空狂舞，四周一片死寂。

海子有一首诗叫《打钟》，陈东东说他看一遍就背下来了，我背不全，但也永远记住了这样的句子："一只神秘生物/头举黄金王冠/走于大野中央"。或者我当年那些写诗的哥们儿的句子："孤零零的地里站着一颗梨/它想到了秋，想到了秋便欲罢不能"。或是："我走过你埋在土里的笑/它像喷泉一样痉挛"。往事如烟，只有这些句子还像舍利子一样闪闪发光。

当年，那些自作聪明的读者把"臭"名昭著的《洛丽塔》解读为"古老的欧洲诱奸了年轻的美国"，或是"年轻的美国诱奸了古老的欧洲"时，纳博科夫说："研究一部作品以获取关于一个国家、一个阶级或一个作者的信息是十分幼稚的。"然后告诉我们他在意的是什么：

"每当我想起《洛丽塔》，我好像总是记起了那些特别愉悦的画面，比如塔克索维奇先生，拉姆斯戴尔中学的回忆录，夏洛特轻声说'防水表'，洛丽塔动作缓慢地走向汉勃特赠予的礼物……洛丽塔打网球，艾尔芬斯通的那家医院，那个苍白、可爱、腆着肚子、不可救药的多莉·席勒在格雷斯达奄奄一息，山中小城转向山中小径的丁当声……这一切正是小说的筋腱。"

是的，比一切意义都更重要的就是这些"筋腱"。筋腱大家都爱吃吧，然而，当今的文学研究严重低估了我们的消化能力，要把它们都化成各种意义的浓汤，社会的、历史的、阶级的、权力的、资本的、文化的，不一而足，总之，在这些意义的浓汤里，我们想捞点肉渣都捞不起来。

尼采说过，只有智力不足之人才习惯于用形象去说明意义，他们头脑中的文学只有一种，那就是《伊索寓言》。他们以为所有的文学都必然在讲什么意义，而他们的使命则在于充当各种意义的侦探。比如讲《神曲》，他们会说，但丁得到维吉尔和贝阿特丽采的指引，然后向我们解释说，但丁是灵魂，维吉尔代表理性，而贝阿特丽采则是信仰的化身。没有比这更无趣的了。如果你要这么讲经典，那确实不能怪学生低头看手机。

曾有段子讲中学语文老师如何阐释鲁迅作品中的"晚安！"："晚安！"中"晚"字点明了时间，令人联想到天色已黑,象征着当时社会的黑暗,而在这黑暗的天空下,人们却感到"安",侧面反映了人们的麻木,而句末的感叹号则体现了对麻木大众的"哀其不幸,怒其不争"。在我看来,这简直就是对文学符号学的"登峰造极"的运用。当然,其荒谬也一目了然。

我并不完全反对对文学做意义的解读,但文学毕竟是文学,它首先是艺术,而不是像詹姆逊说的那样,它是什么社会的象征。它也自有它的意义,但既不是逻辑的意义,也不是实用的意义,而是……什么意义呢?我也说不好,但有一个人讲得很好,那就是我的朋友吴兴明先生,他有一篇叫作《视野分析:建立以文学为本位的意义论》的雄文,有意深究者,不妨搜来一读。

"意义大餐"的致命诱惑

一个学富五车的人，忽然间痛感自己百无一用，遂跟魔鬼打赌，走出书斋，去放纵情欲，谈了一场不负责任的恋爱，参与了几桩荒唐的政事，继而穿越到古希腊，和传说中的美女结婚生子，幻灭后又跑到海边去填海围垦……最终，本该落入魔鬼之手的灵魂却被天使们接走了——不用说，你肯定知道，这是大师歌德的《浮士德》里的故事，而且我猜想，你对我如此轻佻的讲述方式非常不满，就像你不能接受有人把《安娜·卡列尼娜》说成是一个上流社会的妇女搞婚外恋，最终因不堪情人冷落而卧轨自杀的小报轶闻一样。我完全理解你的反应，而且，我还要向你坦白，作为一个外国文学教师，我已经好些年不给学生讲《浮士德》了，在你看来，这应该也是很不敬业的表现。

但我是有苦衷的。我之所以不讲《浮士德》，倒不是因为我不懂德语（要是以外语为考察标准，我讲不了任何一部作品——说白了，我就是一个汉译外国文学教师），而是我估计，就算我很懂德语，除了品味那些精妙的诗歌修辞，也没有什么好讲的了；如此一来，我一定会辜负那一双双在中学语文教学的炼丹炉里早就炼得熠熠闪光的火眼金睛，它们全都敏于各种"意义"的发现，自然不会放过《浮士德》这个据说既有复杂丰富的历史内涵，又蕴含着极其深刻的人生哲理的宝藏了。

事实上，我看到的几乎所有关于《浮士德》的评论（包括国外的名家），无一例外，重点谈论的都是它的种种"意义"。不过令人遗憾的是，对"意义侦探"们费了九牛二虎之力"侦察"出来的那些"意义"，我却没有丝毫触动。就拿我还比较认可的哲学家桑塔亚那来说，他所"侦察"到的《浮士德》的寓意，最终也不过就是向我们表明："生活的价值在于追求而不在于获得。因此，一切事物都值得追求，没有一种事情将会带来满足——除去这种无穷无尽的命运本身。"这些话，是不是让你闻到了一股浓郁的鸡汤味，脑中迅即浮现出《读者》或是《知音》一类杂志的封面？至于我，则还想起了一部煞有介事的悬疑小说，故事结尾，我满以为会搞出什么惊天大事的主人公，却只是猎杀了一只兔子而已。

歌德说过，他最好的诗都是即兴诗。可是一部《浮士德》，他断断续续写了六十年。六十年啊，这个数字很吓人！以歌德的聪慧，加上六十年的用心，你能怀疑说这不是一部伟大的作品吗？我想，这是任何一个《浮士德》的读者，开读之前，心里面都会有的一个自我暗示。一个无可置疑的名家（像"世界五百强"一样），"隆重巨献"耗费几十年的心血之作，不用说，这道"意义大餐"已为后来各家各路的"意义侦探"们预订了永无休止的流水席。

但我拒绝入席。或许我挤也挤不进"意义侦探"们的行列，但在品味这件事上，我还是有些操守的——我拒绝充当一切廉价意义的奴隶。而且，我也并非孤立无援，事实上，如果一定要拉大旗做虎皮的话，我可以说出一个如雷贯耳的名字——弗拉基米尔·纳博科夫。在他看来，《浮士德》是有史以来最肤浅的一部戏剧（据说这话是他老婆讲的，但我相信，她不过是代为宣读大师的判词而已）。纳博科夫为什么这样讲？《浮士德》真的如此不堪？我说过了，我不懂德语，所以我并不盲从纳大师过于残暴的判决。但我想，纳大师的这个话应该不是冲《浮士德》的德语表达而说的，因为"肤浅"这个评价，总是与思想水准而非修辞技术相关。

然而众所周知，谈论一部作品的思想，乃是纳大师最不感冒的事情；所以，如果他指责《浮士德》是一部思想上的肤浅之作，岂不是和他一贯的文学主张背道而驰吗？对此，我是这样理解的：纳大师指责《浮士德》有史以来肤浅之最，应该不是针对这部诗剧所包含的思想，而是就歌德竟然企图在这部剧里探讨人生何为的动机而言的。纳大师可能就是嗅到了这个味儿，然后鼻子一捂，"有史以来最肤浅"的恶评就脱口而出了。我为什么紧跟纳大师？为什么这些年都不讲《浮士德》？实话告诉你吧，也就是嗅到了这股味儿。纳大师曾说："我对那些喜欢他们的小说具有教育意义、振奋人心的意义、民族意义或像槭树汁、橄榄油一样健康的作家十分不满。"这也是我的态度，而且我相信，纳大师完全同意我把其中的"小说"二字换成"文学"。

我并不反对文学有意义，但我认为作家只需呈现经验或想象的透明世界就够了，至于有没有意义，应该让读者去判断。令人迷惑的是，像歌德这么聪明的人，他难道不明白这么简单的道理吗？我个人认为可能有两个原因导致他误入歧途，一是席勒的影响，二是意义的诱惑。歌德曾经善意地嘲笑席勒在诗和哲学之间徘徊不定，但没想到的是，他最终还是被席勒带到沟里去了。席勒英年早逝，生前就多次催促歌德赶紧写完《浮士德》。或许是觉得欠了情，歌德总算在有生之年赖赖巴巴地把它写完了。但正所谓外因只是条件，内因才起决定作用，我认为歌德也是有心写作《浮士德》的。至少我们知道，在认识席勒之前，他就有拿传说中的浮士德故事大做文章的想法了。

企图通过叙述一个人一生的经历，或是所谓一次性的表达，把整个人类历史和生命智慧都装进去的想法是相当诱人的。聪明如歌德，似乎也没能摆脱这个致命的诱惑。究其原因，用他的好友席勒的术语来说，他其实也是一个"感伤"的诗人。尽管他有健康之神的名号，但还是在无孔不入的时代风气中"伤风感冒"了，其显见的症状是：总觉得"生活在别处"。说起来，这场"流感"实在太过凶猛，几百年来，从未止息，而多少作家都未能幸免：易卜生，黑塞，托马斯·曼，陀思妥耶夫斯基，T. S. 艾略特，海子……这个名单还可以一直开下去。

最近，又读到一位大师耗近十年心血写成的名作。十年，虽不能和老歌德的六十年相比，但也不可小觑，毕竟，我们的人生没有多少个十年。这部名作也叙述了一个人的一生：一个不事生产的乡村二流子，沉迷幻想，撒谎成性，且爱惹是生非。因拐走别人的新娘，被乡民追捕，遂逃至山中躲避。此后到了海外，做起贩卖黑奴的资本家。破产后又做过先知、学者，迷恋过阿拉伯酋长的女儿，还进过开罗的疯人院。晚年返乡，感叹终生浪荡，一事无成。但幸运的是，多年前邂逅的一位姑娘（这会儿该是一位老婆子了），还在痴痴地守候这位白头浪子。他终被感化，抱着她无比动情地喊道："多么圣洁的女人！"（除了感到肉麻，是不是还会让你想起《浮士德》的结尾——"永恒的女性，引领我们飞升"？）

不卖关子了，此乃易卜生的著名诗剧《培尔·金特》里的故事。该剧完成于1867年，出版后评价褒贬不一，但易卜生本人却信心爆棚，说"挪威将以我这部戏来确立诗的概念"。很遗憾，我找不到也不可能读懂这部剧的挪威文版，只好把萧乾先生的中译本读了两遍。读完后我不得不说，我完全搞不懂（这就是为什么读两遍的原因）易大师所谓以这部戏"确立诗的概念"究竟是什么意思。在我看来，这是一部糟糕至极的戏剧，其形象塑造和情景转换别扭得令人替易大师脸红。我不相信这只是因为我不懂挪威文的缘故。如果只是一首短诗的话，这个说法我也就认了，但毕竟这是一部要在剧院里演出的戏剧，是要有剧情上的说服力的。就像莎翁的戏剧，我们看的虽然也是散文本，但照样看得有滋有味。

这次阅读经历令我深感沮丧：原来我还是这么容易迷信权威。虽然此权威来头不小，《尤利西斯》的作者，詹姆斯·乔伊斯是也。据萧乾先生讲，青年乔伊斯对易卜生极为崇拜，认为易卜生的戏剧"有一种青春的执拗之美，像一股劲风向他吹来"，而《培尔·金特》就是最厉害的那股"劲风"。然而在我看来，所谓"青春的执拗之美"，所谓的"劲风"，在培尔这斯身上不就是那种不负责任、随便乱来的生命冲动吗？而其最后时刻所谓的"醒悟"，也不过就是浪荡够了跑不动了想找个地儿躺下来休息而已。千万别拿《圣经》里"浪子回头"的故事作比,一头白发的衰朽老翁,好意思说自己是个浪子?也别把圣母的光环往那等她的姑娘头上套,满足了你的比喻,可谁来赔付人家被蹉跎的青春?还有那被祸害的新娘,难道只是这家伙胡求乱索的一生的一个注脚?

但乔伊斯好像很欣赏培尔的所作所为。据他弟弟讲,他写作《尤利西斯》的构思,就是要在小说里塑造都柏林的"培尔"。当然我们都知道了,乔伊斯后来找到了更大的"靠山",即荷马的《奥德赛》。或许,乔伊斯终究意识到了,智勇双全的俄底修斯还是比疯狗一样的培尔靠谱一些,所以关键时刻把底牌给换了。但这样一来,我们发现如果要读懂《尤利西斯》就很麻烦了,因为除了要搞懂那些令人眼花缭乱的文字游戏,你还不得不读懂其他两部与其"互文"的作品。

事实上,因为要做这么多的功课,而且做了功课也未必有效,所以没有多少人真正读过《尤利西斯》。然而滑稽的是,记得十多年前看见过一则报道,讲英国人做了一个"你认为最伟大的十部文学作品"的问卷调查,《尤利西斯》位居第四,而大多数人之所以选择它,竟然是因为它"很有名但读不懂"。其实这些读者不知道,这正是乔伊斯想要的结果,因为他曾对他的传记作者说过:"我在这本书里设置了那么多迷津,它将迫使几个世纪的教授学者们来争论我的原意。这就是确保不朽的唯一途径。"

乔伊斯何以有这个自信?在我看来,是因为他洞悉并利用了现代人的软肋,即对存在之思的迷恋。纳博科夫认为:"《尤利西斯》是一个杰出的、永久的整体结构,但是,那类对思想性、普遍性和表现人性诸方面比对艺术作品本身更感兴趣的批评家们，又把它的价值估计得稍高了一些。"然而，乔伊斯狡猾得很，他可以玩出让纳博科夫都叹为观止的文本魔术，但他心里清楚，在为评论家们举行的专场演出上，还要穿得像布道师一样出场才能获得满堂喝彩，因为那一张张焦虑的面孔，无不显示出对一道"意义大餐"的迫切期待。

其实，不只是评论家，有些作家也被乔大师忽悠了。T. S. 艾略特就是一个不幸的牺牲品。艾大师自以为在《尤利西斯》里找到了安放"意义"的法宝，即在神话和现实之间进行别有用心的反讽对照，并在《荒原》中将其运用至登峰造极。但在我看来，艾大师或许严重误解了乔大师的用心，他把后者用以撩拨评论家的"意义"幌子当了真，以至于《荒原》的文本魔术虽然玩得和《尤利西斯》一样惊艳，却仍然掩不住丝丝道德说教的陈腐气息。及至《四首四重奏》，艾大师连玩文本魔术的耐心都没有了，直接出场布道，还真以为自己是奉上帝旨意来为世人指路的先知了，不得不说有点小小的滑稽。

关于存在何为这回事情，伟大的莎翁早就说了：人生如痴人说梦，充满着喧哗与骚动，却没有任何意义。对此，我深信不疑。我的朋友吴兴明先生也有精辟论断：存在之思是一种瘾。在我看来，有点瘾是可以理解的，但瘾太大了就是个麻烦。就像你隔三岔五就去吃一回加了罂粟壳的火锅无伤大雅，但要是非得天天吃鸦片膏子才算过瘾，那就无药可救了。想想姜文自以为含义无穷但别人看不懂的《太阳照常升起》，以及贾樟柯自以为深刻无比但别人无法领会的《山河岁月》，你就知道"意义"这东西有多坑人了。而就在不久前，我还听到有学生说读不懂梭罗的《瓦尔登湖》，我感到非常惊讶：那些吃饭穿衣、敲敲打打、读书写字、观景听音的日常生活都是假的吗？都是意蕴无限而深不可测的象征吗？我真不知道该说什么。然而，这是学习的悲哀，还是教学的悲哀？吾人当深思。

《红与黑》里的意象人生

人的成长经历各不相同,有的人糊里糊涂,老大不小了才明白该干点什么,比如像我这样的;而有的人醒悟得早些,其人生风景就大大不同,结局无论悲喜好坏,都会有好多看头。为什么会有这样的不同?原因很简单,就是后者的脑子里,早早就有了这一辈子该是怎么个活法的意象。

《红与黑》里的于连就是这样一个人。

在"以阶级斗争为纲"的年代里,小说评论的第一准则就是给各个人物进行阶级定位,并由此预先给出一通道德审判。劳动人民铁定得到赞美,而剥削阶级则断然遭到痛批。于连出生于一个小有资财的木匠之家,又接受了一点教育,所以被定性为一个小资产阶级平民,然后整部小说就被概括为在所谓王政复辟的年代里一个小资产阶级平民的奋斗悲剧。

但这个所谓的小资产阶级平民为什么就不能安于现状,反而整天憋着劲儿要捣鼓点动静出来?这个问题并没有得到让人心悦诚服的说明。

比如,于连的两个哥哥就跟他不一样,老老实实跟着老爸学手艺,似乎没有想过还有什么别的人生。所以我们也就看到了,于连在这个家里就是一个不让人待见的异类,不仅他的父亲,就连这两个兄长,对他的态度都极其恶劣。

小说中有个场景,说的是于连坐在木工房的梁上看书,被他父亲看见了,一拳打下来,差点掉在正飞速拉动的锯子上。还有不少让我们读者都看不过去的事情,比如后来于连都被聘为市长家的家庭教师了,可他的父亲不但没有觉得光宗耀祖,还阴阳怪气地奚落他,他的两个哥哥更加过分,竟然在路上拦着把他狠揍了一顿,以至于他去见德·瑞那夫人的时候脸上还挂着斑斑泪痕。

这似乎让人难以理解,而在我看来,这可能是司汤达有意为之,目的就是要让我们知道于连这个青年其实是完全不容于他的家庭环境的,他就是一个异类,这不仅是一种气质上的不容,而且似乎还有极其隐秘的原委。

刚才提到于连看书的事情,关键就要从这里说起。因为他看的书可不是企图改变命运的农民兄弟看的什么有关栽种技术一类的实用书籍,而是当时被视为禁书的《圣赫勒拿岛回忆录》。这是拿破仑在滑铁卢战役后被关在圣赫勒拿岛时写的,就是这本书滋养出了于连的人生意象。

司汤达并没有给我们解释于连为什么就狂热地迷恋上了拿破仑这个人物,而是告诉我们于连对于拿破仑是如何如何的仰慕,并且要以他为标杆来筹划自己的人生,等等。这里我们得八卦一下,权当是对这个描写的解释。虽然现在的文学理论教导我们把作家的生平和作品中的人物联系起来是一件很庸俗的事情,但是常识告诉我们,这两者之间往往是打断了骨头还连着筋的,尤其是对于司汤达这样的作家来说。

司汤达的墓碑上刻着这样几个字：

"亨利·贝尔，米兰人，写作过，恋爱过，生活过。"

亨利·贝尔是司汤达的原名，司汤达则是其众多笔名之一，据说他太过多疑（于连即是如此），所以发表作品一般不署真名，喜欢躲着。但他明明是法国人，为什么要说自己是米兰人呢？这就有一段故事可讲。

司汤达以文名传世，对此他本人也颇为自负，一会儿说他是为1870年的读者而写作，一会儿又说要到1935年才会有人读得懂他云云。但实际上司汤达最在乎的可能不是这个码字工的身份，而是他曾经跟随拿破仑东征西战的一段辉煌岁月。

传记里讲到这段的时候写得很令人神往和感慨，说是中学刚刚毕业的司汤达，年方十七，听从一位在拿破仑军中的亲戚的召唤，自个儿骑着一匹马越过阿尔卑斯山就到了意大利，并亲身参加了著名的马伦哥战役。

不过关于司汤达的第一次从军经历，传记里所述不多，而且他在意大利没待两年就回到了巴黎，跟一帮被称为感觉派的哲学家们过从甚密。这倒是值得重视的一件事情，因为司汤达其实就是文学上的感觉派。在巴黎待了几年后，不知出于何故，司汤达又回到了拿破仑的军中，而这一回，他算是亲眼见证了一段惊心动魄的历史，并且这段历史可能刻骨铭心，从而形成他的拿破仑情结。

这就是托翁在他的《战争与和平》里描绘过的1812年的那场战争。在拿下奥地利之后，拿破仑信心爆棚，要乘胜东进吃掉辽阔的俄罗斯。结局我们都知道了，他倒是占领了莫斯科，但那是一座空城，而且不知道是谁放了一把火把城给烧了。据说司汤达目睹了这场大火。

找不到敌人，加上粮草吃紧，又值严冬来临，拿破仑只得撤退，一路上俄军袭扰不断，搞得法军疲于奔命。司汤达被派了一个累活儿，担任撤退途中的军需官。据说他极其英勇，相当称职，给他的任务是五百万法郎，他却收了七百万法郎回来。我不清楚拿破仑是否知道他的手下有这么一个小小的军需官，但对于司汤达来说，这可能是他非常值得炫耀的一段历史，也很可能是他最有存在感的一个时期，以至于拿破仑被囚以后，他就以拿王朝的遗民自居，待在米兰不回去了。

留在拿破仑一生中最为得意的地方，对于一个怀有拿破仑情结的人来说当然最合适不过。这就是那个"亨利·贝尔，米兰人"的来历。

我认为于连对于拿破仑的热情当是司汤达自身的拿破仑情结的转移，这种现象很自然，也不止发生在司汤达一个人身上。但是，即便没有这个传记的背景，说一个王政复辟时代的年轻人仍旧狂热地迷恋着拿破仑，我觉得也是完全可以理解的。

但拿破仑的时代已然过去了，就算谁对拿破仑还怀着一颗热烘烘的心，那也是不能随便表露出来的，不然被当局视为异己惹上麻烦，甚至有可能就此丢了身家性命。这于连也不是一个愣子，虽说提起拿破仑可能都会让他激动得发抖，但他还是知道审时度势、伺机而行的道理。

这就要说到这部小说的书名了，为什么叫《红与黑》，相关解释很多，此不赘举，但很多都没说到一个最为基本的含义。很简单，就是一个本来希望穿上红色的军装，在战火硝烟中像拿破仑那样取得成功的年轻人，在一个拿破仑被视为敌人而由教权当道的社会里，只能迂回以求，穿上黑色的教袍，发奋隐忍，处心积虑，期待有朝一日也能爬到权力的顶层。这种由下而上的发迹史，在一个险恶的时代里，也算是拿破仑理想的一种变相实现。

但要以拿破仑自居却不是那么容易的，这在于连身上就看得出来。他本是一个相当羞怯的人，却硬揣着一腔拿破仑的抱负，这就相当难为他了。小说中有一个出现频率很高的词，就是"责任"二字，其意是指于连以拿破仑的高度给自己提出的要求。这往往涉及所谓尊严和勇气，但在于连这里，其用场则似乎有些变味。不妨略举几例。

小说写到于连在市长家做家庭教师有一小段时间了，在熬过最初的紧张和不安之后，他开始有了打量周围的闲情逸致，而市长夫人即德·瑞那夫人就成了他重点关注的对象。这本是一个风姿绰约的少妇，性情又非常的温润，只是市长德·瑞那先生不解风情，整天忙着升官发财那点俗事儿，竟生生地把这么个妙人儿闲置在家不管不顾。

于连本也到了追花逐蝶的年龄，一来满脑子拿破仑的官司，二来也没碰上什么人，所以也就没什么表现。但现在情况不一样了，眼前有这么一个熟透了又没人管的妙人儿，于连要是还一根桩似的没反应，那不仅是暴殄天物，而且还辜负了大好的青春。但对于于连来说，主要还不是那点荷尔蒙的作用，而是一个斗士好不容易找到了一个战场的感觉。

因为拿破仑的一生不只意味着彪炳史册的赫赫战功，同样辉煌的还有他在情场上不知疲倦的摧城拔寨。于是，这个梦想做当世拿破仑的年轻人，没仗可打，无功可立，便也在一个夏日傍晚的小花园里找到了他的"责任"。其时正值德·瑞那夫人的闺蜜来访，二人整天腻在一起，叽叽咕咕说个没完，大大妨碍了于连企图下手的计划。

话说头一天晚上于连陪着这二位夫人消磨时间的时候突然生出一个念头，就是要去抓住德·瑞那夫人的手，但因为太过紧张，又兼旁人在侧，煎熬了半天最终也未敢实施。对此于连相当自责，大骂自己是窝囊废，关键是辜负了他对自己规定的人生"责任"。是啊，连个女人的手都不敢去抓，还敢说自己想做拿破仑吗？于是他痛下决心，第二天晚上十点的钟声敲响之前，无论如何也得把德·瑞那夫人的手抓在自己的手心里。

很可惜于连真不是拿破仑那块料，到了第二天晚上同样也是痛苦万状，眼瞅着十点的钟声就要敲响，那个煎熬啊，差一点就要崩溃。司汤达这些地方写得非常精彩，不知是否有过亲身体验。不管怎么说，于连还是挺住了，在夜色中猛地一下捉住了德·瑞那夫人的手，那德·瑞那夫人猛然一惊，把手一缩，但还是又被于连捉了回去。就在这一来一回的瞬间，德·瑞那夫人的头脑风暴还没有完成，那手就已经在于连的手中安住了。

这是很有意思的事情。萨特曾经讲过，这是属于那种要么是要么否的时刻，不给你中间状态，逼你做出决定。很多情场老手就惯使这招必杀技，几乎是所向披靡。

小说中这类有关"责任"的例子不胜枚举，而每一次"责任"的履行对于于连来说都是一次撕心裂肺的考验，但也像我们刚刚讲的这件事情一样，他最终也都没有下软蛋。所以，后来于连在狱中、在临刑前总结自己的一生（也就短短的二十三年）时，可以骄傲地对自己说："我为我自己规定的责任，不论正确与否，它好比一根坚实的树干，在风暴中我总是倚靠着它，我动摇过，经受过颠簸。总之，我不过是个人……但我没有被风暴卷走。"

其实，我们一般人也都有过类似的体验，就是当我们有时候显得很㞞的时候，我们内心也是有一个声音的，即笛卡尔所谓的良心，意思是说我们总知道什么事情按照最好的方式去做应该是什么样的。所不同的是，于连的那个声音，也就是他所谓的"责任"，来自他心造的意象——伟人拿破仑。可以说，时时刻刻，处处地地，于连都被这个巨大的意象所笼罩，所浸染，而其人生也就典型地展现为一种意象的人生。

但有意思的是，相比于小说中的另一个重磅级人物，即于连的第二个情人，后来成为他妻子的玛蒂尔德，其人生的意象色彩反倒有所不及。

玛蒂尔德是那种让人立刻想起"鹤立鸡群"这个词语的人物，其出场不同凡响，而做其陪衬的却不是那些嗲声嗲气只会涂脂抹粉夜夜赶舞场的贵族小姐，而是一帮穷极无聊围着女人高谈阔论不时献上点殷勤的纨绔子弟，不用说，他们都入不了玛蒂尔德的法眼。

那么，她看得起谁呢？说来奇怪，就是其时正在其父手下担任秘书的于连。而且，不为别的，就因为他地位卑微却还不正眼瞧她的那股劲儿。这简直让这位历来高高在上的玛蒂尔德小姐大为惊讶且芳心大动，因为在她看来这于连真是太有性格了。或许是浪漫小说看得太多，以至于玛蒂尔德要的就是那种看起来不般配但要有一点惊世骇俗的爱情。

可没想到的是，这于连一开始还不接招，其原因倒真不是他有什么视权贵如粪土的气概，而是他过于多疑的心思不愿意相信会有这种天上掉馅饼的好事，担心玛蒂尔德是和那帮纨绔子弟合起伙来给他设一个套，要的是拿他出丑寻个开心。但他无意中了解到的一件事情却让他改变了对玛蒂尔德的看法。

有一天，于连注意到玛蒂尔德穿着一身黑衣（就是丧服）到处晃来晃去，吃饭的时候也没脱下来，家里其他人则穿着照常，对其举止也并不大惊小怪，因此于连心中好生纳闷。还是一位旁人给他解了惑，说她这是在纪念一位她不同凡响的祖先，而这一天是那位祖先的祭日。

这位祖先是著名的玛戈王后时代的一位年轻贵族，德·拉木尔侯爵，他却不是一般的侯爵，因为他是玛戈王后的情人，但因参与一场政变，事败后被处以极刑，而玛戈王后则做了一件震古烁今的事情，那就是不顾其身份和名誉，向刽子手要下了这位拉木尔侯爵的头颅，并亲手埋葬了它。

这个荡气回肠的故事曾让小小年纪的玛蒂尔德听得血脉偾张，并由此形成她的玛戈王后情结，也就是说，长大以后她也得做一个像玛戈王后一样浪漫和勇敢的女人。这就是她瞧不起那帮纨绔子弟的原因。了解其中的原委后，于连对这个玛蒂尔德不免肃然起敬，想必是认她作了同类。这也就大大打消了他先前心中的许多顾虑。

我们说玛蒂尔德是比于连更加具有意象人生色彩的人物，是因为我们看到在剧情接近尾声的阶段，于连似乎已经摆脱了意象的控制而恢复了一个正常人的感受，也不再以那个意象来打量和强构自己的生活，但玛蒂尔德则大不相同，她不折不扣地实践了她的意象人生，其姿态的高调让于连都看不下去了。

玛蒂尔德得以重演一遍玛戈王后的角色，缘于于连的一次命运的转折。此事发生于于连春风得意之时，他和玛蒂尔德的关系得到了老拉木尔侯爵的承认，还从后者那里得到了一大笔赠款、一个贵族头衔、一个军官的职位，加上他本人的才干，就等扶摇直上，大展鸿图了。这时，却有一封来自维立叶尔城的署名德·瑞那夫人的告密信递到了老拉木尔的手中，向其披露了于连和她那件曾经闹得满城风雨的苟且情事。

老拉木尔雷霆震怒，痛斥于连是个大骗子，并立即剥夺了赠予他的一切。这于连也是恼羞成怒，当即快马杀到维立叶尔城，找到正在教堂礼拜的德·瑞那夫人连开三枪，随即被捕入狱。本来于连出了这种事也是玛蒂尔德的巨大不幸，事实上玛蒂尔德也是心急如焚，绞尽脑汁四处活动，有一次甚至不惜冒险拦跪在国王的马车前求情。然而，这一切都因为玛蒂尔德的另一种心理活动而变味了。

那就是玛蒂尔德在做这一切的时候，心中还有另一个玛蒂尔德几乎是怀着一种亢奋在旁观和品味着这一切。这另一个玛蒂尔德当然就是那个被玛戈王后的形象所占据的玛蒂尔德，她所兴奋的是，现在她也可以成为另一个玛戈王后了。所以，刻薄一点说，于连之不幸却成为这另一个玛蒂尔德的大幸，因为这成了她实现意象人生的千载难逢的良机。

只不过残酷的是，这一点也被于连看穿了。所以尽管玛蒂尔德倾力相救，他却不为所动，因为他已经厌倦了玛蒂尔德那自我玩味的英雄主义。此时的于连，仿佛铅华洗尽，返璞归真，在得知那封告密信是德·瑞那夫人被人算计的结果后，他跟德·瑞那夫人和解了。那德·瑞那夫人也并不记仇，伤愈后即赴监狱探望于连，此后二人日日见面，直至于连生命的最后一天。

这段日子，对于连来说，或许是他短暂生涯中最为踏实、最为幸福的时光。而惨遭冷落的玛蒂尔德，则继续将其彪悍的意象人生进行到底，在于连被处以极刑后，她竟然将于连的尸体带到一个山洞里，亲手割下了于连的头颅，并在精心布置、极尽奢华的仪式中亲手埋葬了它。

那一刻，想必是她意象人生的巅峰体验，因为她终于和她崇拜有加的玛戈王后合二为一了。耐人寻味的是，司汤达告诉我们，不胜悲痛的德·瑞那夫人在于连死后三天即随他而去，但对于这位玛蒂尔德的未来，他却没有给出任何交代。那么，她是不知疲倦地开启另一段更加斑斓的意象人生，还是激情耗尽从此回归平淡的生活？不免令人浮想联翩。

毫无疑问，于连和玛蒂尔德都是难得一见的意象人，他们的生涯也都是难得一见的意象人生，但西方文学作品中与他们相比有过之而无不及的至少还有两个人物，那就是堂·吉诃德和包法利夫人。堂·吉诃德与于连类似，意思是说他们最后都从意象里破茧而出了，只不过解脱即意味着死亡；包法利夫人则与玛蒂尔德相似，虽结局色彩不同，一个凄婉，一个豪迈，但呈现给我们的都是对于意象人生的锲而不舍的追逐。

实际上我们也都是不同程度的意象人，我们的人生也都是不同程度的意象人生，只不过没有我们所谈论的这些人物那么富有戏剧性罢了。他们的不幸在于意象吞噬了他们的自我，有幸则在于意象赋予他们的人生更多的审美意味；没有强烈意象的我们不能说不幸，但大多数人随波逐流、得过且过的人生，的确也就没有什么向度而显得过于庸常。

意象人生固然可能让人活得像个提线木偶，但这个意象毕竟是自己找的，所以并不意味着这样的人就完全没有自我，甚至可以说，它乃是自我教育不可缺少的一环。我们年少时代迷惘的人生因之有了向度和强度，虽然可能显得青涩和僵硬，但也是一道堪可动人的风景，其气质精神往往在时过境迁之后令人感慨万端。

八十多岁的老翻译家余振先生，重新校订他翻译的莱蒙托夫十七岁时写的那首名为《1863年6月11日》的诗时，就曾感动得老泪纵横。所以，成熟是一件复杂的事情，它其实是诸多看似不成熟的举动孕育而成的，一个人要是年纪轻轻就太过于清醒和现实，所谓少年老成，不仅少了青春的风采，最终也未必是件好事。

决斗及服装与阶级及虚无主义之关系

　　这个戏仿鲁迅先生的题目，无非是为了吸引眼球，但并非装腔作势。

　　我要谈的是《红与黑》里的一场意味深长的决斗（请原谅我又拿《红与黑》说事儿，其实，关于《红与黑》，我至少可以写一百篇，这才刚刚开了个头）。

　　话说于连刚到巴黎不久，人生地不熟，草木皆兵，非常的不放松。有一天，为了躲雨窜进一家咖啡馆，有人抬头看了他一眼，这让他很是不爽。他一向高傲而神经质，就忍不住上前质问人家为什么瞅他。这个被质问的家伙却没有传说中的那股子硬气："我就瞅你了咋的！"而是觉得于连这人莫名其妙，便直接拿脏话骂他。

　　这于连哪肯善罢甘休，几次三番索要此人的住址，意图与其决斗。就为这么点破事儿决斗？简直是疯了！但于连就做得出来。经不住于连咄咄逼人的追问，那人慌忙中掏出几张名片向于连撒了过去，随即落荒而逃。

　　按照决斗的惯例，于连找了一个朋友做他的证人，这位证人朋友也极有意思，告诉于连说：到时如果你厌了，我就和你决斗。之后两人就按照名片上的地址找那个家伙去了。

出来接见他们的是一个风度优雅的年轻人，一位外交家，有着高贵而空虚的面容，而不是那个向于连扔名片的人。原来，那家伙不过是这位外交家的马夫。想必是那天以为扔出主人的名片就可以夯退于连，却不料碰上了于连这样的愣子。

有意思的是，虽然是一场误会，但外交家认为，既然已经来了，那就不妨决斗一下。其间他特别注意到了于连的那身黑色衣服，裁剪精良，一看就知道是斯托布公司裁缝的手艺。三人谈笑风生了一番，然后起身去决斗。

去决斗时坐的是外交家的马车，途中，外交家还停下来和一帮朋友说笑。决斗完毕，于连的胳膊被子弹擦伤，稍事包扎，大家又一起坐外交家的马车回去，照旧谈笑风生。外交家觉得于连这人挺有意思，看其装束也以为其位不卑，意欲与其继续交往。

差人打探的结果却令人大失所望，原来于连不过是拉莫尔侯爵的秘书，一位下人，一介平民而已。但外交家很不甘心，让人四处散布谣言，说于连是侯爵密友的私生子。等到谣言满天飞时，外交家觉得可以去拜访于连了。这是因为，如果你相信谣言，那你就承认了于连的高贵身份，虽然只是一个私生子。

按现代人的观点，外交家的行为自然是要遭人诟病的，太势利了嘛。然而，以貌取人，恐怕还是每个人心里的小九九。而我关心的是，何以外交家一眼就从于连的装束上认出了他是自己人，虽然后来发现受了蒙骗？

春节时我参加同学聚会，据说某同学已拥数亿身家，但看其装束，实在太过普通，毫无标出性，难免泯然众矣。我的意思当然不是说他必须穿得和大家不一样，而是想说这就是现代社会的景观。阶层依然存在，关于阶层区分的符号学分析也前所未有地发达，但往大街上一站，你真不好说谁是上层，谁是下层。

或许你经常去一家你非常喜欢的俗称为"苍蝇馆子"的地方，比如双流老妈兔头、白家肥肠粉一类，尤其是夏天，那个坐在你旁边，脱掉了上衣光着个膀子挥汗如雨埋头苦干的人，很可能就是一个身家吓掉你半个下巴的大佬。

当然你会说，看看那些富人开的车、住的房子，只有他们才会经常出入的奢侈品店，你就知道什么是富人，什么是穷人了。我并不否认这一点。但我想说的是，从装束上看，现代社会的阶层差异真不像传统社会那样一眼得见了。鲁迅先生描写孔乙己那个经典的句子——"站着喝酒而穿长衫的唯一的人"，已经不具有肖像描写的示范意义了。

有一次参加学校的自主招生面试，面试前有个动员会，来自各个学院的老师们挤满了一间不大不小的阶梯教室。我找不到座位，站门口一望，黑压压的一片，就像农贸市场里攒动的人群。我想，难怪学生不待见我们。

阶层差异之视觉区分的弱化，当然不能算是一件坏事。民主社会，价值多元嘛，等级森严的社会太让人感到压抑。然而，符号指引弱化的社会容易让人产生一种幻觉，以为人人过着差不多的生活，而实则不然。

年轻人因此而少了生存的动力，容易不切实际地浮想联翩，不去想怎么好好养活自己，而是去操心什么存在意义、宇宙真理一类永远想不清楚的问题，而在一个从装束上就阶层分明的社会里，这样的玄思就会少很多。虚无主义是哈姆莱特王子的，而不是外省的平民青年于连·索雷尔的。

虚无主义是个大话题，我这么讲肯定会被人拍砖。其实要讲玄的我也不怕，什么尼采、老陀、萨特、福柯、海德格尔、施特劳斯，等等大咖，我也可以随便讲。但问题是，恐怕少有人爱听。而且，我说的这个原因不仅接地气，而且实实在在不能否认。

拿我自己来说，上大学时，我要是天天见着教授们戴着礼帽，挂着文明棍，穿着精致的洋服，或是考究的长衫，而不是皱巴巴的山寨运动服，外加洗得发白的蓝色袖套来给我上课，我就不会视金钱如粪土，迷恋什么巴黎拉丁区的波希米亚气质，在不靠谱的人生道路上越走越远了。

至今，当那些家境普通的孩子来咨询我考文艺类研究生的时候，我就忍不住要提醒他/她有没有想好将来怎么养活自己，并且为他们可能受到我们这些喜爱谈论虚无主义的老师们的不靠谱的影响而深感不安。

要向19世纪的青年们学习。拉斯蒂涅（《高老头》），菲利普（《人生的枷锁》），毛漏（《情感教育》）……一个个走向社会名利场的青年们，第一件事就是想方设法弄到一笔钱（当然，最好是自己挣的），去一个像样的裁缝铺做上两身像样的衣服。

最后，我想说的是，整个冬天，我都在为没有一件像样的衣服而发愁，而立春已至，华美的春服又在哪儿呢？你看见了吧，这就是不靠谱的人生带来的严重后果。

尼采和瓦格纳的那点事儿

说实话，读尼采的书相当紧张，生怕看到自己怀有的某种倾向被他说成是"颓废"的，这感觉，就像一个男人听人家说他"不行"一样。尼采这一招，不仅毒舌，而且诛心，拿生命力（命根子）说事儿，谁也扛不住。

但实际上不必太过在意，我们这些人要是能被尼采骂一回，那也该是莫大的荣光，因为这样一来，我们就可以和苏格拉底、帕斯卡尔、耶稣基督、瓦格纳等相提并论了。所以，被骂不是问题，被谁骂才是关键。

我十九岁读尼采，一见倾心，页边批注："尼采君，今日才得遇汝，憾也！"这话当然是装模作样，实际上啥也没懂，只是被痛苦啊，虚无啊，深渊啊，悲剧啊，等等词语编织的愁云惨雾给笼罩了。在那个喜欢精神自虐的年龄段，这样的事是经常发生的。《存在与虚无》《存在与时间》，也都是那会儿买的，不为别的，就为这些词儿听起来就觉得很高级。

但不管怎么说，岁月流逝，晃晃悠悠，尼采终究成了我的贴身装备。他的那对"日神""酒神"的范畴，已经被我用得出神入化，炉火纯青，无坚不摧，所向披靡。有时候，连我自己心中都暗暗称奇。李小龙说,不怕你练了一万招,就怕你把一招练了一万遍,说的就是这等本事。

我想说的正题,是尼采和瓦格纳那段著名的公案,这与我一开始提到的颓废问题紧密相关。瓦格纳是德国古典音乐和歌剧大师,尼采与其交往时尚籍籍无名,而瓦格纳的事业正如日中天,两人之间的年龄差距也有三十多岁。

不过,只有二十四岁的尼采绝非平庸之辈,他已凭借一篇立论不俗的论文当上了巴塞尔大学的教授,和著名的《意大利文艺复兴时期的文化》的作者布克哈特做起了同事。后者对他的评价是:尼采是一个放屁都和其他小伙子迥然不同的年轻人。

尼采恃才傲物,目空一切。此前,他唯一看得上的是去世不久的叔本华,而现在,一个新的天才被他发现了,这就是理查德·瓦格纳。听完《特里斯坦和伊索尔德》,尼采深为感动,但脑子也被搅乱了,他甚为喜欢的舒曼也被瓦格纳赶跑了。听完《音乐协会》,尼采全身震颤,再无抵抗之力。他想结识瓦格纳。

在朋友的帮助下,他被允许前往拜访。在给另一个朋友的信中,尼采说他的感觉像是被旋风冲击了一样。而瓦格纳,被人告知有尼采这样的超级粉丝,也急切地想要见到他。事关重大,手头拮据的尼采定制了一套黑色的燕尾服,但当送到的时候,因无法支付钱款,又被裁缝残忍地带回去了。

一个寒冷的雪夜,尼采心情忐忑,穿着不合时宜的黑色常礼服,走进了瓦格纳的妹妹的客厅。简短的寒暄之后,瓦格纳就急切地询问尼采是如何成为其音乐的忠实信徒的。晚饭前,瓦格纳又当面演奏了《音乐协会》中全部的主题音乐。而幸福

尼采和瓦格纳的那点事儿

029

的巅峰是，瓦格纳向他谈起了叔本华，并称叔本华是他一切音乐的灵感源泉。

瓦格纳的音乐究竟有何过人之处，让目空一切的尼采完全臣服？据说，通过瓦格纳的音乐，尼采看到了德国精神的复兴。我本人完全不懂音乐，所以，别指望我来分析瓦格纳的音乐，然后告诉你他的音乐如何体现了德国精神。我基本上也不太相信诸如此类的分析。我只能探讨一点观念。好在瓦格纳是个多面手，除了作曲，还写诗歌，甚至论文。

瓦格纳自称是路德、康德、席勒和贝多芬这些大师的继承人。但这么讲仍然很模糊，不晓得他操的究竟是什么路数。不过颇可注意的是，他没有提到歌德，却提到了席勒。而席勒和歌德的最大不同是，后者八面玲珑，前者孤愤傲世。歌德可以屈尊和一个无聊的访客聊上一整晚，而席勒，如果有人胆敢不经预约就径直闯到他的府上，他一定会暴跳如雷，吓得你抱头鼠窜。

或许意味就在其中。瓦格纳曾经为那个称他为"我的伟大的瓦格纳兄弟"的巴伐利亚国王写过一篇有关社会学形而上学的论文，表达过这样的观点：群众是没有力量的，他们的热情是徒劳的，他们的合作是虚假的；然而，抛弃群众又是不可能的，也是不明智的。所以问题是：如何诱使群众为他们无法企及的高级文化献身？

瓦格纳在自然里看到了典范。用老子的话说：天地不仁，以万物为刍狗。然而万物都在为天地服务。所以，需要的是幻觉，那种你被卖了你还帮着数钱的幸福的幻觉。瓦格纳认为，社会需要以同样的技艺来维持，而统治者的任务，就是保持和扩大这样的幻觉。手段有二：一为爱国主义，一为宗教信仰。

然而，庸人们在幻觉中幸福了，瓦格纳们却痛苦而危险了。他们可能就是幻觉的创造者，但他们自己却并不相信这些幻觉，而是暴露于赤裸裸的荒诞中。就像加缪后来所说，荒诞人置身于正午的阳光中。那出路何在呢？以艺术赋予生活以游戏的外观！用迷醉逃离生活的苦海！

正是在这里，在叔本华的氤氲氛围里，尼采和瓦格纳相遇了。尼采说：如果生活不就是审美，那如何能够承受生活！在精神同道的激励下，尼采要把一大堆电光火石的感觉熔铸在一本书里，这就是伟大的《悲剧的诞生》。而瓦格纳呢，正在紧锣密鼓地创作《众神的黄昏》。这二人的架势，就像歌德和席勒当年比赛着写叙事诗一样。

这一段幸福的时光，简直就是这对忘年交的蜜月期。要赞美狄奥尼索斯，要恢复古希腊人的酒神迷狂。要抨击苏格拉底，要唾弃他贫血的理智。这个悲剧衰落的罪魁祸首，他竟然相信，可以把对大自然的幻觉当作人类理智可以理解的东西强加予人。欧里庇德斯的悲剧，恰恰就是这一观念的不幸产物。

在古希腊的悲剧世界里浸淫越深，尼采就越是不能容忍公众的聒噪。他越来越孤独，越来越没有耐心。但瓦格纳却变了，随着德国人在普法战争中的节节胜利，他也有点德国人的洋洋自得了。然而在尼采看来，战争的胜利，并非文化上的凯旋。

当瓦格纳雄心勃勃地开始筹建他的拜洛特剧院时，尼采却在设想一个只有他和他的朋友们朝夕相处的修道院。那将是隐居者们的乐园，在那里，一切生活的义务都可以免除，超越大众，远离政府，只需专注于神圣的内心生活。然而，一位朋友的回信指明了一个尼采选择盲视的冰冷事实：去哪儿找钱呢？尼采还没有病入膏肓，从此对他的修道院只字不提。

尼采集中精力继续写作《悲剧的诞生》。但如何面对公众，尤其是更加奴性也更加功利的现代公众，仍然是他忧心的核心问题。修道院的梦想算是泡汤了，那么在现实社会里，一种高级的文化和精神生活何以可能？

奴隶制是文化的必需物！这就是尼采的答案。人是分等级的，高级文化只是少数人的特权，为了极少数卓越的人创造出伟大的艺术世界，必须以大规模的奴役为前提。要让那些"文化的鼹鼠"，那些以劳动为生的低等人，服从于秩序的暴力，沉浸于献身的激情！

估计读到这里，尼采已经不受你待见，而显得面目可憎了。而且你会想，有人说他是纳粹的先驱，看来并没有冤枉他。怎么说呢？我的看法是，即使没有尼采，也会有希特勒，也会有纳粹。尼采也好，瓦格纳也好，让希特勒恨不能与之紧紧拥抱，促膝长谈，但这不是他们的过错。

其实生活中的尼采温文尔雅，极好相处。我不相信他可以成为一个手握皮鞭、凶神恶煞的奴隶主。赞美奴隶制的那些话，或许不过就是过过嘴瘾，一场头脑风暴的意淫。《法兰克福和约》签订不久，法国爆发内战，卢浮宫被烧的消息传来，尼采痛心疾首，潸然泪下，急忙去找布克哈特分享他的悲哀。两人在书房里待了很久，发出一阵阵的啜泣声。然而即便如此，尼采在给他朋友的信中还是说："不管我的痛苦多么强烈，我也决不会向那些亵渎神圣的人丢石头。"

《悲剧的诞生》终于问世了。瓦格纳赞其无与伦比，还向尼采抱怨说，他和妻子争着阅读，但他们只有一本书。尼采的几位朋友也给出了高度评价，而让尼采最为宽慰的，则是冷静、严谨的布克哈特也向他表示了祝贺。但也有不好的消息，伟大的语言学家里奇尔在给尼采的回信中表达了严厉的批评和指责。

还有不好的消息，瓦格纳要迁往拜洛特了，此前他就住在巴塞尔附近的特里伯森。这对忘年交的蜜月期还在持续，但是阴影已经降临，裂缝正在扩大。在拜洛特剧院的奠基典礼上，两千人齐声合唱《成千上万的人拥抱在一起》。然而，尼采看到的是，人们毕竟没有互相拥抱，而且在他看来，这是极其虚假的情感；真实的情形是，人是分等级的，强力者总是渴望超越别人，总是被妒忌吞噬，应该颂扬的是这样的激情。

他表面上还是瓦格纳的盟友，还为拜洛特剧院修建的资金短缺忧心如焚。但是，决定性的问题终究还是来临了：瓦格纳究竟是个什么样的人？他的艺术究竟意味着什么？很不幸，尼采的结论是：瓦格纳仍然不过是一个戏子，他的东西缺乏简朴真诚，有的只是纯粹的自我意识；没有崇高，只是一堆乱七八糟的拼凑，企图以以毒攻毒的方式麻醉德国人的灵魂。

这一发现让尼采陷入痛苦的深渊。整整四年啊，他为瓦格纳而活，为一个戏子而活，为谎言而活，而他本来是要献身于真理的啊！何为献身真理？那就是直面存在的荒诞，勇往直前，拒绝一切安慰！尼采再次回归到叔本华。虽然我们知道，这位死去的老师最终也会遭到他决然的抛弃和无情的批判，但在这个时候，他比瓦格纳这位活着的老师更为可取，因为他至少没有说谎，他至少敢于承认绝望而不加掩饰。

但要和瓦格纳决裂绝非易事，而且，瓦格纳本人还蒙在鼓里，对即将来临的风暴毫无察觉。经不起瓦格纳的反复邀请，尼采动身前往拜洛特。到达的当晚，他搞了一个小动作，把他自己欣赏而瓦格纳妒忌的勃拉姆斯的乐谱放在瓦格纳的钢琴上一个显眼的地方。瓦格纳选择无视。第二天，尼采如法炮制，瓦格纳终于大发雷霆，摔门而出。

友谊还在延续，但决裂已然在即。瓦格纳雅量高致，写信来表达了诸多生活上的关怀，比如建议尼采找个有钱的女人结婚啦，去游泳健身啦，多吃肉食啦，等等。但这只能让尼采感到羞愧，懊悔自己的软弱为自己招来这些温和体贴但极其可笑的建议。

基督教神秘剧《帕西法尔》公演了。尼采受邀观看了全部演出。演出结束，瓦格纳在雷鸣般的掌声中一次次地回返舞台谢幕。尼采看着这个新时代的基督徒，见证了他的荣耀，但关于决裂的最后一丝犹豫已荡然无存。他走出剧院，消失在茫茫的黑夜里。这是一个历史性的时刻，瓦格纳被唾弃了，叔本华也要被干掉了，因为"永恒轮回"的思想即将降临，而超人的脚步声也已经不远了。

最后，为尊重知识版权，有必要说明，上述内容除了我本人的发挥，主要来自丹尼尔·哈列维著、刘娟翻译的《尼采传：一个特立独行者的一生》。如果你怕我打胡乱说，可不辞辛劳亲览细阅。如果信得过我，就算是我帮你读书了。另外，尼采和瓦格纳的事儿其实远不是这么简单，尼采本人称其为"瓦格纳事件"，还写了多篇文章予以清算。如有兴趣继续了解，那就直接去阅读尼采的原著吧，我这里就不再絮叨了。

珍惜生命，远离大师

　　1816年9月，新近丧夫的夏绿蒂·布甫，《少年维特的烦恼》女主人公绿蒂的原型，带着她的女儿，来到老歌德所在的魏玛城。她此行的目的，据说是拜访居住此间的妹妹。她们在"大象旅馆"登记入住，招待员怯生生地问道："您，就是那位传说中的绿蒂？"老太太平静地答道："是的，就是我，如果这个理由可以让您一刻也不耽搁地把我们领到房间里去，我会非常高兴。"消息很快就散出去了。下午时分，当绿蒂打开旅馆二楼房间的窗户时，发现楼下那个来时还空荡荡的广场，此时已人山人海，喧闹异常，而且全都朝着窗户这边翘首张望。不奇怪，谁都想一睹当年那个把"我们的歌德"折磨得差点自杀的女子的真容。

　　说是来看她的妹妹，但恐怕绿蒂自己心里也清楚，和歌德的见面才是此行的重头戏。事实上，他们见了好几次面，但相会的情形多少有些令人失望。老歌德还是魏玛公国的枢密顾问，他以无可挑剔的外交家派头接待了绿蒂，常常是在朋友云集的场合，高谈阔论，彬彬有礼，其表现完全符合正常的友谊交情。而绿蒂呢，本就理性克制，言行举止更不会给人留下话柄。该是道别的时候了。还担任着魏玛剧院院长的老歌德邀请绿蒂看戏,不过,他只是派出了他的马车,本人并未现身。绿蒂平静地接受了邀请。在剧院里,绿蒂看戏,其他人看她。演出结束,绿蒂再次坐上歌德的马车准备回去。这时,她发现车厢里还有一个人。不用说,那人是歌德。

短暂的寒暄后,歌德悠悠地说道:"一个段落,分别是一个段落。重逢是一个短短的章节,一个片段。"或许,老歌德已经进入作诗的节奏,接踵而来的句子马上就要鱼贯而出,要不是绿蒂的小宇宙瞬间爆发:"我不懂你在说什么!一个短短的章节,一个片段吗?可是你自己知道不该是那样的片段,而我必须怀着完全徒劳的心情,回到我那孤独的寡妇生涯中去。"歌德顾左右而言他:"这么久没见了,您没有和您的妹妹好好叙旧吗?""别嘲笑我!是的,来看妹妹只是我的一个借口,我来是要满足我长久以来的一个愿望:我要旅行到你的城市来,命运已经把我的生命和你的伟大成就交织在一起,我要找到你,我要给这个片段的故事找出一个结尾,使我暮年的生活得到安宁。你说,我这样做,难道有什么不妥吗?难道只是一个糊涂的女学生的恶作剧吗?"

不得不说,这是一段令人动容的表白,尤其是那句"我要旅行到你的城市来",具有相当惑人的修辞效果,一个恋爱中久攻不下的青年,完全有可能凭此一句拿下一个犹豫不决的女子。所以尽管伟大如歌德,其作为一个男人的虚荣心也应该有所满足,当年遭受的重创,也可以借此得到一个虽然迟到但并非可有可无的安慰了。然而,歌德就是歌德,而不是一般的男人,他竟然含蓄地提醒绿蒂:"您的到来没有什么不妥,但是您已经老了！"此话太过诛心，绿蒂也忍不住反唇相讥："你的字句还是那么诗情洋溢，但你僵硬的身板不由人不感到怜悯！"一地鸡毛到如此地步，终于逼出了老歌德的惊世之语："说您老了就伤到您了？一本文艺作品给了您永恒的青春，我已经让您不朽了啊！"

听了这样的话，如果你是一个正常人，绿蒂的反应可想而知。而且，你完全看得出，这是纯粹虚构的情节，所以，你还可以接着往下写。但以上内容并非我的杜撰，而是来自托马斯·曼的长篇小说《绿蒂在魏玛》。而且，托马斯·曼也不是无中生有，因为确有绿蒂访问魏玛一事，据说他还做过一些调查访问，力求有根有据。当然，这么做不是要为歌德作传，而是想通过这番看起来"靠谱"的想象，为我们呈现一个他所理解的歌德。那么，你觉得这是一个怎样的歌德呢？

记得年轻时看歌德传记，得知他风流无数，但紧要关头总当逃兵，很有些看不起他。他在斯特拉斯堡求学时，和一个叫布里翁的十五岁的少女热恋，第二年夏天却不辞而别。此女后来终身未嫁。歌德后来谈起此事也感到痛心疾首，但他是这样诅咒自己的："上帝所憎恨的人""一个没有目的没有安宁的非人"。真会说话啊！一个人被上帝憎恨的人，一个非人，他还需要为自己的行为负责吗？有意思的是，托马斯·曼给我们看的也就是这样的歌德。当绿蒂抱怨她只是歌德伟大地位的牺牲品时，他是这样安慰绿蒂的："是的，你是牺牲品，但你是自愿扑火的飞蛾；而我呢，我既是灯火，也是那燃烧着的蜡烛，牺牲自己的身体，让它燃烧，发出光亮……"

是什么在燃烧歌德那"蜡烛"的身体，让他不由自主地

"牺牲"自己？在《亲和力》中，他借人之口说道："我们的激情真是火中的凤凰，老的自焚而死，新的随即又从灰烬中诞生。"托马斯·曼笔下的老歌德则说，是那无穷无尽、无边无形的"变化和统一之力"。而神秘的是，歌德的每一次"被烧"都不期而临，又总能在恰当的时刻戛然而止，所以，他总能准确地"死"里逃"生"。然而，没有一次豁得出去，没有一次酣畅淋漓，连他自己都有些厌倦了。因此，当拜伦像夜空中的照明弹一样横空出世时，不仅让他惊为天人，而且（可以想象），也令他深深地感到自惭形秽。据说，《浮士德》第二部里，由浮士德和海伦所生，那个一下地就跳个不停，嚷着要直冲太空，最终不幸坠落而死的男孩欧福里翁，就是歌德对拜伦的致敬。拜伦因参加希腊独立战争，在前线视察时感风寒而死，希腊临时政府曾为他举行隆重的国葬。

但据说，歌德对拜伦的致敬，不只限于这个虚构的形象。1823年7月，拜伦曾致信歌德，说他已由意大利海岸出发前往希腊，要去帮希腊人把土耳其侵略者赶出去。此事令歌德心潮澎湃，其时他身处波希米亚的马里恩巴德疗养地，正陷于一场难以启齿的苦恋之中。他喜欢上了所住旅馆房东太太的十七岁的女儿乌尔丽克，而他已是七十四岁的高龄。此前，巨大的年龄悬殊令他踟蹰不前，而现在，伟大的拜伦再次令他羞愧不已：人家都要冲锋陷阵去了，我却连一个小小的求爱都如此胆怯！之后的事情我们都知道了，他托人求婚，但惨遭失败，激愤之下写出了传世名作《马里恩巴德悲歌》。茨威格在他的十四篇历史特写《人类的群星闪耀时》里，绘声绘色地讲了这件事情，而且把歌德告别疗养地的那一天（9月5日）称作德国文学的纪念日,"因为从此以后在德国的诗歌中,再也没有把情欲冲动的时刻描绘得如此出色"。

看起来,歌德这一次的"燃烧"有些不同,似乎只是受拜伦刺激的结果,然而,我们完全可以像托马斯·曼笔下的歌德一样,把拜伦看成是那神秘的"变化和统一之力"派来的使者,所以,老歌德仍然可以"全身而退",而不必有丝毫道德上的歉疚感。虽然我们知道,就像当年的布里翁一样,乌尔丽克也终身未嫁,而当有人问她当年的想法时,她说,如果不是母亲阻止,她是愿意嫁给歌德的。

你愿意相信在歌德身上那不时出没的"变化和统一之力"吗?你可能以为,我最后肯定会出来骂他一声"老流氓",如果你是这样想的,那我不得不告诉你,我既没有这么粗鲁,也不会如此浅薄,甚至断然宣称根本就没有什么所谓的"变化和统一之力"。在这件事上,我愿意采取维特根斯坦的态度:一个人对不能谈的事情就应该保持沉默。因为,就算我能理解歌德一次次的逃跑心理,却无法理解他总能"铁石心肠"地逃跑成功,并且像经历格雷辛悲剧的浮士德一样,再次感到"生命的脉搏清新活泼地跳动",唤起"坚强的决心",去"努力追求最高的存在"。或许,他真是被"变化和统一之力"所选中的人,面对那"最高的存在",除了听从,他也感到无能为力。

其实,用不着拿歌德这样的大咖说事儿,我们知道,我们的身边就有一些恋"爱"无数,屡"爱"屡逃,屡逃屡"爱",至今仍不知疲倦地投身于"爱"之大业的人。在我眼里,他们也是被选中的"大师",对于他们的所作所为,不仅我等凡人难以理解,就算他们自己,或许也感到无从解释。

没有比只爱一个人更肉体的了

在莫里哀的《唐璜》开场不久,唐璜又狠心抛弃了一个痴情的女子,如此不负责任的行为,连他的仆人都看不下去了,遂不顾自己的身份卑微,壮着胆子说他"四面八方搞恋爱,实在不体面"。我们的唐璜老爷对此等以下犯上、以卑犯尊的行为倒是不太在意,而是忧愁地说:"你让我怎么办呢?难道让我在一个女人身上找到终点?"因为"所有的美女都有博得我们欢心的权利"啊。

所以你看,唐璜之所以是唐璜,是因为他有这套颠倒黑白的本事,明明是他玩弄了女性,但却被他说成是心系天下女性的平等权利。对于此等侮辱我们智商的行为,我们当然要毫不留情地予以还击:想当流氓就明说,装什么呢!学者们不会这么直白,而是把话说得比较委婉而高级。比如在《沉重的肉身》里,刘小枫先生就说,《生命中不能承受之轻》里的外科医生托马斯,那个唐璜似的人物,他想要的其实是一种耽于肉身逸乐的幸福,而试图回避一种灵魂生活的美好。据我所知,很少有人不同意刘小枫先生的这个说法。

刘小枫先生之所以这么说,是因为托马斯不想过那种只和一个女人（特丽莎）腻在一起的生活，而喜欢那种可以和多个女人保持毫无约束的亲密关系的状态。然而，我却对此甚为疑惑。因为依我的看法，只爱一个人和爱很多人的区别，并非是爱灵魂还是爱肉体的区别，而是爱一个肉体还是爱多个肉体的区别。所以，非得说前者就是美好的灵魂生活，而后者就是不堪的耽于逸乐，在我看来完全没有道理。

就拿《生命中不能承受之轻》来说，特丽莎之所以不能接受托马斯和别的女人乱搞，并非因为她认为托马斯不识好歹，分不清灵魂的美好和肉体的粗俗，而是因为托马斯没有把他的肉体之爱只给她一个人，相反却给了那么多乱七八糟的女人。事实上，特丽莎后来跟萨宾娜还有同性恋的嫌疑呢，所以你不能说她不重视身体之爱。因为相对于男女之情，同性恋显然追求更为纯粹的身体逸乐。

我们太容易拔高那些不二之爱的精神性，殊不知，没有比只爱一个人更肉体的了。不妨以家喻户晓的罗密欧与朱丽叶为例。世间爱情故事多如牛毛，为什么就这一个独享尊荣，几乎等于爱情本身？这是因为，找不出比罗密欧与朱丽叶更忠贞不渝的例子了。两个人都向对方证明了"非你不可"，并且相互见证了对方可以"为我而死"。古今中外，这是唯一的一次，即便是在虚构的故事里。当然，这有赖于劳伦斯神父的那瓶神药。

我们是不是应该认为这才是真正的爱情，并且视之为绝对的灵魂之爱？因为按照刘小枫先生的看法，如此沉重的爱情当然迥异于追求逸乐的幸福，当然是美好的灵魂之爱。然而，如果我们细察这个故事本身，或许就会得出相反的结论。

没有比只爱一个人更肉体的了

041

罗密欧看见朱丽叶时感叹："从前的爱都似假非真，今夜才遇上绝世佳人。""外貌协会"的意味再明显不过。事实上整部剧，除了柔情蜜意和打情骂俏，我们看不到他们之间有什么值得称道的精神交流，看不出他们的结合有什么特别之处。

有一句话更明白无误地表明了是朱丽叶的肉身而非灵魂才是绝对不可取代的——罗密欧因误杀朱丽叶的堂兄被亲王放逐，当他为此痛不欲生之际，曾为二人秘密主持婚礼的劳伦斯神父说："不要这么痛苦，孩子，我会用哲学的甘乳安慰你。"而罗密欧却喊道："哲学有什么用，除非哲学能重造一个朱丽叶！"

所以我们要看到，真正不可取代的是那个具体的朱丽叶的肉身，而非那个看不见摸不着的朱丽叶的灵魂。二人后来双双殉情，殉的也是对方那绝对不可替代的肉身。不然，想象着另一个人的灵魂也还可以继续过活。

所以我们可以说，只爱一个人也是肉体的，但为什么说没有比它更肉体的呢？这是因为，如果一个人的肉身可以被别的（乃至更多的）肉身取代的话，那也就意味着没有哪一个肉身是真正重要的。唯有不可取代，这个肉身才是绝对的肉身。然而，我们没法说哪一个灵魂是不可取代的，除非把它和某个具体的肉身联系起来。

其实说到这里我也就想挑明了，我完全不同意刘小枫先生那种把肉身和灵魂相割裂的做法，因为如果灵魂可以单独存在，那它也就可以寄寓多个肉身，而一个追逐多个肉身的人，还可以说他/她在追逐同一个灵魂呢。要是能想到这一点，唐璜当年可能就更加有恃无恐了。

事实上,没有任何一个人可以从灵魂上向另一个人证明:只有我值得你爱。因为只要诉诸观念,就总是可以被替代的。也没有任何一个人,可以完全不想象另一个人的形貌,仅凭他的精神就敢断言:非他/她不可。唯有面对一个具体的肉身,一个人才可以在内心告诉自己:真命天子/女就是他/她了。虽然,在未来的某个瞬间,当面对另一个肉身时这样的事情可能再次发生,就像在罗密欧身上发生的情形一样(在爱上朱丽叶之前,他就已经向另一个叫罗莎琳的女人表达过最高级的爱了)。

还记得《情人》那动人的开场吧:

"我已经老了,有一天,在一处公共场所的大厅里,有一个男人向我走来,他对我说:'我认识你,我记得你。那时候你还年轻,人人都说你美,现在,我是特来告诉你,对我来说,我觉得你比年轻的时候更美,那时你是年轻女人,与你那时的面容相比,我更爱你现在备受摧残的面容。'"

然后再想想那首著名的《当你老了》,赵照唱道:"多少人曾爱你青春欢畅的时辰/爱慕你的美丽/假意或真心/只有一个人还爱你虔诚的灵魂/爱你苍老的脸上的皱纹"。

我觉得杜拉斯比叶芝来得直接,她根本不提灵魂的事儿。但是叶芝也很敏感,他知道要在"虔诚的灵魂"后面加上"苍老的皱纹"。而两人的共同点是,他们都会提到"年轻时的美丽",似乎它才是"备受摧残的面容"或"苍老的皱纹"仍能为人所爱的内在秘密。当然,我是不太同意这个看法的,因为在我的眼里,像老年赫本那样"备受摧残的面容"的魅力,完全不需要她"年轻时的美丽"作为必不可少的前提。

没有比只爱一个人更肉体的了

043

要是你的那个他/她突然消失,你会怎么样?

博尔赫斯有多厉害就不用我多说了,在很多人看来,他幸好没得诺贝尔文学奖,不然,其高耸入云的文学格调将会大大降低。我完全同意这个看法,尤其是考虑到几年前一个号称不爱说话的人也得了这个奖,以及村上春树年年高涨的得奖呼声,我是打心眼儿里替他感到万幸的。

然而俗话说,"金无足赤,人无完人",博大师也是有短板的。说来可能你都不太相信,他害怕上讲台,虽然讲的是他最拿手的文学,但他对自己的讲台发挥毫无自信。即便是做了充分的准备,他也会感到极度紧张。他会在上课的前一天晚上给他老母亲讲一遍,然后第二天步行去教室的途中,还会拐进一家酒吧喝上一杯以壮尿胆。履行完所有这些仪式,他才不得不硬着头皮冲进教室。

不过,你要是因为这些就看低博大师的讲课水平,那就大错特错了。我不知道他是否念稿,但至少就他留下的讲稿而言,我不得不承认,讲文学这门手艺,毕竟还是要亲自操过刀的,不然,也就像我这样,摆出几个观念,看起来讲得风生水起,实际上都是花架子,脚下发虚得紧。

我接下来要讲的就是他在课堂上讲的一个故事。故事叫作《韦克菲尔德》，霍桑写的一个短篇，收在他的小说集《重讲一遍的故事》里。博尔赫斯把它重讲了一遍，说这是霍桑小说中最打动他的一个故事。现在我要把这个重讲一遍的故事再讲一遍。不过为篇幅计，我会讲得非常简短。另外，我全凭记忆，不做核对，肯定会有一些出入。

　　说是一个叫韦克菲尔德的人，其貌不扬，性情平庸，却干了一件古怪而惊人的事情。一天黄昏，就像许多个平常的黄昏一样，他提着收拾好的皮箱，外加一把雨伞，告诉他的妻子他要去乡下办事，可能要好几天才能回来。他的妻子瞟了他一眼，估计他又在故弄玄虚，但就像往常一样，妻子满足了他无伤大雅的虚荣心，没有发表什么意见。

　　韦克菲尔德就这样迈出了门槛，随手关上当街的门，但又突然打开一条缝，微微一笑，然后走了。霍桑本人的小说，以及博大师的转述，都特别强调了这个微笑的意义。因为它将是陪伴韦克菲尔德太太未来漫长岁月的一丝微笑，即便是她想象韦克菲尔德死了，躺在棺材里的韦克菲尔德，脸上浮现的也是这一丝微笑。

　　韦克菲尔德其实毫无成算，因为他根本不知道要干什么。他要去的目的地近在咫尺，也就是街拐角上的一家小旅馆，之前他在那里订好了房间。很快，他的旅程就结束了。他有些迷茫，不知道接下来该做何打算。他甚至又莫名其妙地走出旅馆，习惯性地朝家门走去。就在踏上家门台阶的一瞬间，他才猛然惊觉，慌忙掉头逃走。

　　一番难挨的煎熬之后，他给自己订了一个小目标：我要一

要是你的那个他／她突然消失，你会怎么样？

个星期不回家,看看我那老婆究竟会咋样。一开始有点困难,但一个星期很快也就过去了。韦克菲尔德的心情不再那么焦灼,也不再那么迷茫了。接着他给自己制订了第二个目标:一个月;第三个目标:三个月;第四个目标:一年……

其间,他观察到医生好几次出入他的家门。毫无疑问,可怜的韦克菲尔德太太病倒了。但慢慢的,医生来的次数越来越少。后来,韦克菲尔德太太出门了,围着黑色的头巾,上教堂去了。显然,她的身体和精神都挺过来了。

韦克菲尔德也越来越安心了。他仍然住在街拐角上的小旅馆里,日日从旁悄悄观察他的家门。妻子很忠诚,也很安静,一个人过着简单的生活。博大师有个评语很霸道,说就是拿幸福跟她交换,她也不会愿意。

就这样,慢慢的,也很快的,十年就过去了。

有一天在伦敦的大街上,韦克菲尔德和他的妻子擦身而过,一瞬间四目相对,但妻子没有认出他,只是走到街边时若有所思地回望了一眼。和妻子不同,韦克菲尔德大受刺激,飞也似的跑回住处,躺在床上大声叫喊:"韦克菲尔德呀,韦克菲尔德,你简直是疯了!"

他的确是疯了。他身处喧闹的伦敦,却与世隔绝。他自以为还热爱着妻子,但对于妻子来说他已经死了。总之,他成了世界的弃儿。这是韦克菲尔德十年以来最剧烈的一次感情激荡。然而,就像浪花打在礁石上一样,这不同寻常的一次激荡,最终也敌不过韦克菲尔德那不经意间早已养成的铁石心肠。

就这样,一切照旧,又过去了十年。然后,就像二十年前那个毫无征兆的黄昏一样，有一天黄昏时分，韦克菲尔德透过窗户，看见天花板上那摇曳着的幽灵般的影子，那是他妻子坐在壁炉旁火苗的光投影的效果。他推开房门走了进去，带着那丝我们熟悉的微笑，就像饭后散步买了包烟回来一样。

故事到此戛然而止。你可能要问：霍桑没有再说点什么吗？的确，就像惯常的那样，霍桑高深莫测地讲了这样一个道理：在纷繁复杂的世间万象的背后，有一种我们所不知晓的必然性的主宰，一个人哪怕只是瞬间地误入歧途，也会永远成为宇宙的弃儿。按照博大师的理解，韦克菲尔德实际上是回不去了，尽管他走进了实实在在的家门。

其实以博大师的审美品位来讲，霍桑这是画蛇添足，多此一举。博大师认为这是他的老毛病，因为他之所长乃离奇的想象，而并非抽象的推理，但他总是勉为其难地要讲一些自以为高深的道理。比如他曾在笔记本上记着：一蛇入某人胃中，并依此人维持生命，从十五岁至三十五岁，此人深受其苦。博大师认为这事本身就很有意思了，但霍桑来了个总结：这是妒忌和坏念头的象征。

博大师果然眼光敏锐，我们需要谨记他的教诲。然而，就刚才这个故事而言，就算霍桑不讲他的那番道理，要是让我们听完算完，完全不去考虑韦克菲尔德走进家门后的命运以及这个故事的言外之意，还是有些不近情理。

据霍桑讲，这个故事是他从报纸或是杂志上看来的新闻，确有其事，并非他的杜撰。而他之所以要添油加醋地把它写成一篇小说，是因为在他看来，这个故事能够激起我们深刻的同情。这个说法是值得考量的，也就是，我们为什么要对韦克菲

要是你的那个他／她突然消失，你会怎么样？

尔德这样的家伙感兴趣？

我个人以为，无论过得惬意还是狭促，大部分人都有逃离现状的愿望。因为狭促所以想逃离，这很好理解，但为什么惬意了还想逃离呢？为了刺激。看看那些富人的生活你就知道了，惬意生活不断降低的边际效应，是需要越来越多的刺激来补偿的。

另外一个有意思的例子是《西游记》里那些偷偷下凡的天庭怪兽，我想它们的生活应该是很惬意的，但还是要甘冒风险到人间作怪，要的也无非是个刺激罢了。而且我想过一个问题，为什么它们的主人总是要等到大圣打到天庭去才知道它们跑了呢？我想可能是因为逃跑的时间太短，没来得及发现，所谓"山中方一日，世上已千年"，看起来怪兽们在凡间作怪已有经年，但在天庭，或许也就是打个盹儿的工夫。

所以我常常幻想人间也是一个天庭，就像那些怪兽可以到我们人间作怪一样，我们也能趁睡个午觉，或是外出买包烟的工夫，到哪个低级的世界去作怪一回，寻点刺激。或是要求不要那么高，就去那儿傻待个几天，睡他个昏天黑地，无所用心地四处溜达，差不多了就回到人间，但是并没有耽误什么事情，身边的人也毫无察觉。

然而，这毕竟只是一个幻想。据我所知，既想满足刺激，又不危及现状的办法只有一个，那就是催眠。在电影《当尼采哭泣》里，那个给尼采做精神治疗的布雷尔医生，本人也有严重的精神问题。他喜欢上他的一个女病人，不幸被老婆发现，大闹一场后，只好把这个女病人让给了他的一个同行去治疗。但布雷尔从此深感婚姻乃至整个生活都索然寡味。最终，在尼采哲学的鼓动下，他毅然抛妻别子，踏上了去寻找幸福的火车。

　　他赶到了同行的那家医院，在花园里看见了他朝思暮想的女病人。然而，她正和另一个男子如胶似漆，难舍难分，还对那个男子说："我爱你，我只爱你。"这正是女病人曾经对他说过的话。刹那间，布雷尔万念俱灰，一转身跌跌撞撞地跑了。此后，他的生活过得异常悲惨，一代名医竟然沦落到靠端盘子为生的地步，而且很不幸的是，有一天他被朋友弗洛伊德发现了。他丢下盘子就跑，弗洛伊德紧追不舍。

　　一番惊险的追逐后，布雷尔无处可逃，只好跳入河中，弗洛伊德奋力相救。危急关头——布雷尔醒了，原来是弗洛伊德在给他催眠。布雷尔回到家中，久违的欢声笑语再次包围了他。

　　我不知道中国有没有靠谱的精神分析师，但即便是有了那么厉害的精神分析师，估计大多数人也付不起那个价钱。那就还是乖乖地待着吧，看一看《韦克菲尔德》的故事，做些不切实际的联想，也不妨思考一下这个问题：布雷尔医生回来了，但韦克菲尔德还回得来吗？

你有没有可能背叛一个你至爱的人？

想一个你至爱的人，或许在远方，或许就在眼前，或许已不在人世，然后想想你有没有可能背叛他/她？可能你会生气，我怎么会提出这么无聊的问题；又或者你会想当然地说："那怎么可能！"但实际上，这个问题并不无聊，你那个想当然的态度也未必可靠。

《一九八四》里的思想犯温斯顿，就是在这个问题上被彻底打垮的。他和爱人裘莉亚同时被捕，受尽拷打折磨，然而他们都坚信，他们可以招供一切，却有一样东西不可摧毁，那就是他们的爱情。

他们早就想到过有被捕的那天，也想到了会被拷打，也想到了不得不招供，但他们认为招供不是出卖，因为他们真正在意的是感情，而敌人不可能钻到你的脑子里去，不可能控制你怎么想，怎么感觉，总之，再凶狠的敌人也无法攻破你的内心。他们对此深信不疑。

但那个叫奥伯朗的思想警察可不这么看。他抓住了问题的关键。在他看来，历来的统治者，对付异己的方式都非常失败。他们摧毁了那些异己者的身体和尊严，却无法阻止他们怀着殉道者的崇高感赴死。

是改变历史的时候了，奥伯朗决心解决这个困扰统治者的千古难题。温斯顿和裘莉亚是被选中的试验品。征服的第一步仍然是拷打，而且是莫名其妙的拷打。因为实际上没有什么可交代的，交代出来的东西也没有什么价值。但为什么还要拷打呢？

奥伯朗告诉温斯顿："你是白玉上的瑕疵。你是必须擦去的污点……我们不满足于消极的服从，甚至最奴颜婢膝的服从都不要。你最后投降，要出于你自己的自由意志。"

拷打是非常残酷的，超出了未被拷打之前的任何想象，而除了难以承受的疼痛，更可怕的是身体形象的触目惊心：全身发灰，污秽不堪，胸口深陷，肋骨突出，脊梁弯曲，双肩嶙峋，到处是红色的疮疤，头发一揪就掉……

然后是奥伯朗的及时教导："我们打垮了你，温斯顿。我们打垮了你。你已经见到了你的身子是什么样子。你的精神也处在同样的状态。我想不会剩下多少自尊心了。你被拳打脚踢，鞭棍交加，百般辱骂，你大声叫过痛，求过饶，在地上的血泊和呕吐的脏物中间打过滚。你哀声地求饶乞怜，出卖过别人。你能想出一件你自己没有干过的堕落事情吗？"

"我没有出卖裘莉亚！"温斯顿说。

是的，一切都还在温斯顿的掌控之中，正像温斯顿被捕前想象过的那样，就算受尽折磨，就算体验到了疼痛面前没有英雄，但他毕竟守住了底线：他没有背叛裘莉亚。现在，他只求速死，但奥伯朗非常耐心："可能要过很久……迟早一切总会治愈的。最后我们就会枪毙你。"

绝招是早就预备好的，但要留到最后才用。原因很简单，要摧毁的必须是经过淬炼的坚固之物，否则摧毁的力量就算不上强大。

奥伯朗是伟大的恐惧心理学家："世界上最可怕的东西因人而异。可能是活埋，也可能是烧死，也可能是淹死，也可能是打死，也可能是其他各种各样的死法。在有些情况下，最可怕的东西是一些微不足道的东西，甚至不是致命的东西。"

对于温斯顿来说，那个微不足道的东西就是老鼠。当那个装着饥饿老鼠的铁笼子的小门打开，距离温斯顿的脸越来越近，一股老鼠的霉臭味儿扑鼻而来时，温斯顿疯狂地叫喊起来："咬裘莉亚！咬裘莉亚！去咬裘莉亚！咬她的脸！啃她的骨头！别咬我……"

笼子拿开了，温斯顿安全了。他被释放了，奥伯朗胜利了。是这样的吗？奥伯朗是这么看的，温斯顿和裘莉亚也是这么想的。当他们相互一瞥，各自怀着深深的轻蔑和憎恶。他们不再相爱了，因为裘莉亚也出卖了他。一个说："你关心的只是你自己。"另一个附和说："是的，你关心的只是你自己。"一个说："从那以后，一切都不一样了。"另一个附和说："是的，完全不一样了。"

我不知道奥威尔本人如何裁决温斯顿和奥伯朗之间的这场较量，但小说的结尾，似乎让人感觉沮丧，而这可能也是大多数人的读后感。如果的确如此，我们就不只是在读完小说之后感到沮丧，而且也不只是为温斯顿感到沮丧，而毋宁说是从此以后为我们全部人感到深深的沮丧。因为，虽然我们被置于温斯顿处境的可能性几乎为零，但我们可以设身处地，而得出的结论也并非虚妄。

温斯顿想要死守的，奥伯朗想要攻破的，是人的自由意志。而温斯顿和裘莉亚最终都认为，他们相互的背叛就是出于自由意志，而并非被迫。正如裘莉亚所说，在那个瞬间，"你真的愿意这事发生在另一个人身上。他受得了受不了，你根本不在乎"。这就是他们相互轻蔑和憎恶的缘由。如果我们也感到沮丧，那缘由也如出一辙，因为所谓"头上的星空和心中的道德律"已荡然无存。

这就是奥威尔想要的结论吗？他是想借此提醒我们，极权主义者有多么疯狂和可怕吗？我相信第二点是他的意图，但我不太相信他会认为，可以像奥伯朗摧毁温斯顿那样摧毁一个人的自由意志。

这其实是一个灼人的问题。即便是在亲人和爱人之间，我们也可能会开这样的玩笑："如果日本鬼子把你捉住了，要你说出我在哪儿，不说就给你上刑，你说还是不说？"对此，我们已学会了轻松自嘲的回答："不用上刑，我马上就说。"然而，哄笑之后，你真的心安理得？

我不知道别人怎么想，至少我被这样的问题困扰过，尤其当我还是个孩子时，我无法想象我会出卖自己的母亲，然而我同样无法想象，当面对酷刑时，我该如何克服自己的恐惧。这个想象有点幼稚，但是不是很多人都有过？

那些经受住非人酷刑的人是值得景仰的。据说，翼王石达开被凌迟处死时，自始至终，面目沉静，未发一声。相比于他的赫赫战功，这件事对我的心灵更具持久的震撼。如果相传属实，我愿意相信他是天神下凡。

你有没有可能背叛一个你至爱的人？

053

或许基督教对这个问题的看法可以缓解我们的压力和紧张。在客西马尼园，尽在掌握的上帝之子耶稣，面临即将来临的灾难（犹大的出卖），也明知自己死后还会复活，却仍然掩不住心中忧愁，向耶和华祷告："求你把这杯拿去。"而对于被捕后彼得三次不认他，他不仅早有预言，而且作了清楚的解释："你们的心灵固然愿意，但肉体却软弱了。"

我愿意接受这个关于我们的生命的认知，我们就是灵肉二元的合体，既有自由的灵魂，也有沉重的肉身，而当肉身的考验超越承受的极限时，我们的选择就不再出于我们的自由意志。所以，那种以为通过摧毁我们的肉身，就可以摧毁我们的自由意志的企图，并不能达到它的目的。尽管我们可能像温斯顿一样被打垮，但垮掉的也并非我们的自由意志。

这就是我敬重木心的原因。看看他刚刚出狱时的那张照片，我想他一定经受了常人难以想象的精神和肉体的折磨。我从他的眼神和表情里读到的，是那种触及极限的屈辱和悲哀。然而，对于这段经历，木心几乎从不提及，也无意整理那已漫漶成天书的狱中札记，他给我们看到的，始终是那颗未曾丝毫损减的骄傲灵魂，以及弥漫在字里行间的从容贵气。

然而，在当下学界一片哄抢面包的喧嚣声中，木心的形象并不受人待见。这完全可以理解，因为这些哄抢面包的人，就是陀思妥耶夫斯基笔下追随宗教大法官的人，或者他们自己就是宗教大法官，在自由和面包之间，他们更相信面包的说服力。所以，即便我们可以论证虚构的奥伯朗并未取得胜利，但无法改变的是，现实中的奥伯朗们仍在得意洋洋地统治着被打败了的温斯顿们。

你可能谈了一场假的恋爱

号称与狄更斯、马克·吐温相提并论，但一般人并不了解的幽默大师李柯克，讲过一个"浪漫"的爱情故事。说根特城堡里有一对情侣，骑士"钻子"基多和"苗条女"艾素苔，不曾相识，也未曾蒙面，但彼此爱得神魂颠倒。相爱过程颇为神秘。有一天，基多在一道栅栏上看见艾素苔的名字，当即脸色煞白，晕厥过去。醒来后即马不停蹄赶往耶路撒冷，为艾素苔建功立业去了。而就在同一天，艾素苔经过一条街道时，在一条晾衣绳上看见基多的纹章，也当即昏了过去，倒在侍女的怀里。从此以后，他们就热烈地相爱了。

虽然从未相见，但并不妨碍他们彼此珍爱对方的容颜。基多在一处城堡的巉崖下捡到过一枚用象牙刻成的小像，他想，这就是艾素苔了。艾素苔在一个云游的小贩那里，看见一幅饰有盾形纹章的小像，她想，这就是基多了，并不惜以好多珍珠相换。他们从未怀疑过他们各自的小像是否就是对方，因为他们坚信，爱情之眼是不会受骗的。

他们爱得痴迷而疯狂。艾素苔每日四处漫游，口中不停地念叨基多的名字。她把基多的名字说给树木听，小草听，花朵听,鸟儿听。有时,她会骑上小马,跑到海边,对着海浪大声呼喊:"基多!"有时,她会对着一段木头甚至一吨煤喃喃细语:"基多,基多……"

而基多呢,更不会闲着。他发誓要克己立功,滴酒不沾。他先是在耶路撒冷杀了一个大块头的阿拉伯人,接着出征到帕罗尼亚(罗马帝国一行省)杀了一个土耳其人,然后又远征到苏格兰高地杀了一个苏格兰人。总之,每年每月,他都要为艾素苔完成一项新的壮举。

但艾素苔在苦苦等待,成群结队的倾慕者也令她倍感压力。为了赢得她的青睐,他们全都信誓旦旦,赴汤蹈火也在所不辞。有的人为她跳进了海里;有的人从城垛上跳下,一头栽到了泥巴里;有的人用皮带把自己吊在胡桃树上并拒绝任何人把他放下来;有的人为她吞下硫酸而被折磨得缩成了一团……

艾素苔的继母也在催她结婚,而她的父亲,城堡的侯爵,则直接命令她在求婚者中任选一人。但忠贞的艾素苔不为所动。令她欣慰的是,她收到了基多的好几样信物:一根从耶路撒冷寄来的刻着"V"(代表爱)的棍子,一张从帕诺尼亚寄来的木板,一块从威尼斯寄来的长约两尺的石料。

漫游了多年以后,基多决定完成最后一项壮举以增添艾素苔的荣光:杀死她的父亲,把她的继母从城垛上扔下,烧毁城堡,然后跟她私奔。为此,他在五十名追随者的陪伴下潜入了侯爵的城堡。侯爵正在大宴宾客,要为女儿选定终身。基多化身为一名弄臣蹭到了侯爵的身边,然后突然现身,亮明了自己的身份,并要求与被侯爵选定的女婿决斗。众人高声喝彩,侯爵只得应允。

决斗过程相当惨烈。按照规则，二人用钉头槌交替击打对方，一方击打时，另一方须纹丝不动。他们就这样相互猛击了对方的头盔、腰部和背部，一时间难分胜负。但慢慢的，那个准女婿的头盔逐渐变形，攻击力也大为减弱，基多则越战越勇，乘胜追击，直到把对方砸成了一张画片。然后得意地取下头盔，环顾四周。就在这时，传来了一声响亮的尖叫。

原来，艾素苔被巨大的喧闹声吸引，早就来到了大厅。她知道赢得决斗的人就是基多，现在，终于亲眼见到了他的容貌。有那么一会儿，这对恋人相互紧盯着对方的脸。很快地，他们的脸因痛苦而变了形。接着，二人朝不同的方向晕倒在地。错了！错了！不是那个人！他们各自拥有的小像都是别人的肖像！爱情戛然而止。二人双双心碎，皆气绝身亡。

故事也到此结束。我估计你可能会说：结局我早就猜到了。而且我想，对于像你这样的反应，李柯克肯定也料到了。他那么聪明的人，你不可能怀疑他的智商。但让你猜到结局，还能把故事讲得妙趣横生，这就是自信和本事。他根本不以结局为诱饵，却能让你屁颠屁颠地跟在后边，看他信马由缰，一通乱走，随手扔出各种各样稀奇古怪的玩意儿来，你正看得高兴，应接不暇，他却突然间转身告你：到站了。

能讲出这么荒诞不经的爱情故事，在我看来，只能说明讲述者根本就不相信有什么所谓的爱情。这个故事的蹊跷之处在于，两个恋人最后不能接受的，仅仅在于对方不是想象中的那个人。那么不妨设想，如果他们各自拥有的小像恰恰就是对方的肖像，那肯定就是一个皆大欢喜的结局了。但如此一来，爱情的虚妄特质便也显露无遗。也就是说，如果你爱一个人，不是因为那个人客观上有什么值得你爱,而只是因为他/她符合你的自我想象的投射罢了。在这个意义上,所谓爱情不过就是自恋,相爱也不过就是两个自恋者的误解而已。所以正如李柯克生怕你不懂,忍不住跳出来给你点穿的那样:"他们谁都不是对方想象中的那个人。这个世界里其他人的爱情又何尝不是如此呢?这个故事的寓意不仅仅适合中世纪。"

或许有人要举出"罗密欧与朱丽叶"这个爱情世界的"铁证"来反驳他,但反驳无效。且不说这是一个纯属虚构的故事,而是因为我们都知道,罗密欧在爱上朱丽叶之前,就已经有过爱的最高级的表达了。戏剧开场那番闹哄哄的场景之后,罗密欧的老爹向我们谈起他的儿子,说他"用眼泪洒为清晨的露水,用长叹嘘成天空的阴云",还一个人关起门来,"为他自己造成一个人工的黑夜"。何故?因为他失恋了。他被那个被他赞为"姿容绝代"的罗瑟琳拒绝了,并因此感到"活着也就等于死去一般"。那么,我们有什么理由认为朱丽叶就比罗瑟琳高出一筹?以及有什么理由不认为,如果罗瑟琳也像朱丽叶一样接了他的招,但因为横生意外、阴差阳错而香消玉殒,罗密欧一样会以死殉情?所以,在这个故事里,真正重要的不是是否找到了真爱,而是有没有找到一个符合自己的投射,同时(如果运气好的话)自己也符合她/他的投射的对象。我愿意相信莎翁跟我的想法是一样的,倘若他看见你为罗、朱二人的悲惨结局洒下同情的热泪,那他也一定会对你这么好骗的傻子深表同情。

我基本上不相信文学大师们相信爱情。在《杜依诺哀歌》的开篇,里尔克为现代人的生存无据而深感忧虑,突然劈头问道:"(难道)恋人们会轻松一些?"随即答曰:"他们不过是相互掩蔽他们的命运。""掩蔽"一词可谓道破了天机:恋人们不过是相互寄托无处安顿的自我而已(至于荷尔蒙的作用,就不必提了)。但这也就意味着,恋人之间的关系极其脆弱,因为一旦你的寄托有变,或是对方托不住你的投射,关系即告终止。托翁就深谙此理。在《战争与和平》里,当纳塔莎和安德烈公爵相恋时,谁会想到不久之后她会被库拉金家的花花公子"引诱",并且不顾一切要跟人私奔呢?在她历尽沧桑,最终和皮埃尔结合时,谁会想到那个被毛姆称为世界文学中塑造得最美的苗条少女,会在七年之后变成一个膀阔腰圆、整天唠唠叨叨,不再觉得有必要在丈夫面前施展魅力的俄罗斯大妈呢?

好了,如此强调所谓爱情中的自恋成分,可能会被你认为过于悲观。然而在我看来,自恋并不可耻,甚至可以说,自恋乃是一切人类激情中最为疯狂的一种,而爱情不过是为自恋提供最好的修辞练习的机会而已。对于大多数并不从事艺术行当的人来说,爱情几乎就是他们一生中仅有的一次行为艺术。为了得到那个未必符合其想象的她/他,即便是一个看上去平庸得不能再平庸的人,都有可能付出过极其动人的感情,表现过令人惊叹的创意和想象力。就算只是当众献花、单膝跪地求爱、献上一段录下来的绵绵情话一类的俗套,也都标志着他/她一生中最为高光的时刻。

此外,洞悉爱情中的自恋成分,乃是爱情经营之道的第一法门。它从反面提示我们,爱不应该是吞吃和相互吞吃。所以阿兰·巴迪欧讲了,爱是"两"的体验,而不是"一"的行为,在"两"的世界里,"总会有一些新的点,一些新的体验,一些新的诱惑，一些新的事件，每一次都必须重新演绎'两'的场景，从而进行一种新的'宣言'"。在这个意义上，他说"政治与爱是相邻的"。因为，承认主体间性，乃是二者良好运转的共同基础。

一早出门，花儿对你笑了吗？

在著名的《〈抒情歌谣集〉序言》里，华兹华斯提出一种观点，认为用散文语言也可以写出好诗，甚至指出，即便是在最好的格律诗里，抛开韵律的因素，写得最好的部分也往往是那些散文化的句子，然后他举了大诗人格雷的一首短诗为证："没有用呵，微笑的清晨向我闪耀，/赤红的太阳神举起黄金般的火光；/没有用呵，雀鸟们合唱相爱的恋歌，/快乐的田野披上绿色的衣裳。/啊，我两耳埋怨没有另外的歌声，/我的眼睛渴望那不同的景象；/我孤独的苦痛融化了我的心；/不完美的欢乐也在我怀中消亡；/然而清晨的微笑鼓舞起忙碌的人们，/又给欢乐的人们带来新生的欢畅；/田野带着非常的礼物给一切人，/雀鸟们向心爱的小鸟儿娓娓歌唱。/我无望地向那不能听我的人们悲泣，/因为我哭也无用，我就愈更悲伤。"

华兹华斯说，在这首诗里，真正有价值的就是加点的这些句子（说实话，整首诗我都没看出什么好来），而这些句子的特点就是语言上的散文化。这个说法不免令人感到困惑，因为从句式结构看，那些未加点的句子和加点的句子相比，也没有什么特别的不同。或许有人会怀疑，是不是翻译把那些不同给过滤掉了？我核对过原文，发现有些句子的结构确实被调整过了，比如"又给欢乐的人们带来新生的欢畅"（And new-born pleasure brings to happier man）；但未加点的句子里也有近乎直译的，比如"赤红的太阳神举起黄金般的火光"（And reddening Phoebus lifts his golden fires），而这一句和加点的句子一样，其结构都是常见的陈述式，并无独特之处。那么，华兹华斯的区分依据究竟在哪儿呢？

其实不难看出，华兹华斯在意的就是这些句子是不是使用了拟人手法。但有个句子或许是个麻烦，即"我两耳埋怨没有另外的歌声"，因为它与"我的眼睛渴望那不同的景象"的用法没有什么不同。在我看来，或许是因为眼睛这个五官中的"老大"，长期以来被理性化使用（正如我说"在我看来"），从而获得了一种代表我们的特权，所以它可以"渴望"，而排行"老二"的耳朵却不能"埋怨"。如此，我们就能以是否使用了拟人手法把加点的句子和未加点的句子截然分开。或许在华兹华斯看来，拟人手法太过幼稚，用这种手法作诗，违背了他在这篇序言里提出的诗人也要像一个人一样说话的要求。

然而，华兹华斯的看法似乎很容易被驳倒。或许我们可以认同他对格雷诗歌的评价，却不能接受有人由此出发对拟人手法的全盘否定。《荷马史诗》中就有不少关于"黎明"的拟人叙述，却不但不会让人觉得矫情，相反，还能带来一种特殊的美感。比如："当早起的黎明，垂着玫瑰红的手指，重现天际""黎明女神已登上高高的俄林波斯，向宙斯和众神报告白天的到来""黎明从俄开阿诺斯河升起，穿着金红的衫袍，把晨光遍洒给神和凡人"，等等。这些程式化的句子在诗中反复出现，估计当年荷马的听众都会替他背出来了——然而不用说，我估计你已经敏锐地发现了问题：这不能叫作拟人手法，因为在荷马的世界里，黎明本身就是女神，正如宙斯是雷电之神，阿波罗是太阳神，阿尔忒弥斯是月神一样。

我没有做过专门研究，不知道像格雷诗歌里的那种拟人手法在西方文学中始于何时，但我猜测，这种手法还是和神话世界有关。在神话世界里，人们并不用拟人的方式观照自然，而是直接将其人化，一个个威名赫赫的神，同时也是一个个有血有肉的人，这就是希腊神话所谓"神人同形同性"的特点。而如此造神的秘密，曾被卢卡契一语道破："那是一个幸福的时代，满布星斗的天空就是一切可能性道路的地图，而一切道路都被星光所照亮……世界广大，却像一个家园，因为在灵魂里燃烧的火焰，具有和群星同样的本质特性；世界与自我，光与火，虽然明显不同，但决不会长相陌生，因为火就是所有光的灵魂，而所有火则以光为外衣。"意思很明了：自然的神化及至人化，乃是希腊人和自然在蜜月期里眉来眼去、打情骂俏、水乳交融之情形的反映。

然而可以想象的是，随着时间的推移，人们的眼睛越来越"清明"了，发现黎明就是黎明，雷电就是雷电，太阳就是太阳……总之，神话世界祛魅了。然而，"有魅"世界的记忆却不肯轻易退场，尽管科学的太阳把物质的世界照得通亮，但神秘的魅影或许已经渗入了那说不清、道不明的集体无意识。我以为，或许这就是拟人手法的深层来路。但无论如何，在一个祛魅的世界里，那种魅化的叙述肯定是不合时宜了。我们可以接受一个低年级小学生使用"太阳公公""月亮姐姐"一类的

一早出门，花儿对你笑了吗？

063

说法，但无法容忍一个成人（甚至大一点的孩子）讲什么"花儿向我笑""小鸟对我唱"一类的句子。所以，尽管华兹华斯所说的散文化标准尚待厘清，但对于他把幼稚的拟人手法驱逐出有价值的句子之列的做法，我想大部分人应该没有什么异议。

但有意思的是，即便是在华兹华斯本人的诗中，我们也能发现拟人手法的使用以及沉淀得更深的将自然人化的观念。在其著名的《写于早春》一诗里有这样一些句子："萌芽的嫩枝张臂如扇，/捕捉那阵阵的清风。/使我没法不深切地感到，/它们也自有欢欣。/如果上天叫我这样相信，/如果这是大自然的用心，/难道我没有理由悲叹/人怎样对待着人？"拟人手法是显而易见的（嫩枝"张臂""捕捉"的动作及其"欢欣"），但更关键的词语是"大自然的用心"。华兹华斯曾游学巴黎，时逢法国大革命，据说其心灵深受雅各宾恐怖专政的重创，致其先前的政治热情一落千丈，转而向自然寻求治愈的良方，而这首诗就是这一转变的表现。但问题是，向自然寻求安慰没有问题，但怎么可以谈论"大自然的用心"呢？按照康德的说法，目的论是不适用于大自然的，而猜测"大自然的用心"，则明显触犯了这条禁令。

其实，对于"大自然的用心"的猜测和要求，还有比华兹华斯更甚的。在《恰尔德·哈洛尔德游记》里，拜伦以澎湃的激情颂扬了大海的威力，说什么"人用废墟点缀了大地——他的力量，/施展到海岸为止"，而其最终目的，不过是借此表达这位自认超拔俗世于九天之上的贵族诗人，对于人类的轻蔑和报复而已；此一心思在这个表达里暴露无遗："我一直爱你，大海/……因为我，打个譬喻吧，就像是你的儿郎。"同样的，诗人雪莱在《西风颂》里，以"狂暴的西风"之力扫荡了整个天空和大地，甚至不惜抵达海洋的深处，而最终他也喊出来了："呵，但愿你给予我狂暴的精神！奋勇者呵，让我们合一！"毫不奇怪，在《爱的哲学》里，他也曾写道："阳光紧紧地拥抱大地，/月光在吻着海波：/但这些接吻又有何益，/要是你不肯吻我？"

如果说，如此"明目张胆"地"要求"自然有些过分，那一定有什么办法可以做得隐蔽而艺术一些。事实上，此中高手也比比皆是。在《李尔王》里，当不堪受辱的李尔自愿放逐到荒野上时，为配合其内心的狂暴失控，莎士比亚唤来了自然界的狂风暴雨。在《少年维特的烦恼》里，为配合维特从初见绿蒂的狂喜，到中途黯然离去，及至回到绿蒂身边因绝望而自杀的经历，歌德为其安排了从春到秋，再到严冬的自然进程。在《德伯家的苔丝》里，当苔丝在那个人人友爱、中世纪作坊式的塔布篱农场做挤奶工时，与之配合的是鲜花盛开、碧绿青翠的宜人山谷，而当她后来去那个人心粗野、血汗工厂式的棱窟槐农场打工时，与之配合的则是一片肃杀、万物凋零的不毛之地……这样的例子还可以举出很多很多，甚至，就连号称"客观而无动于衷"的福楼拜也难逃"追究"。

如此看来，大师们也未能免"俗"，虽然都是其名如雷贯耳的老大师，但企图让自然为我们的命运或心情站台，仍是不能原谅的幼稚之举。事实上，这套手法在影视剧中已泛滥成灾：圣人陨落，必风云变色，天地同悲；落魄失意，定在雨中踽踽独行；时来运转，当是春暖花开，阳光明媚……此等桥段

一早出门，花儿对你笑了吗？

065

我们已见得太多而至麻木。所以，如果你是一个够格的文艺青年，那你不妨记住，凡涉此手法的作品，即可判它死刑。

我不觉得在今天这个时代，一个严肃的写作者或艺术家，还可以问心无愧地玩这种自然配合人生的滥俗把戏。因为被抛于世的荒诞感已是现代人最起码的生存意蕴，而非只是存在主义哲人们的一家之见。何为荒诞，加缪一语中的："这种人与生活的分离，演员与布景的分离，正是荒诞的感觉。"事实上，那些拟人手法或是人化自然的迷恋者，纠缠着不愿意放手的，正是自然这块幕布的布景功能。但加缪还说了，荒诞人的世界是一个明晃晃的世界。何谓明晃晃？其实就是一种恍然大悟：世界（自然）仍在，但不是为你而在了。

远在18世纪，诗人蒲伯在读了牛顿的《自然定律》以后禁不住欢呼："自然和自然法则在暗夜中隐藏：上帝说，让牛顿诞生！于是一切全部照亮。"为此，他还在一首诗中写道："整个自然无非人所未知的艺术；／一切机遇是你无法窥视的方向；／所有的不和是谐调尚未被理解；／……有一条是真理：一切存在的，都是合理的。"然而，同样在18世纪，伏尔泰在《里斯本大地震》中沉痛地写道："来——来看看这惨淡的废墟，／这衣衫褴褛的人们，这悲惨的地方，这瓦砾，／妇女和孩子们一个个堆起，／断裂的大理石压着破碎的肢体；／你说，这是永恒规律的必然／难道说，是上帝选择了这样的悲惨？"有意思的是，卢梭接受了这个挑战，他在给伏尔泰的信中写道："蒲伯的诗减轻了我的苦楚，并使我充满耐心；而你的诗却使我更加椎心泣血，并迫使我反对上帝……我恳求你解除我的焦虑，并且告诉我，究竟是情感撒了谎，还是理性撒了谎？"

是啊，在这件事上，该站在情感一边还是理智一旁？我没有卢梭那么饱满的情感，所以我选择后者。或许还是伟大的歌德道出了真谛（尽管在文学创作中他未能抑制自己卢梭式的"情感"）："自然和艺术是太伟大了，以至于它们不能也不必瞄准什么目的。关系无处不在，而关系便是生命。"但究竟是什么样的关系？我们不得而知，或许只能在非理性的神秘中偶尔领会。但从理性上讲，对于存在的谈论，我更加认同列维纳斯这段谈及"失眠"的（每当夜深人静我总会想起来的）文字："我们是不可能挣破存在那种蔓延着的、匿名的、又无可逃避的塞窣之声的，这在睡意拒不服从我们召唤时尤为明显。没有什么可守候的东西，也没有任何守夜的理由，但我们仍然在守候着。在场的这种赤裸裸的事实意味着一种压迫：我们被强行系于存在，我们不得不存在。"

是的，我们不得不存在，而再美的自然也不过是"存在之脓肿"，它在那儿，但也仅仅就在那儿，就像天上的月亮，它不为"照富人也照穷人"而亮，而只不过是反射太阳的光线而已。

感觉的汪洋与自我的堤坝

　　1797年的夏天，在英格兰萨默塞特郡靠近海边的一个村庄里，两位迁居此地的青年常常漫步到深更半夜，从他们摇头晃脑、指手画脚的情形看，像是在热烈地讨论什么重要的话题。此举引发了当地居民的极大不安，以为他们在密谋颠覆政府之类的可怕勾当。当局派来了一位密探，他躲在一处海堤后偷听了他们好几个小时的谈话，听到一个出现频率很高的词："间谍"（spy），并且看到他们拿着书本和表册，对着四周指指点点，猜测他们是在绘制这一带的地图。

　　经走访查证，真相大白：原来那个"间谍"名叫斯宾诺莎（Spinoza），而他们绘制的地图，则要印到一本叫作《抒情歌谣集》（*Lyric Ballads*）的诗集上。这两位青年，就是日后暴得大名的华兹华斯和柯勒律治。他们决心向旧时代的大师们告别，为英国诗歌开启崭新的纪元。二人分工明确，华兹华斯要把自然写得超自然，也就是发掘日常中的诗意；柯勒律治则要把超自然写得自然，也就是将神奇表现得逼真可信。《丁登寺旁》和《老水手谣》分别是二人的代表作，后者开篇，前者压轴。这或许只是不经意的安排，却冥冥中预示了二人的命运走向：柯勒律治闪电登场，亮瞎人眼，但迅即湮灭；华兹华斯悠然现身，步步走高，直至桂冠诗人。

然而实际上，不同的命运或许在很大程度上系由两人的诗风所致。《丁登寺旁》娓娓道来，自然亲切，完美地演绎了华氏关于诗之定义——"诗乃强烈情感的自然流露，是宁静中回忆起来的情感。"特别是前二十多行，随口吟来，如小河流淌，波澜不惊，简直无可挑剔。此诗至今都是英诗爱好者，尤其是文学教授们的至爱，不仅写得美，而且看得懂，充满了启发人生之种种意味。

与之相比，《老水手谣》就是一个有点让人不知所措的另类了：意象过于离奇，意旨也神秘莫测。一位评论家说它"简直是昏厥的人在手脚冰凉、冷汗淋漓时才会产生的噩梦"。而一位匿名的作者则在一期《晨报》上写道："你的诗必将永垂不朽，／亲爱的先生，这错不了！／因为它不可思议，／而且没头没脑。"柯勒律治的一位朋友为此感到愤愤不平，想查清楚究竟是哪个不厚道的家伙写的。"是我。"柯勒律治回答。

此举显然是自黑的高级玩笑，但在我看来，或许也是一种焦虑的症候。本来，这首诗似乎并不难解，其表面的道德寓意几乎显而易见：一位老水手，莫名其妙地将一只给他和同伴带来好运的信天翁射杀，迅即招致一系列可怕的惩罚；后经真诚悔罪，虽得以逃生，但同伴死光，独存于世的他从此深受良心的责备。我猜想，要是现在的读者，尤其是新生代的文学研究者，会迅速找到解题的钥匙：生态主义——清楚得很嘛，这个老家伙，恩将仇报，破坏了人与自然的和谐，活该被严惩，但总算意识到罪责，恢复了一点爱心，故而幸免于难，所谓亡羊补牢未为晚矣。

然而，或许是柯勒律治时代的环境生态太好了，读者对生态主义这种观念丝毫也不感冒。他们盯住的就是那些匪夷所思的意象：赤道的浓雾飞雪、冰墙耸立，正午时分悬挂于桅杆顶上的血红骄阳，破船残骸上掷骰子赌输赢的女人，拖着白花花的踪迹、顽皮地从海面闪闪竖起的各色水蛇……哎呀，简直是令人眩晕的噩梦！的确是没头没脑！鬼才知道它们是什么意思！

或许，当初决心要把超自然写得像自然一样的柯勒律治，当他玩出这些意象的时候一定非常得意，待到诗作发表后，即便一般读者甚至批评家们都不解其意时，他也颇为自信。然而，当我读到他在《文学传记》中的这些表述时，对于这个判断我却有些犹豫了——"诗的天才以良知为躯体，幻想为外衣，运动为生命，想象力为灵魂——而这个灵魂到处可见，深入事物，并将一切合为优美而机智的整体。"而何为"想象力"呢？"一种善于综合的神奇力量，这就是我们专门称为想象的力量。这力量是由意志和理解力所发动的，而且始终在它们不懈的但又是温和的、难于觉察的控制之下。"

"良知""综合""意志""理解力"——原来在柯勒律治诗歌的幻想外衣下还包裹着这么多理性的变体！何意？因为它们全都诉诸主体的"控制"，还有比这更理性的吗？所以我猜测，柯勒律治调侃自己的诗歌"没头没脑"的说法，或许并不只是一句姿态潇洒的自嘲，而是一种实实在在的焦虑：在天马行空、变幻莫测的诸种想象里，有没有一只理性的"看不见的手"？或是那无边无际的感觉的汪洋，其实有一圈坚固无比的自我的堤坝？在我看来，柯勒律治似乎对此心存疑虑。

一般认为，柯勒律治主要是三首诗的作者：《老水手谣》乃其中之一，另外两首是《克里斯托贝尔》和《忽必烈汗》。后两首诗有两个共同特点：内容荒诞不经，且为未完成稿。《克里斯托贝尔》讲一个叫克里斯托贝尔的姑娘，在月夜林中救下一个哭泣的女子，带回家后与其同寝，当夜便感到昏昏沉沉，如中魔法；第二天带她到父亲面前说话时，又见这位女子斜眼看自己，显出蛇眼的形状，故力阻父亲留下这位女子。现存诗歌写到这里就结束了。据说柯氏原想接着写，但始终没有兑现。

《忽必烈汗》也没有完成。据柯氏本人讲，该诗内容系由他读一本游记打盹时梦中所得，醒来后急速记录，不料写到五十四行时有客人来访，待客人走后想接着记录，却已记不得了。相比于《克里斯托贝尔》，《忽必烈汗》的内容更加离奇。该诗题为"忽必烈汗"，但据王佐良先生的说法，诗的主角并非降旨筑宫的忽必烈汗，也不是那些异国风光和凄丽鬼魅之景，而是想象力本身；诗中迅捷的情景转换，突兀的形象对照，频繁替换的节奏乐音，都不过是为了突出想象力本身的作用及其不可捉摸的特性。

由此看来，内容荒诞不经的两首诗歌均未能完成，或许不是出于偶然：柯勒律治似乎有一种实践王佐良所谓"着重音乐美和意境美而不讲思想或道德意义"的纯诗的强烈冲动，但对于这种冲动将把他带至何种境地却心中无底，并为此而深感不安。因为对他来说，这绝不只是一个单纯诗学的问题，而是一件涉及安身立命的大事。

正如詹姆斯·伍德慧眼所见，在普遍不太喜欢形上哲思的英国人里，柯勒律治是一个伟大的叛逆者。从其留下的一大堆笔记和札记看，其对形上哲思的迷恋跃然纸上：从英国哲学（培根、洛克、哈特利）到德国哲学（莱辛、康德、施莱格尔），胃口贪婪，不一而足。但在1801年时他曾感叹他身上的幻想禀赋已丧失殆尽，几年后又抱怨说他迷失在"有害而玄奥的形而上的水银矿"里。他究竟想要什么？是感觉的多样性，还是理性的统一感？其实他什么都想要，但顾此而失彼，痛苦得像是被撕裂。

撕裂感还因身体的不幸而进一步加剧。柯勒律治一生备受风湿疼痛的折磨，曾长期服用鸦片，而深陷毒瘾则让他对自己的意志力更加悲观："由于该死的漫长毒瘾，我的选择能力完全被破坏，有时疯狂，完全脱离了意志，变成独立的官能。"与同为瘾君子的德昆西（有"小柯勒律治"之称）不同，后者可以畅游于"鸦片幻境中的蔚蓝大海"，他却在追逐幻象的迷途上忧心忡忡。他甚至害怕睡眠，怕做梦，因为那会让他堕入毫无控制的无意识，他称其为"无底的地狱"。

如此痛苦的天才，谁来拯救他呢？除了照顾他到生命终点的吉尔曼大夫，或许还得算上他未能谋面的两位大师：康德和莎士比亚。对康德哲学的研究让他得到了安慰。早年他感兴趣的是哈特利的联想学说，这是洛克哲学的翻版，按其观念，心灵不过是被动的屏幕，感官印象投射其上，进而形成经验。然而这个粗糙的说法不能令柯勒律治满意，他称其为"无法无天"的理论，原因是自我在这里完全沦为机械作用的产物。是康德提供了理想的解答：自我既是被动的，也是主动的，既收集感官印象,又将其条理化。这个"自我",其实就是柯勒律治的"想象力"的发动者。有了它,柯勒律治尽可以随心所欲地浮想联翩了,反正一切都攥在这个"自我"的手中,而不必担忧意志的土崩瓦解了。

但令柯勒律治感到沮丧的是,他觉得那个既有理性又有意志的"想象力"早早就离他而去了。或许《老水手谣》就是那个不期而至的"想象力"的杰作,而《克里斯托贝尔》和《忽必烈汗》,则只不过是没有控制感的"幻想"的产物,或是"想象力"半途撒手的烂尾工程。在他生命的暮年,他曾写下这些感人至深的诗句:"大自然全都在工作。鼻涕虫出洞——/蜜蜂忙来忙去——鸟儿展翅飞翔——/……/独有我整日无事懒洋洋/……/啊,雁来红不再为我开放!/甘泉也不再为我流淌!/……/无望的工作是用筛子舀甘泉,/无目标的希望也活不了几天。"

按照詹姆斯·伍德的看法,柯勒律治最终在文学批评里找到了解决之道:"他在文学批评中实现了他在关于自我的写作中不可能实现的东西:充满悖论的对立和谐。在他关于自我的写作中,柯勒律治追求更多的意志,受到意志悬搁的威胁;在他的文学批评中,他不太追求意志,珍惜意志的悬搁。"然而,之所以能够在别人创造的虚构世界中悬搁意志而不感到焦虑,是因为对虚构世界的创造者有绝对的信任。此信任的含义为:无论这个世界如何新奇无比,它都有其内在的统一性。不用说,这样的创造者必然是天才,而对于柯勒律治来说,天才或许只意味着一个人——莎士比亚。詹姆斯·伍德认为"莎士比亚无意识地实现了柯勒律治从来不能实现的东西",因为莎士比亚让他的人物"不负责任"地自由漂流，但又毫无痕迹地实现了他的"意图"——这就是柯尔律治梦寐以求的境界。

韦勒克在《近代文学批评史》里为作为美学家的柯勒律治专辟一章予以介绍，算是很看得起他了，但只是强调其把德国文艺思想传播到英语世界的重要意义，并不认为他有什么了不起的独创性，而且对他常常一字不易地援引谢林等人的思想的做法颇有微词。单从文献爬梳的层面看，韦氏持论可谓公允，不算刻薄，但我以为，他没有洞悉到柯勒律治那些看起来东拼西凑、折中调和的表述背后的深层情绪，从而导致他未能对柯氏思想诉求的内在动机具有起码的敏感，这不能不说是一个遗憾。

容我有点装模作样地讲，柯氏的焦虑乃是一种古老的焦虑，即自我同一性的焦虑，它有其思想史背景上的纵深关联；如果一定要画个位置，可以说它起于古希腊神话中自我镜像的迷恋者那喀索斯，而终于以"幻人"为理想的天才诗人兰波。这位以"醉舟"自喻的诗人，早已告别"老水手"柯勒律治，不再被那个"统一自我"或"绝对自我"的谎言所欺骗，他宣称："诗人要长期地、广泛地、有意识地使自己的全部官能处于反常的状态，以培养自己的幻觉能力……成为世界上最严重的病人，最狂妄的罪犯，最不幸的落魄者……而在他狂喜之余，最终失去自己的眼光的理智时，他看到了它们。让他在自己的心中，在饱览这些事物中而死吧：另外的惊人的劳动者会走过来，在他倒下的地平线继续走下去。"

那么，在兰波倒下的地方，谁有资格宣称，他/她就是那个"继续走下去"的"惊人的劳动者"？

暴风雪、迷雾和深不可测的峡谷

普希金在他的短篇小说《暴风雪》里讲了一对恋人私奔的故事。

女方玛丽亚·加甫里洛夫娜，一位富裕庄主的女儿，脸色苍白，身材苗条，十七岁了尚待字闺中，求爱者络绎不绝。但就像许多故事里常有的情形那样，她偏偏喜欢上一个穷小子，尼古拉维奇·弗拉基米尔，一位回乡度假的陆军准尉。她的父母自然极不情愿，便横加干涉，不希望女儿再见到他。一对恋人只好频频通信，并想方设法日日幽会，但相思之情益浓，二人决定私奔。弗拉基米尔安排好了一切。逃跑前夕，离情别绪令加甫里洛夫娜几近崩溃。到了该出发的晚上，父母已经安睡，外面刮着暴风雪，百叶窗砰砰直响。加甫里洛夫娜和使女穿过花园，坐上弗拉基米尔派人早就为她们备好的三套马车，在深夜里朝着查德里诺村的教堂飞奔而去。

弗拉基米尔忙了一整天。去查德里诺村说服了那儿的神父，又到邻村找了三个必不可少的证婚人。干完这些事，天已经黑下来了。他得赶紧到查德里诺村去，再过两个小时，加甫里洛夫娜就会在那儿等着和他成亲了。但用不着慌张，靠着一副一匹马拉的小雪橇，一条熟路，二十分钟就可以到达。

然而，风狂雪大，在一片昏黄的黑暗中，弗拉基米尔迷路了。四十分钟过去了，还是看不见查德里诺村。他终于发觉自己走错了方向。一番犹豫后，他朝右边走了。但一个多小时以后，他还在似乎没有尽头的田野里行走。又过了很久，总算走进了一片黑乎乎的树林——这下有救了，查德里诺村就在树林的后面。然而，似乎怎么也走不出树林。一阵惊慌和恐惧袭上弗拉基米尔的心头——原来，他走进了一座陌生的森林。他绝望了，疯狂地抽打马匹。

树木渐渐稀疏，弗拉基米尔终于走出了树林。此时已近半夜，风停雪住，乌云散开，望着一马平川的雪原，弗拉基米尔泪如泉涌。好在终于出现了一座有四五户人家的小村庄，经打听，此地离查德里诺村还有十来里路。弗拉基米尔闻言变色，如判死刑。在一个年轻农民的带领下，在公鸡的报晓声中，弗拉基米尔总算赶到了查德里诺村，但等待他的却是紧闭的教堂大门……

而此时此刻，在加甫里洛夫娜的家里，一切平静如水。使女给客厅里的老爷太太送来了茶炊，然后把老爷的关爱送达给刚刚起床的加甫里洛夫娜，很快的，加甫里洛夫娜也来到客厅给爸爸妈妈请了安。白天平平安安地过去。但到了夜间，加甫里洛夫娜突然病倒，几近死亡。老夫妇俩猜测女儿定是为相思所苦，一番权衡后总算想通了：女儿嫁的是人，又不是跟财富过日子，何必那么死板呢？慢慢的，女儿的身体逐渐复原，老夫妇俩也憧憬着弗拉基米尔的登门拜访。

然而，弗拉基米尔迟迟没有露面。焦急的夫妇俩派人去找他，要告诉他这意外的喜讯——他们同意这门亲事了。但他们等来的只是一封疯疯癫癫的信。在信中，弗拉基米尔宣称，他的脚再也不会跨进他们的家门了，并请求他们忘掉他这个不幸的人。几天后，听人说他回军队去了。几个月以后，加甫里洛夫娜在鲍罗金诺战役立功的重伤员名单中发现了弗拉基米尔的名字。没有悬念，在拿破仑侵占莫斯科的前夕，他去世了。

我想，如果你没有看过这篇小说，你多半还是希望我继续把这个故事讲下去，尽管我的转述可能非常笨拙。但我不打算讲下去了。这倒不是为了勾起你去阅读原作的欲望，而是因为在我看来，到目前为止，普希金的讲述一直都维持在满分水平，接下去的绝大部分，也基本上属于正常进展，但就在临近结尾处，却因为一个已经被人预知但作者却还藏着掖着的"包袱"，而出现了令人扼腕的断崖式下滑。多少次，一念及此，我就禁不住打着膝盖表示痛惜。

是的，我想你已经猜到了，问题就出在如何弥补那个至今玄虚的叙事空洞——在弗拉基米尔赶到教堂之前，教堂里面究竟发生了什么，以至于弗拉基米尔发誓不再踏进加甫里洛夫娜家的家门？普希金不愧是一个慈悲的故事讲述人，他没有忘记读者那一张张还一直张着的嘴巴，这是他超凡的叙事魔力的明证，但也就意味着他有义务让它们全都合上。事实上，这也是这篇小说后半部分全部的努力所在。那些嘴巴都合上了吗？我猜想，在普希金不免有些得意的想象中，这些嘴巴是带着难得的满足感——合上了的。

然而，我不属于那类张着嘴巴等待普希金的"包袱"里的糖果的读者。而且，让我百思不得其解的是，像普希金这么敏感的大师（既然纳博科夫都愿意花那么多时间研究他的《叶甫盖尼·奥涅金》，我想我不应该怀疑他是否担得起这个称谓），为什么会沉浸于如此小儿科的游戏乐趣？因为他所干的事情，相当于把一块成色十足的金砖，跟那些碎砖瓦块混在一起，砌了一道城乡接合部那种随处可见、灰不溜秋、没有丝毫吸引力的土墙。

不用说，这块金砖就是弗拉基米尔所遭遇的那场暴风雪。那真是一场风骚到极致的暴风雪。其实早就有提醒了。加甫里洛夫娜私奔前一夜就有过可怕的梦境："就在她坐上雪橇准备去结婚的时候，父亲拦住她，以惊人的速度拖着她在雪地上跑，把她拖进一个黑洞洞的无底深渊……她头朝下掉了下去，心里有说不出的难过。"而私奔当夜，加甫里洛夫娜即将和她宁静的处女生活告别时，"外面刮着暴风雪；风在呼啸，百叶窗在抖动着，砰砰直响"。

弗拉基米尔安排好了一切，准备向查德里诺村进发时，碰上的是另一场升级版的暴风雪。在描写这场暴风雪的大约一千字的篇幅里，弗拉基米尔不仅迷失了去往查德里诺村的方向，也迷失了全部人生的方向。然而，这或许是他短暂人生中难得的诗意时刻，尽管这诗意让人如临深渊，忧心如焚。这简直就是一场超现实的暴风雪，以至于让人感到，在经历了一场如此高级的形上风暴的洗礼之后，尼古拉维奇·弗拉基米尔，这位贫穷的陆军准尉，就再也没有可能，也不应该回到那鸡零狗碎的日常生活中去了。

难以揣测普希金构思这一桥段的心理。如果这真的只是一段通向最终结局的拱桥，那么我愿意相信，普希金并不知道他干了什么，或许他只是毫无知觉地被征用了一次而已，如柏拉图所说，诗人只是神灵凭附。那么，是不是可以反过来想，讲述一个如此小儿科的故事，就是为了带出这场鬼魅莫测的暴风雪？为了它，可以牺牲一个故事，甚至也可以暂时牺牲伟大如普希金这样的诗人？

我设想过，如果普希金不以现有的方式处理暴风雪之后的叙事，他该如何讲述？说实话，我也非常犯难。所以，批评总是相对容易，而建构则要困难得多。想到卡夫卡和他的《乡村医生》是很自然的。事实上，在阅读普希金的这场暴风雪的过程中，我总会不由自主地想到卡夫卡。这是类似氛围所引发的共鸣。在《乡村医生》的末尾，那个感觉自己永远也回不了家的乡村医生的哀号，其情其景，与望着茫茫雪原泪如泉涌的弗拉基米尔的绝望何其相似。然而，《乡村医生》本就像一场梦，弥漫全篇的超现实氛围，赋予其叙事以不按规矩出牌的自由，但《暴风雪》就不一样了，除了那场打劫式的暴风雪，其明明白白的现实基调，不允许其叙事以玄虚告终。

我关心的是，有没有一种可能，既不削弱那场暴风雪的形上气质，又能不以廉价的故事讨好读者的好奇心？或许，霍桑的《年轻的布朗先生》算是一个可资借鉴的尝试。

新婚不久的布朗先生，应约去森林里参加魔鬼的圣餐仪式，决定干完最后这一件邪恶勾当之后，就跟他天使般的妻子厮守终生。他怀着负疚之心，好几次想打退堂鼓，但终究还是不由自主地前往。最终，在魔鬼圣餐仪式的现场，他不仅看到了他一向敬重的教长和教堂执事，而且还看见了他的妻子，以及村里各式各样的人，也就是说，几乎所有人都在参加魔鬼的欢会。

故事的结局有些出人意料。布朗先生被人强制拖入魔鬼的圣餐仪式，最终在急告妻子抵制邪恶的喊声中得以脱身。一大早回到村里的布朗先生，却发现村里一切如故，但接下来，他并没有如一般读者所期待的那样，去一个个质问那些他万万想不到也会参加魔鬼欢会的众人，尤其是他的妻子。他从不言及此事，就像什么也没有发生过。然而，就像克尔凯郭尔设想过亚伯拉罕献祭亲子回家后的情形那样，从此，他的"眼前一片黑暗，再也看不见欢乐和愉快了"。

没有秘密的人是无趣的。布朗先生怀揣一个巨大的秘密而活，郁郁寡欢，直至命终。霍桑似乎偏爱这样的题材，比这更疯狂的是《韦克菲尔德的故事》，那家伙跑出去在自家拐角街上生活了二十年之后，却像溜达出去买了包烟一样就回家了。面对已成"寡妇"的妻子，他会说些什么？妻子又如何反应？霍桑一概不作交代。虽然有些不近情理，但作为一篇小说，再多说一句可能都会破坏美感。同理，布朗先生以保守秘密离世，似乎也是一种美学的要求。

所以，关于《暴风雪》，难道我要的是这样的结局：弗拉基米尔敲开紧闭的教堂大门，发现加甫里洛夫娜、教堂神父，以及三个证婚人，还在那里焦急而疲惫地等待，他只是简单地说了句："对不起，风雪太大，我迷路了。"众人也来不及深究，忙不迭地给二人完成了神圣的仪式。然后……是啊，然后呢？就让弗拉基米尔怀揣那场鬼魅的暴风雪，带着新婚的妻子，赶着三套马车踏上茫茫的雪原？

想必有人会笑：老大不小了，还这么"文青"。我承认，这个设想较为幼稚，但我期待的是普希金写出一个高级的故事，写出一个更有意味的人物。是我对弗拉基米尔的要求太高了吗，期待如此普通的一个凡人，遭遇一次神经质的形上出窍，并将其沉淀为一种存在的感悟？或者更为根本的，是我对普希金的要求太高，要他把一个普普通通的私奔故事，转变为对一种神秘和苍茫感的表达？如此，我所要求的就不只是一种美学的，而是哲学的品质。

我不是普希金专家，不敢说他有没有在其他作品里表达过这样的东西，但在《暴风雪》里，我感觉他在某个瞬间摸到了，或者被击中了，然而遗憾的是，最终他还是把一个本来可能伟大的故事庸俗化了。我承认，这种评价是出于我趣味上的一种偏爱，然而，如果在趣味上都没有偏爱，还能有什么样的偏爱呢？

有意思的是，由《暴风雪》所引发的这份遗憾，竟在一个俄罗斯的动画——《迷雾中的小刺猬》里，得到了堪称惊喜的慰藉。是的，还是俄罗斯，总是那么富有意味的俄罗斯。宫崎骏惊艳，也足够诗意，但要论高级，还没有一部作品比得上这部《迷雾中的小刺猬》。区区十来分钟的短片，在2003年，被来自世界各地的四十名动画师评选为史上最杰出的二十部动画片之首，绝非浪得虚名。

故事很简单。小刺猬和小熊，一对好友，时常晚间相聚，喝茶数星星。夜幕降临，小刺猬又一次赴约，带着美味的覆盆子酱。途中瞥见迷雾中一匹梦幻般的白马，好奇他会不会被雾所呛，遂入雾中一探。结果有了一连串惊心动魄的遭遇：从天而降的宽大叶片，急速掠过的巨型蝙蝠，悄然移近的庞然大物，吐着猩红长舌的卷毛大狗……朦胧中又坠入小河……好在最终神奇地获救，带着失而复得的覆盆子酱，顺利地赶到了小熊家中。总算盼到了小刺猬的小熊喋喋不休，但小刺猬没有回应一句。他只是想："我们又在一起了，这不是很奇妙吗？"然后想起那匹迷雾中的白马，"他在那边会怎么样呢？"

故事到此结束。这个故事的高级，就在这个到此结束的处理上。可以设想，在这个夜晚，当小刺猬和小熊一起喝茶数星星的时候，他会有些心不在焉，但也有可能，他会数得更有意味。然而，对于那段迷雾中的经历，小刺猬选择了独享，这对得起他和小熊的友谊吗？

克尔凯郭尔在为亚伯拉罕献祭亲子的行为进行辩护时，认为其选择出离伦理但比伦理更高，也就是所谓信仰，而就信仰而言，没有与人分享的可能。我不想说小刺猬在迷雾中的经历以及弗拉基米尔的暴风雪的遭遇，可与亚伯拉罕式的信仰相提并论，但我认为，它们都是无须与人分享的体验，而且实际上，也是无法分享的体验。那是与空虚、苍茫以及神秘的际会，除了出窍，出神，不知如何是好以外，还有什么更合适的姿态呢？

俄罗斯人做出这样的动画并非偶然。在我看来，这个故事里被软化和安慰的，就是我们时常所谓"俄罗斯的忧郁"的那种东西。然而，那究竟是一种什么样的忧郁？

想起俄罗斯（尽管根本就没有去过），就会想起辽阔的西伯利亚，无垠的冰天雪地，呜咽的伏尔加河……身处这样的世界，是不是就会比其他地域的人都更能感受世界的苍茫和神秘，生命的悲凉和虚无？所谓俄罗斯人的颓废，归根结底，是不是就是这样的世界感？叶赛宁吟道："我是谁？我只是一个幻想家，让蔚蓝的眼神消失在烟雾里。"所以，我们怎能怪他没有耐心？因为正如他所说："死亡本是寻常事，而生活，自然也毫不新鲜。"

正是在这个意义上，我拒绝接受关于俄国文学所谓"多余人"形象的纯粹社会学的解读，在我看来，那的确只是庸俗社会学的解读，一切富有意味的人、事、物，都在其锃亮的白昼之光的照耀下，缩减成了一张张毫无生气的皱布。

但詹姆斯·伍德对莱蒙托夫的《当代英雄》的解读或许算是一个例外（参氏著《私货》）。在《"高深莫测的！"米哈伊尔·莱蒙托夫》一文里，他把塞缪尔·约翰逊的一次不同寻常的经历，与《当代英雄》中的风景描写联系起来，对小说主人公毕巧林的形象作了一番看似别开生面的阐释，让我们看到莱蒙托夫这位普希金的后继者显得比他的前辈多出了那么一点意味。

话说约翰逊和朋友在苏格兰高地旅行，见到尼斯湖时，为其浩渺的风景所震慑。似乎是为了平息其不安乃至恐惧的心理，约翰逊像一个观测员那样谈论起尼斯湖的尺寸，而在伍德看来，此举不过是其作为一个奥古斯都时代的理性主义者，不愿承认被一种浪漫主义的恐惧刺中时的"躁动"而已，"尽管他只是想投身进数据的浅滩，但实际上，他正在进入一个深渊，而这其实是违背他的意愿的"。

类似的，在《当代英雄》中，伍德注意到莱蒙托夫也给我们呈现了令人惊惧的高加索景象："马匹时不时地摔倒；左侧豁开一道很深的裂隙，那里一汪山泉汩汩流下……风直往峡谷中钻去，咆哮着，呼啸着，犹如夜莺大盗。"但紧接着，伍德却将其重点落脚于另一个似乎更令人惊悸的对象，即《当代英雄》"高深莫测"的主人公毕巧林。这是因为在伍德看来："(莱蒙托夫)与约翰逊的写作很相近，不过在这里，陡峭的风景被当作浪漫主义的、神秘莫测的英雄主人公的相应类比，被有意召唤出来，展开同样关乎深不可测的大自然版本。"据此，伍德甚至直接把毕巧林比作高加索的休眠火山。

那么，我们当然有必要好好认识一下这个"高深莫测"的毕巧林了。

这个毕巧林都干了些什么勾当呢？拐走鞑靼公爵的女儿贝拉，但到手不久后即疏远冷淡，终间接导致其死亡；因好奇心而破坏海岸人家赖以为生的走私活计；因虚荣心而去征服一位他并不爱慕的公爵小姐，挑起一场无谓的决斗，杀死情敌后却又拒绝与公爵小姐结婚；以宿命论的预判跟人打赌……

这些勾当何以被伍德视为"高深莫测"呢？难道只是因为其行为缺乏理性的筹谋，而纯粹展现为一场场生命耗散的游戏？然而我们知道，被伍德视为"高深莫测"的毕巧林的行为，在我们熟知的关于毕巧林形象的历来解读中，其实一点都不高深，因为他只不过是一系列所谓"多余人"形象中的一个而已。何以多余？因为他们的意识太超前了，而他们置身其中的社会尚处酣睡之中，所以他们被迫因无所作为而成为社会的边缘人、多余人，其一系列荒唐的举止行为，都只不过是其抱负不得施展的愤懑的宣泄而已。

伍德的可取之处就在于他完全不理会文学社会学的这套阐释。他所关注的乃是毕巧林这个人物身上令人着迷的非理性气质，即如毕巧林自己所言："我先天便对反叛有一种热情；我的一生不过是一连串可悲而无谓的反叛,对心灵和头脑来说皆如是。在面对热烈感情时,我也会陷入隆冬的酷寒。"伍德认为莱蒙托夫创造这个人物是受普希金影响的结果,因为在他看来,奥涅金之拒绝达吉亚娜,与奥尔加调情,杀死连斯基,及至最后再爱上达吉亚娜一样,也都没有任何理由可言。

但伍德还是忍不住给出了自己的解释。首先在他看来,莱蒙托夫本人就是一个任性而不可控的人,他出身高贵,本有大好前程,却不断招惹麻烦,直至死于莫名其妙的决斗。伍德认为他在《沉思》这样的诗歌中表现出来的政治敏感其实并不可靠,因为"他更感兴趣的是达达主义般的玩笑和恶作剧……他似乎一直在等待某种挫败和逆转"。据此,可以把毕巧林视为莱蒙托夫本人的自画像。此外在伍德看来,"毕巧林之所以深不可测,是因为他是一个真正的浪漫主义戏仿家"。而对于戏仿的行为,伍德认为我们不妨以陀思妥耶夫斯基兼具肯定和贬损的辩证法来理解。比如说,我们不喜欢某些人,恰恰是因为我们太佩服他们。"如此看来,毕巧林远远没有他自己展现的那么强大,他只是不断把自己的软弱推卸给旁人。"

说实话,伍德的这个结论是颇让我失望的。在我看来,其见解和那些文学社会学的解读其实是半斤八两,甚至更加无趣。耐人寻味的是,这当中所发生的情形,就像普希金在《暴风雪》里的作为一样,伍德一开始把我们引入一段令人心动的迷雾,但最终,他却用传记批评和一般心理学的日光把这迷雾驱散得一干二净。

伍德解读的问题在于,他曾把毕巧林视为"高深莫测"的大自然的对等物,但最终却以人类行为的可测性把这个对等物的"高深莫测"降格了。毫无疑问，这不能让人满意。而其原因在我看来，或许是他未能真正理解《当代英雄》中的自然描写，忽略了它们作为本体的存在地位，而只是将其视为毕巧林形象气质的陪衬而已。这种理解方式，如果用于拜伦的《东方叙事诗》或许是恰当的，但之于莱蒙托夫的《当代英雄》，或许就不一定合适了。

关于拜伦勋爵，我们都知道，虽然其诗歌中的自然描写甚多，但这些自然的呈现都是人格化的，带着情绪的，不用说，那都是拜伦勋爵的情绪。以《恰尔德·哈洛尔德游记》为例，第四章第179—184节，堪称最高级的大海颂歌。但拜伦为什么要颂扬大海呢？是折服于大海本身的恢宏辽阔？如康德所说，是那种面对数和力之无限的崇高感？非也。拜伦称颂大海，只因他将其看作超拔于庸庸俗众之上的隐喻而已："你的岸上帝国兴亡，只有你容颜不改"。而这样的大海为什么可以寄寓拜伦的情绪和心意呢？"因为我，打个譬喻吧，就像是你的儿郎"。这和雪莱是一样的，这位巫师般的诗人在对西风一番狂赞之后，最终也亮出了底牌："奋勇者啊，让我们合一"。

然而，这种英式浪漫主义对待自然的态度，可以用来理解像莱蒙托夫在《当代英雄》中的自然描写吗？对此，我愿持保留态度。

不妨以《当代英雄》"贝拉"一章中多次对峡谷的描写为例：

"往下望去，阿拉格瓦河同一条从雾气迷蒙的黑暗峡谷里哗哗地奔腾而出的无名小河汇合起来，像一根银线似地蜿蜒流去，它闪闪发亮，就像蛇鳞一般。"

"最后一次回头望望下面的谷地,可是从峡谷里像波浪般滚滚涌出的浓雾把谷地完全遮住了,也没有一点声音从那边传到我们的耳鼓里。"

"左边的深谷已是一片漆黑,在峡谷和我们之间,暗蓝色的峰峦重重叠叠,布满层层积雪,矗立在剩下一抹残阳的茫茫天际。"

"左右都是黑魆魆的神秘的深壑;迷雾缭绕着,像蛇一般蟠曲着,沿着附近山岩的裂罅向深壑那边爬去,仿佛感到害怕并且害怕白天的来临。"

"右边是悬崖,左边是个深谷,这个谷是那么深,以至谷底的一个奥塞蒂亚人村庄看上去就像个小小的燕子窝。"

"风灌进峡谷里,怒号着,呼啸着,好像传说中的夜莺大盗。不多一会儿,石头十字架就没入迷雾中,——迷雾好像波浪,越来越浓,从东方滚滚而来……"

如此列举可能导致错觉,因为在我所列举的这些描写之间其实都发生着人间的故事,这些描写不过是镶嵌其中而已。但这正是我想探讨的问题,即这些描写都只是为讲述人类的故事而服务的吗?对此,我的看法是,自然在《当代英雄》中显然和在拜伦那里不同,更与雪莱不同,甚至和济慈也有很大差别,这便是:自然向他显示了另一种存在,并引发了他的高度敏感。可以说,在《当代英雄》里,自然的存在与人类的故事平行,并且对人类的故事产生影响,而不只是作为人类故事的背景。

伍德把毕巧林视为"高深莫测"的大自然的对等物,是大自然的另一种版本,然而,他对毕巧林形象的解读最终又推翻了这个结论。实际上,从自然对毕巧林潜在的影响而非它们之间是否对等的意义上着眼或许更恰当一些。当然，我们从毕巧林本人的自述中似乎找不到这种影响的明显痕迹，但可以从叙述者"我"对自然的呈现上做一些猜测。

在"贝拉"一章中，叙述者"我"关于高加索山谷的景象做过一番表述："谁只要像我一样漫游过荒山野岭，欣赏过它们超凡的雄姿，并且贪婪地吞吸过泛滥在峡谷间的清新空气，谁就自然会理解我为什么要介绍、叙述和描写这些魅人的景色。"这个句子很关键。其值得注意之处，就在于叙述者对"介绍、叙述和描写这些魅人的景色"这一做法的自觉意识。显然，在这个表达里，自然，而非人类，成为被关注的核心。这个提醒似乎是在告诉那些一向漠视自然的人，要注意到自然是一个和我们同等量级的存在，至少，值得我们向它张望。在此处，自然值得我们张望是因为它的"雄姿"和"清新空气"；在别处，比如在上引关于峡谷的描写中，自然却作为一种阴森之物而显现。

自然往往并不将就我们的感觉。康德曾在他的崇高美学里触及这个问题，然而，最终还是与它擦身而过，令人惋惜。往往，我们谈论的都是优美的自然，这些优美的自然让我们感到愉悦，康德称之为主观的合目的性。但康德也注意到了那些所谓让我们产生痛感的自然，即他称之为力或数之无限的自然。因其不可把握，所以我们感到不适，乃至产生痛感。但令人遗憾的是，康德随即就用比在优美感中的主体性更为优越的主体性驱散了这个痛感，即直接将无限之力或无限之数把握为一的理性。这个理性是超感性的，所以在崇高感中，是超感性对感性的胜利，或反过来，是有限感性对形上理性的崇敬。如此说来，不是自然有什么不得了，而是管你什么自然都能将你把握的主体性不得了。

崇高美学以理性之光驱散了自然的阴森。然而，这与其说是胜利，不如说是自负和草率。整体或一对于无限之胜利，不过就是一个说法而已，犹纸包火，无济于事。阴森的自然仍在那里，如莱蒙托夫笔下黑魆魆的山谷，迷雾奔腾，尽我们所能想象，那里仍是阴森不透。

犹记儿时一个人路过那些张着黑魆魆大口的山崖时，心中不胜恐惧，一路小跑过去，仍心跳不止。一日清晨上学，与父同行，经过一段山崖下的乱坟堆时，恰逢几只乌鸦发出凄厉的叫声，唰唰地从我头顶飞过，我立时大哭。及至长大，尤其是多年后回乡，再看那些所谓令人恐惧的山崖时，不免哑然失笑。是啊，那有什么可怕的呢？然而，我有过这样的思考，或许真正改变的不是我眼中山崖的形象，而是我作为一个成年人，似乎已经不再有儿时看待自然的那种眼光了。的确，自然嘛，就是一堆物质，不再阴森骇人了。

而莱蒙托夫引人注意之处，或许就在于他处理自然的方式。不，不能说他"处理"自然，如是，他就不是莱蒙托夫了。在《当代英雄》中，高加索的风貌，尤其是那些深不可测的峡谷，对于莱蒙托夫来说，或许就是列维纳斯所说的"存在的脓肿"。固然，它们也作为背景，衬托了主人公毕巧林的"高深莫测"，但更引人注目的，是它们自身的"高深莫测"，一如普希金鬼魅的暴风雪和笼罩小刺猬的那场迷雾，都显现出了尼采所谓"太一"或"原始痛苦"的面相，可能仅只一瞥，就会让我们顿感，一切生命的作为，都不过是一场幻梦而已。

暴风雪、迷雾和深不可测的峡谷

伊凡·伊凡内奇的别墅人生

　　随手翻到契诃夫的一个短篇,《像这样的,大有人在》,讲一个在城外别墅区居住但在城里工作的五等文官的"悲惨"遭遇。从故事的讲述来看,那时俄国城郊的别墅区显然配套不足,买东西很不方便,要什么都得托进城的人帮着买。故事主人公就是这么一个成天被家人、亲戚朋友和左邻右舍派了很多任务,累得像狗一样地四处买东西,然后像牛马一样地把它们驮回家,搞不好最终还得自己贴钱的苦主。谁让他在城里工作呢?没准人家是看得起他才让他带东西呢,所以不能抱怨。但他真的抱怨了,而且是出离愤怒地抱怨了。而我们就是从他呼天抢地的抱怨中才了解到那样一种"别具一格"的生活的。

　　当然,这位名叫伊凡·伊凡内奇的丈夫,不过是当着朋友的面借机宣泄一通而已。小说开篇写道:"在别墅区专车开出前一小时,有个一家之长,手里捧着一个玻璃的桌灯圆罩、一辆玩具自行车、一口供儿童用的小棺材,走进他的朋友家里,他筋疲力尽,往长沙发上一坐。"接下来,他就像机关枪一样地抱怨开了。他有着强烈的诉说愿望,而且自己也非常清楚,他要的就是倾诉而已。他的愤怒自然也是真实的,不可遏止的，你甚至能感觉到他的唾沫星子溅满了字里行间，但作为读者的我，除了欣赏一出绝妙喜剧的愉悦之情，最感兴趣的还是他像狗一样地到处帮人买的那些东西，张罗的那些事情。

我们就来看看都是些啥吧："圆形灯罩一个；火腿肠一斤；调料丁香和桂皮五戈比；为米沙买蓖子油；砂糖十斤；把家里的铜盆和铜研钵取来以便研碎糖块；石碳酸；波斯粉二十戈比；啤酒二十瓶；醋精一瓶；到格沃兹杰夫商店替善索小姐买八十二号胸衣一件；把米沙的秋大衣和雨鞋从家里取来。这是我妻子和家人的吩咐。现在再说那些可爱的熟人和邻居交托的事，叫鬼吃了他们才好！明天符拉辛家的沃洛嘉过命名日，得给他送去自行车一辆；库尔金家的小娃娃死了，我得买小棺材一口；玛丽雅·米海洛芙娜家正熬果酱，因此我每天都得给她带半普特砂糖去；中校太太维赫陵娜怀孕了，这跟我毫无不相干，可是不知什么缘故，我却得去找接生婆，吩咐她某一天一定要去。……至于送一封信啦、买一点香肠啦、打个电报啦、买一瓶牙粉啦之类的差事，那就更不在话下了。"

这还只是这位丈夫当天口袋里的五张字条之一的内容。真是想想都头大，这么多东西，这么多事儿，得跑多少地方啊。关键是他还得上班呢，加上同事和秘书一个也不靠谱，好多工作都要他亲自去做，所以这些差事只能下班去办，这样一来他就完全没有享受生活的余闲了。最狼狈的是还得绞尽脑汁把这些风马牛不相及的东西妥善打包，浑身上下挂着，心急如焚地挤上火车，然后一路站着，受尽旁人的白眼和咕哝，直到下车才算完事。看到这里，或许你心里在想，这位可怜的丈夫总算可以回家歇会儿了吧！然而，刚喝上几口汤，他就被妻子抓去陪看演出或是参加舞会，终于再次回家可以眯上一会儿，很快又被蚊子吵醒，接着便淹没在大厅里妻子和男高音们的练唱声中……他们就这样一直唱到凌晨四点，"……可是他们刚走散，新的刑罚又来了：我那位太太光临，要对我行使她的合法权利了。"用伊凡·伊凡内奇的话说，他就一会儿也没睡成，六点钟起床，踏着泥泞，冒着严寒，笼着大雾，急急忙忙到火车站赶火车去了。

想必你是带着不怀好意的笑容看完我的转述的，其实等他讲完，还有更倒霉的事儿等着他呢，我就卖个关子不说了。我想说的是，对于这个故事，该怎么谈论它呢？或许大多数人看到的主要是讽刺，所以不会真的同情这个所谓倒霉蛋的"悲惨"遭遇。事实上，他有什么值得同情的呢？作为一个五等文官（大约相当于我们的副部级），想必收入颇丰，要不然就是家境雄厚，否则怎么可能不但城里有房，郊外还住着别墅呢；至于那些让他怨气冲天的苦差，不过是他性格懦弱不会合理拒人所导致的后果罢了（此外潜意识里因此而觉得自己不可或缺亦未可知）。事实上，契诃夫在另一个短篇《阴雨天》里，就让我们看到了一个同样把家安在效外别墅区，虽谎话连天但一切尽在掌握的不一样的文官丈夫。所以很明显，契诃夫向我们展现的不过是一出滑稽的喜剧而已。然而另一方面，我又认为他主要的写作兴趣并不在此。

恩格斯对巴尔扎克有过一个著名的评价，说他"汇集了法国社会的全部历史，我从这里，甚至在经济细节方面所学到的知识，也要比从当时所有职业的历史学家、经济学家和统计学家那里学到的全部东西还要多"。或许有人觉得恩格斯的说法过于夸张了，但我相信这一定是他发自肺腑的评价，因为说实在的，关于一个时代，你读再多的历史文献、统计文献，也不如读一部甚至只是一篇相关题材的小说来得实在。比如关于欧洲中世纪的封建制度，如果我没有读到雨果的《巴黎圣母院》，未能理解法国国王对流浪汉攻打圣母院的奇怪反应，它就永远只是一个概念和知识而已。同理，如果不读果戈理、托尔斯泰和契诃夫这些人的小说，沙俄时期的俄国于我而言就始终是抽象的。在这个意义上，这些作家给我们提供的是他们那个时代的风俗史，也就是在现实生活的细节、肌理和氛围中呈现的活生生的历史。我认为这才是他们写作的真正动力，即便他们自己没有意识到也是如此，毕竟小说家也是并且必然是更为伟大的造型艺术家啊。

小说作为风俗史的命名权属于伟大的巴尔扎克，但他终究是一头浪漫主义的雄狮，不屑于展现鸡零狗碎的日常生活，所以他的风俗史不免沾染了太多的戏剧性，就像一个远远的舞台，那上面活动穿梭的诸种角色，并非如契诃夫的这个短篇所言，"像这样的，大有人在"。

如果你的生命就是那张驴皮

假设这样一个情形：因某种缘故，你的生活已走投无路，但你得到了一张神奇的驴皮，它可以满足你的各种愿望，不过前提是，这张驴皮就代表你的生命，你每满足一个愿望，它就会缩小一点，你满足得越多，它缩小得就越快。你会接受这个条件吗？

不用说，那张驴皮已被你攥在了手中。事实上，这也就是小说《驴皮记》的主人公拉斐尔的选择。几乎谁也不会认为这是个问题，只赚不赔的买卖，傻子才会多想。

就这样，靠着那张驴皮，本想跳进塞纳河一死了之的穷大学生拉斐尔，做起了梦寐以求的侯爵，过上了花天酒地的生活。但他也发现了，那驴皮真的在渐渐缩小，当初不赌白不赌的洒脱也慢慢地起了变化：这么快活的日子，我可舍不得一下子就玩儿完啊！

拉斐尔从此深居简出，并和贴身的仆人约定，为他准备好他想要的一切，而无须让他说出任何"我想""我要""我愿"一类的话。这样一来，他就可以避免主动的欲求，那驴皮也就不会有任何反应。拉斐尔还特地把那张深色的驴皮贴在一张白布上，并在它的周围勾上一圈红线，以此观察它是否缩小。

然而，万事难周全。有一天，来了一位不速之客，曾经有恩于他的中学老师，眼下跟人竞争一校长职位，遂来找他这位发达了的弟子帮忙。仆人阻止了他的莽撞，向他说明了主人目前的生活状况。老师深为感动，并由衷地喊了一句："啊，他在作诗！"不过话虽如此，他还是坚持要见到他昔日的弟子。

拉斐尔像外交家一样接见了他的老师，听他一遍又一遍地提出烦琐的请求，自己一次又一次地按捺住不耐烦的心情，然而，老师还在絮絮叨叨……

"我有强烈的愿望，希望您能如愿以偿……"拉斐尔话音未落，就看见白布上驴皮的边缘和那个红色的轮廓线之间露出了一圈浅浅的白线。驴皮缩小了！拉斐尔瞬间悲愤交加，暴跳如雷，把他的老师轰了出去。

但随后发生的一件事让情况变得有些不同。拉斐尔本着破罐子破摔的心情去剧院看戏，偶遇了他还是个穷鬼时一直暗恋的女子波利娜。强烈的爱情渴望让他豁出去了。他造访了波利娜的公寓，波利娜也回访了他的公馆。两个人沉浸在爱情的眩晕中，并着手准备婚礼。

为了保住幸福，拉斐尔想要彻底摆脱驴皮，最终，他将它扔到了一口井里，以为从此万事大吉。不料一日，他正和波利娜沐浴在花园的晨光中，仆人从井中打水捞起了驴皮，不知其为何物，拿过来询问他，拉斐尔见之大惊失色。

拉斐尔拿着驴皮去找一个动物学家鉴定，此人告诉他这是一张野驴皮，认为它的缩小是自然法则下的自然萎缩。拉斐尔受此启发，想到是否可以让它变得更大，动物学家便介绍他去求助一位力学家。这位力学家无计可施，便推荐他去找另一位力学家，结果在那里无论用压榨机压，还是用铁锤子打，都丝毫不能让驴皮有所扩张。这位力学家又介绍他去找一位化学家，但化学家用了各种药物也无济于事。

拉斐尔绝望地回到家中，在爱情的幸福映衬下绝望更深。在短暂的欢愉之后拉斐尔病倒了，请来权威的医生诊断，诊断结果是：肺结核，用脑过度，灵魂有问题。拉斐尔遵从建议去温泉疗养地。在疗养地，他与人发生冲突，不惜以决斗解决问题。敌人身手矫健，而他虚弱不堪，但是他有驴皮。杀死了决斗对手后，他到了另一处疗养地，在大自然里过着宁静的生活。他以为自己得救了，但实际上已病入膏肓。

他动身回到巴黎。经过一个喧嚣的广场时，他再一次满足了自己的一个愿望：立即让广场鸦雀无声，空空如也。回到家，他烧掉了波利娜写给他的情书，然后服下带鸦片的饮料。他的生命只剩下回光返照的时刻了：那张驴皮已变得小而易碎。

幸福的波利娜一直蒙在鼓里，待她得知真相，握住那张在手里收缩得令人发痒的驴皮时，追悔莫及，痛不欲生。她决定自杀，以阻止拉斐尔对她的情欲。情急之下，她取下披肩企图勒死自己，但她散乱的头发、凌乱的衣衫、裸露的肩膀，在醉心于爱欲的拉斐尔眼中，越发显得千娇百媚。他使出最后一点力气，像猛禽一样扑了过去。

《驴皮记》是巴尔扎克的扬名立万之作，发表时他30岁刚出头。歌德在逝世的那一年有幸读到了它，跟人再三提及，称赞它是"非常高级的智慧人士的产物"，还说"它指出了法国民族中根深蒂固、不可救药的腐败，假若既不能读又不能写的外省人不尽可能地使它重新恢复健康，这种腐败就会逐渐扩展开去"。

这段话听起来有些烧脑，其实无非是想说法国人贪婪成性，只有质朴的外省人可以挽救他们。这里面可以听到老托尔斯泰的调子，因为歌德之看重"既不能读又不能写的外省人"，和托尔斯泰讴歌无知无识的斯拉夫老农民一样。

这其实是一件非常奇怪的事情，对俭朴生活的颂扬往往是那些把生活搞得最不简朴的人喊出来的。按照勃兰兑斯的理解，巴尔扎克的写作意图是要反思他那个时代已如洪水猛兽的欲望泛滥，但吊诡的是，巴尔扎克本人就是一个深陷欲望之井而不可自拔的人。盛名时期的巴尔扎克极尽豪奢，锦衣美食，仆人成行，把纸醉金迷的生活演绎得堂堂正正，盛气凌人。

而最有意思的是，巴尔扎克想要成为文学之王，曾立志要用笔完成拿破仑的未竟之业。他将其全部小说命名为《人间喜剧》，也真按计划写了九十多部小说，野心之大可谓前不见古人，后难有来者。他的好奇心也实在太重，恨不得把每个人和每一样事物都扒得精光，拷问出他/它们包藏着的每一个秘密。翻翻《驴皮记》的开篇就知道了，就拉斐尔走进王宫赌场这事儿，你看他来了多少次定格和旁白，生怕漏掉了一件可写之事。

所以我认为老歌德的评语其实不太靠谱，他正确地指出这是一部充满了青春气息的作品，但误将其归结为消极卢梭的产物，而没有看到巴尔扎克其实是激进启蒙养育的一头雄狮。这头狮子已然张开血盆大口，它要吃下的是全部的生活和历史，这巨大的愿景让它有些心神不宁，就像那野驴皮的召唤，充满了令人战栗的诱惑，但也有致人死命的危险。

据说苏格拉底走进市场的时候说："没想到我不需要的东西是如此之多。"话说得漂亮，洒脱之风令人倾倒。但尼采却说，苏格拉底其实是一个十足的色情狂。何故？因为他企图揭开一切事物的面罩，想让一件件事物都向他赤裸现身，以满足他那无穷无尽的知识欲望。在这个意义上，巴尔扎克其实就是他那个时代的苏格拉底，探求一切奥秘的激情乃是他的想象之源，所以笔墨简省绝非他的风格，相反，他要追求最大限度的痛快淋漓。

这个故事绝不是老歌德说的那种"高级智慧"的产物，单从智慧上说，它所提供的只是老生常谈，因为只要我们活着，就没有一个人不是奔跑在欲望的大道上，要么是物质的欲望，要么是精神的欲望，而生命的驴皮每天都在缩小，所不同的只是快慢而已。这是一个常识，没必要对此大惊小怪。但《驴皮记》的高明在于，把一个无须大惊小怪的事儿讲得跌宕起伏，令人感叹唏嘘，展示的其实是巴尔扎克那无与伦比的点石成金的艺术魔力。

"孤零零"的存在和夜色中的苍杉

詹姆斯·伍德在《小说机杼》里谈论"福楼拜和现代叙述"时,引用了《情感教育》里的一个段落,内容涉及主人公弗雷德里克·莫罗在拉丁区闲逛时的场景:

"他悠闲地漫步于拉丁区,平常熙来攘往此时却空空荡荡,因为学生们都已回家了。学院的高墙看上去前所未有的森然,好像安静把它们变得更长了;能听见各种平和的声响,翅膀在鸟笼里扑转,补鞋匠挥着榔头;一些穿旧衣服的人站在马路中间,满怀期待而又徒劳地看着每一扇窗户。在冷清的咖啡馆后面,吧台后的女人在她们没碰过的酒瓶之间打哈欠,报纸没有打开,躺在阅览室的桌子上;洗衣女工的作坊里衣物在暖风中抖动。他不时在书报摊驻足;一辆马车冲下街擦过人行道,令他回头一看……"

詹姆斯·伍德提示我们,在这个看似不加选择的摄像般的扫视里,其实隐藏着福楼拜的良苦用心:"将惯常的细节和变化的细节混合起来。显然,在那条巴黎的街道上,女人打哈欠的时间在长度上不可能和衣物在风中颤抖、报纸放在桌上的时间相等。福楼拜的细节分属不同的拍号,有些是即时的,有些是循环往复的，但它们都被一抹平地放在一起，好像是同步发生一样。"如此设计的效果是，诸种细节"像生活一样"扑面而来。詹姆斯·伍德说"此即现代叙事之滥觞"。

我很佩服詹姆斯·伍德的敏锐，事实上，整部《小说机杼》都写得妙趣横生，常令人有醍醐灌顶之感，然此处的分析，在我看来尚不够高明。与此类似，昆德拉讲现代小说着意于"寻找失去的现在"，拒斥对具体现实的抽象；或如纳博科夫，津津乐道于《包法利夫人》"农展会"场景的分析，对其"多声部"的运用佩服得五体投地。但是，他们都没有回答关键的问题：难道就因为写得像生活本身，所以就是好的？

事实上，对于大多数人而言，生活本身并非如此。普通读者不会喜欢《包法利夫人》和《情感教育》，更不会喜欢《尤利西斯》，即便小清新如《大教堂》和《白象般的群山》，也会令人不胜其烦。为何？因为情节才是他们真正的所爱，一切逸出情节之物皆属冗余，一如他们自己的生活，只有一条封闭的甬道：为一个人，为一件事，为一个名，为一样东西……斗转星移，四时变换，物是人非，草木荣枯，都唤不醒那埋头的沉醉和幻觉的迷狂。的确，直到今天我们都还属于巴尔扎克的时代，因为生活仍然是一个个欲望的战场，一幕幕情感的戏剧，而且变本加厉，无休无止。

然而，现代叙事不属于巴尔扎克，它对生活本身的认识也完全不同。当弗雷德里克·莫罗在拉丁区闲逛时，现代叙事就已重新确立了生活本身的含义，但不是因为"不同的拍号"，也不是因为"失去的现在"和"多声部"的混响，而是因为弗雷德里克·莫罗那"孤零零"的存在，一如那森然的学院高墙，笼子里扑腾翅膀的小鸟，挥舞榔头的补鞋匠，马路中间张望的人群，吧台后打哈欠的女人，桌上没有打开的报纸，暖风中抖动的衣服……都是一样的存在，也都是"孤零零"的存在。

自身"孤零零"的存在也就意味着他人的在场。这是福楼拜的发现。世界仍然是喧闹的世界，但喧闹只是独白者们自己的喧闹，一当离开其封闭的甬道，那"孤零零"的荒谬特质便显露无遗。在"农展会"的场景里，除了爱玛和罗道尔弗的世界，还有主席台上各位要员的世界，以及获得银质奖章的老妇人的世界，这些世界挤在一起，各自密不透风，但谁也吃不掉谁。同样，在"参观教堂"的场景里，对教堂文物如数家珍的向导，他的讲述的喜悦，应该和爱玛的爱情相提并论，尽管在如此短兵相接的场合，他们的世界也没有丝毫互渗。

发现他人并非福楼拜的专利。纳博科夫提到，在《死魂灵》第七章的末尾，果戈理也有过一个对他人世界的动人描写：乞乞科夫成功地从地主们那里赢得了他的"死魂灵"生意，在得到小城名流的款待后，酩酊大醉地上床睡觉，他的马夫和听差也悄悄地跑出去自找乐子，然后踉跄而归。很快，整个旅馆都进入了酣甜的梦乡。只有一个小窗口里还可以看到烛光，那儿住着一个从梁赞来的中尉，一个显然对长筒皮靴有偏爱的人，正在试穿他的第五双皮靴，有好几回他都打算脱掉靴子睡了，可那后跟缝制得实在出色，他那只翘起的脚就怎么也放不下来……

果戈理的神来之笔闪耀着天真的光芒。然而，发现他人究竟有何意义？据昆德拉的观点，这其实是塞万提斯留下的一笔珍贵遗产，其意义不可小觑："塞万提斯认为世界是暧昧的，需要面对的不是一个唯一的、绝对的真理，而是一大堆相互矛盾的相对真理（这些真理体现在一些被称为小说人物的想象的自我身上），所以人所拥有的、唯一可以确定的，是一种不确定性的智慧。"

此乃真知灼见，但我想补充的是，仅仅发现他人和认识到真理因人而异是不够的，因为还有更大的存在，即非人的存在。那是我们所有风度的源泉。侯孝贤深谙此理，所以在《聂隐娘》里，他时刻不忘从人物故事的甬道里跑将出来，让摄影机对着风中作响的树木，一动不动几分钟之久。然而，物极必反，他做过头了。

有拿捏得当，意味无穷的表述，兹举两例，并以此作结：

在为北岛的随笔集《时间的玫瑰》所作的序里，诗人柏桦讲到 1985 年初春的一个夜晚，在重庆北碚温泉的一间竹楼里，一群诗人簇拥着北岛，听他谈论《今天》的人事岁月，但柏桦并没有告诉我们北岛究竟讲了哪些鲜为人知的内容，却特意提到了外间楼道的黑暗，对面可怖的群山，下面嘉陵江深夜的流水，以及洗手间水龙头未拧紧，水滴落入白色面盆发出的声音……

1939 年 9 月，吴清源与木谷石展开令人窒息的十番棋战。第一局战至 157 手，双方均无退路，拼死相搏，木谷石忽然鼻血喷流，倒于盘侧，吴清源因太过专注竟全然不觉……观战记者记录了这个场景："当时，对局场上人们四处乱窜，恍如热锅上的蚂蚁。然而抬头望去，昏暗的走廊对面的山上，早已是风平月明，株株苍杉在漆黑的夜色中已然纹丝不动地静下来了。"

现代主义的"葵花宝典"及其版权问题

1920年8月，侨居伦敦、心力交瘁的 T. S. 艾略特决定去法国徒步旅行，已是文坛翘楚但穷得叮当响的埃兹拉·庞德，托他带一样东西给侨居巴黎的詹姆斯·乔伊斯。东西很神秘，包了一层又一层，庞德还再三叮嘱，务必当面递到。艾略特带着包裹，下了火车上轮船，下了轮船上火车，一路小心翼翼地护着，到了巴黎便立即去找乔伊斯。乔伊斯当着艾略特的面打开了包裹，宝物现身——原来不过是庞德已经不会再穿的一双破靴子。

乔伊斯的境况确实不乐观，但还不至于窘困到要让远在伦敦的庞德带一双垃圾堆里都能捡到的破靴子给他，而且劳烦的还是未来的文学巨子，当时已经写出了《普鲁弗洛克的情歌》的艾略特。庞德这玩笑开得是不是有点过了？好在两个聪明人马上就明白了庞德的用意，原来是要让他看得起的两个文学兄弟来场历史性的会晤。

但乔伊斯并不领情。他一向以自我为中心，曾有人问他在世的英语作家有谁值得一读，他回答说："除了我自己，还想不到有谁。"对待艾略特，他显得慷慨大方，礼貌周全，但这不过是他与人保持距离的一贯伎俩。即便是后来，当他读到《荒原》时，他还跟人说："想不到艾略特还真是个诗人。"

然而庞德的苦心没有白费，艾略特终究还是读到了即将杀青的《尤利西斯》的手稿。看罢，他心中长叹：原来，乔兄弟是这么玩的！怎么玩？请看中译《艾略特诗学文集》里那篇叫作《尤里西斯：秩序与神话》的小文。愚以为，这篇小文就是现代主义的"葵花宝典"。

何以叫作"葵花宝典"？因为它阴气太重。它教你的招数是，讲什么事都得照应那些文化墓穴里的东西：神话、传说，以及诸种经典。拿《尤利西斯》来说，它讲的是都柏林的一对夫妻和一个年轻人从1904年6月16日清晨8点到第二天凌晨2点大约18个小时的生活，但其情节一一对应荷马史诗《奥德修纪》中的相关内容，而其意图，则是要用令人回肠荡气的英雄传说对照现时代生活的鸡零狗碎。

比如，对应于无所不能的英雄俄底修斯的小说主人公布卢姆，不过是一个靠拉广告为生的犹太小市民，他也在"漫游"，但其内容不过是上街买菜，到邮局取信，去浴室洗澡，到饭店吃饭，跟朋友会面，去海边乘凉，等等。当他觉察老婆与人偷情的迹象时，也毫无雪耻的想法和行为，还自欺欺人地安慰自己，将烦恼从心中排遣了事。

在现代文明里迷失了方向，但又要竭力保持风度，不愿像不加节制的浪漫主义者一样一通呐喊的艾略特，就在这神奇的对照术里恍然大悟：原本现实并没有什么价值，但用神话或经典的照妖镜一照，它也就有了反价值的价值。但反价值总好过没有价值，一个愤世嫉俗者总好过没头没脑的"空心人"。而且，它还带来了"一种构造秩序的方式，一种赋予庞大、无效、混乱的景象，即当代历史，以形状和意义的方式"。这就是《荒原》里潜在的圣杯故事，神秘的雷霆之声，以及处处埋伏的古代经典的隐秘来路。

《荒原》初版时，还没有现在我们看到的这么多注释，读者丈二和尚摸不着头脑，所以再版时，艾略特生怕大家尤其是批评家们辜负了他的良苦用心，遂亲自上阵加了那么多的注释。在艾大师看来，这可不是一般的掉书袋，因为看注释理解诗句的过程，就是参照神话和经典领会现实的过程，所以不要嫌累，也别觉得麻烦。

这个言在此而意在彼，把写作搞得神经兮兮的游戏，从此以后就流行开了。据说你要是没看过《圣经》，你就看不懂《喧哗与骚动》，也看不懂《百年孤独》和《大师与玛格丽特》；没看过《俄瑞斯特斯》三部曲，你就看不懂奥尼尔的《悲悼》；没看过《俄狄浦斯王》，你就看不懂《儿子与情人》，乃至于格里耶的《橡皮》……一个牛气的批评流派也应运而生，唤作："互文性"批评。

这一切据说全拜对照游戏的发明人乔伊斯所赐。用艾略特的话说，《尤利西斯》"是一本我们都受过恩惠，都无法回避的书"。他认为在乔伊斯之前，"从没人在这样一个基座上构造过小说：以前从来就没有这个必要"。在这个意义上，他把乔伊斯和爱因斯坦相提并论。当然，或许是为了显得公正，他肯定了叶芝是首先意识到这一方法的人。

艾略特不仅是声名显赫的大诗人，也是令人胆寒的批评家。认真读过艾略特批评文章的人，想必都领略过他那拿腔做调、娓娓道来、杀人不见血的软刀子功夫。他凭一个"感觉脱节"的判断就毁了弥尔顿的几世英名,而几已被人遗忘的"玄学派"诗人则瞬间成为新宠。

然而俗话说,智者千虑,必有一失,艾大师似乎也未能幸免。他口口声声号称自己是一个文学上的古典主义者,但至少从表面上看,他并未完全吃透古典主义的精神。他将对照游戏的发明权归功于乔伊斯,就暴露了这个软肋。因为这个游戏的玩法早就开始了,至少,《堂·吉诃德》就是一个不可否认的明证。

整部《堂·吉诃德》给我们看的是一个疯癫骑士满世界乱来的冒险经历,但实际上玩的是真正的游侠骑士故事和这番可笑游历的对照游戏。所以,艾略特用来评价乔伊斯的那句话,即"从没人在这样一个基座上构造过小说",放在塞万提斯的身上再合适不过。而其做法也并非艾略特所说"没有这个必要",因为在我看来,缓解面对破碎时代的无序感、迷惘感,和不可遏止的意义渴求之间的焦虑和紧张,乃是塞万提斯和艾略特、乔伊斯等现代主义大师们共同面对的难题。

这一方法还直接启示了号称英国"小说之父"的亨利·菲尔丁。其所谓"散文体滑稽史诗"就是这一方法直接孕育的产物。整部《汤姆·琼斯》,从整体到细节都在戏仿古希腊的经典。汤姆的经历隐隐约约地照应着俄狄浦斯王的故事,因为他身世神秘,后又出逃,还差点被认为跟自己的生母乱伦。但其"英雄壮举"实在令人难以恭维:情人毛丽和一帮村妇大娘混战落败时,他大显身手,"像荷马笔下的英雄或者像堂·吉诃德以及其他骑士侠客一样把战场上的敌人全部肃清"。

18世纪的另一部作品更是把这个游戏玩到了极致，那就是艾大师不可能不熟悉的蒲伯的《夺发记》。这名字很容易让人想到伊阿宋取金羊毛一类的神话故事，但其内容却令人大跌眼镜：一个无聊的青年贵族，操着一把锋利的剪刀，将一个年轻少女的卷发强夺而去："刀锋闭合处，从那位美人的头顶，/永远、永远地剪下了神圣的发卷；/于是熠熠的电光射出她的双眸，/恐怖的尖叫撕裂了受惊的天宇。"

　　所以你看，艾大师以为文学界的爱因斯坦（乔伊斯）提出的相对论（神话与现实的对照）其实早就有了。但为什么他就看不到呢？或许，布鲁姆所说的"影响的焦虑"是个原因，如若属实，那艾大师玩的招数也太过奇葩，因为这纯属掩耳盗铃，自欺欺人了。然而令人吃惊的是，不仅艾大师装着听不到铃声，那么多的批评家、理论家，这么多年似乎也都没有听到。

　　福柯称《堂·吉诃德》意味着"词与物的分离"，可谓点中命门。也就是说，从那时起，不可穿透的世界之"厚"已然成为文学大咖们的心病。到艾略特和乔伊斯的一代，这病已发到极致，但奇怪的是，他们竟然没有发现前辈们早就开好了药方，还以为自己白手起家，炼制出了旷古未有的仙丹呢。

　　如果把达达和未来主义者排除在外，现代主义者其实是一帮最不现代的人，因为他们全都背朝现实，只愿在文化亡灵的幻影中求得一息苟安。在这个意义上，所谓后现代主义者才是真正的现代主义者，因为据说他们不再纠结于为秩序和意义而焦虑，只需在纯粹现代的碎片中即可心安理得。是这样吗？我不知道，因为我既不是现代主义者，也不是后现代主义者，究竟是个什么者，等我们都会有的那一天来了再说。

终究未能免俗的弗吉尼亚·伍尔夫

估计这个标题就会让有些人不愉快。伍尔夫是品位的保证，怎么可能和俗气沾边儿呢？谁不向往大咖云集的布鲁姆斯伯里？然而实际上，还真有人不以为然。大批评家利维斯就认为，伍尔夫的小说尽管技巧卓越，但意义不大，因为它没有反映真正的现实；至于布鲁姆斯伯里集团，在他看来只是一群孤芳自赏、心胸狭窄的家伙。

利维斯本人是精英文化的守护者，对一个精英圈子有如此刻薄的评价似乎令人难以理解，但实际上答案也就在这里，或许他只是不喜欢圈子习气而已。我对这个问题无意深究，毕竟那是一个我们无法混迹其间的圈子。我在乎的只是他对伍尔夫作品的评价，因为我们同样可以读到这些作品，那么关于他的评价是否在理，我们也就可以有自己的判断。

其实利维斯的声音并不孤独。对以乔伊斯、伍尔夫为代表的意识流小说，另一位声名卓著的批评家有过更加激烈的批评，其路数和利维斯如出一辙。这就是号称 20 世纪四大批评家之一的卢卡契，他在其雄文《叙述与描写》中，不仅极力贬低左拉、福楼拜之流的自然主义小说，还顺手一耳光打在了现代主义的脸上，尤其是意识流小说，被点名批评，罪名则同自然主义小说等同：所提供的并非真正的现实，而不过是一些肤浅不堪的"浮世绘"。

我不知道伍尔夫是否读到过利维斯和卢卡契的评论，如若读到，想必心中很不服气。对于何为真正的现实，她可是有一番自己的见解的。在行文犀利、姿态潇洒的《现代小说》一文里，她对（卢卡契可能欣赏的那类）提供了故事情节，提供了悲剧、喜剧、爱情穿插，"连外衣的每个纽扣都符合当时的时装样式"的传统小说，提出了自己的质疑："生活果真如此吗？小说必须如此吗？"

然后，伍尔夫祭出了那段必将青史留名的表达："生活并不是一连串左右对称的马车车灯，生活是一圈光晕，一个始终包围着我们意识的半透明层。传达这变化万端的、这尚欠认识尚欠探讨的根本精神，不管它的表现会多么脱离常轨、错综复杂，而且如实传达，尽可能不羼入它本身之外的固有的东西，难道不正是小说家的任务吗？"

说来惭愧，甚至有些难为情的是，我之所以对这个表达印象深刻，全赖那个"半透明层"的比喻，因为它一下子就让我想到了安全套，而且再也挥之不去。很多时候，当我向四周的人群望去时，就像看见每个人的头上都带着这么个"半透明"的东西。这很荒谬，但有助于我认清现实。所以，虽然我的联想较为低俗，但并不妨碍我向伍尔夫伟大的命名能力表达我的敬意。可能有人会问：你为什么就没想到气球呢？告诉你吧，我们小时候玩的气球都是用套套吹出来的。

《达洛卫夫人》就是对这个"半透明层"的绝妙实践。透过国会议员的妻子，上流社会的达洛卫夫人那个流动的"半透明"的意识流"封套"，我们认识了她的道貌岸然的丈夫，不省心的女儿，至今也不成熟的旧情人，以及与她关系暧昧的闺蜜，等等。但确实没有情节，因为整个过程不过就是一大早她上街买花，碰到了一些人和事，回家后接待了从印度归来的旧情人的来访，饭后睡了个午觉，晚上在家里举办了一场宴会而已。

你可能会有疑问：这有啥看头？那么我可以很负责任地告诉你，很有看头。当然，你很可能看不下去，那也没关系，虽然我认为你很有必要提升一下自己的审美品位。反正我完全同意 E. M. 福斯特的评价："这些成功之作都充满了诗意，被包裹在诗意中。"仅举一例，开篇书写达洛卫夫人一大早的心情：

"就像以前在布尔顿的时候，当她一下子推开落地窗，奔向户外，她总有这种感觉；此刻仿佛耳边依稀还能听到推窗时铰链发出轻微的吱吱声……当时她站在敞开的窗口，仿佛感到有可怕的事即将发生；她观赏鲜花，眺望树木间雾霭缭绕，白嘴鸦飞上飞下；她伫立着，凝视着，直到彼得·沃尔什的声音传来：'在菜地里沉思吗？'——说的是这句话吗？——'我喜欢人，不太喜欢花椰菜。'——还说了这句吗？"

可能让你想起谁？福楼拜？他写婚后的爱玛百无聊赖，遥望大路上扬起的灰尘，凝视屋顶上弓起脊背的猫，闲来无事把火钳烧红了看，倾听淅淅沥沥的雨声……唉，此前哪有人这样写过一个人的生活？海明威说，是福楼拜让人物走进了日常，想必伍尔夫不会反对，而且，她就是这么干的。

有时我想，要是整部《达洛卫夫人》就是这些铰链的吱吱声,飞上飞下的白嘴鸦,缭绕林间的雾霭,不经意间传来的说话声,我将视之为小说的圣经,就像大半部的《洛丽塔》,一整部《一件事先张扬的凶杀案》在我心中的位置,然而……

伍尔夫会觉得我太小气了,因为她的抱负远大得多。书写一个上流社会的女人,表现她鸡零狗碎的一天,钻到她的脑子里去,把那些风起涟漪一样的意识流全都播报出来,会是一篇好的小说吗?我觉得就是了,然而伍尔夫却不以为然,她要搞出大东西来:"在这本书里,我有太多的想法要写。我要描述生与死,神志清醒与精神错乱;我要批判这个社会制度,并表现它如何在起作用,写它最紧张的运转方式。"

于是,我们需要提到小说的另一条线,即一位在一战中幸存但精神受创的士兵赛普蒂默斯。在达洛卫夫人晃荡的这一天里,他来到伦敦寻求精神治疗,但在那个视他为危险人物,并主张将他关进精神病院的布雷德肖医生的压迫下,他精神彻底错乱而跳窗自杀。

但是,这和达洛卫夫人的事儿有什么关系呢?可以想象,要是伍尔夫听见这样的疑问,她那一向紧绷的面庞(参看电影《时时刻刻》)会掠过一丝不易察觉的微笑。是啊,两条线有什么关系呢?伍尔夫在日记里写道:"这本书的优点,就在于它的构思;它是独创的——非常困难。"

然而我们知道,它并不是独创的,至少托尔斯泰在《安娜·卡列尼娜》里就玩过这招了。而且,当有人质疑安娜和列文的线索平行发展、毫不相干时,托尔斯泰的回答像伍尔夫一样自信:"圆拱衔接得令人觉察不出哪儿是拱顶。"

在《达洛卫夫人》里,这个"拱顶"在哪儿呢?小说末尾，在觥筹交错的宴会上，布雷德肖爵士带来了赛普蒂默斯自杀的消息，达洛卫夫人受到震动："她觉得自己和他像得很——那自杀了的年轻人。他干了，她觉得高兴；他抛掉了生命，而她们照样活下去。"这是两条线唯一一次的碰撞和相遇。批评家们似乎也在这里找到了答案，还是著名的福斯特，他说："那个社会化的贵妇人和那个微贱的疯子在某种意义上是同一个人。"

多么深刻的解读！想必伍尔夫是相当满意的。然而在我看来，无论是伍尔夫的安排，还是福斯特的解读，都不仅矫揉造作得厉害，而且缺乏起码的良心。"他干了，她觉得高兴"，这个句子是不能容忍的。电影《革命之路》里的温斯莱特可以说这个话，因为她也把自己干掉了，然而在名流荟萃的宴会上感到莫名兴奋的达洛卫夫人却没有资格说这个话。

为了"批判这个社会制度，并表现它如何在起作用"，伍尔夫可谓机关算尽：赛普蒂默斯的精神创伤不只是战争带给他的，更是全面管控的社会刻意压制的结果，那个布雷德肖爵士也不只是一个医生，而是象征社会体制迫害的"扼杀灵魂"的"隐蔽的恶的化身"，他"万一失败，还有警察和社会力量支援他"。对于这一切，不仅伍尔夫洞见到了，达洛卫夫人也借她的"一双慧眼"清清楚楚地看到了。所以说，福柯没什么新鲜的，他炒的是伍尔夫的陈饭。

用力更猛的是关于赛普蒂默斯的所谓反常意识的描写："人类不准砍树。有上帝存在……要改变这个世界。人类不准因仇恨而杀戮。要让所有人都明白这一点。"这会让人想起《罪与罚》里陀思妥耶夫斯基安排拉斯柯尔尼科夫（杀人犯）

和索尼娅（妓女）一起读《新约全书》的情景。纳博科夫说这个描写的愚蠢程度在世界文学史上找不到第二例，而对于伍尔夫的这段书写，我也找不到比这更为恰当的评价了。

其实，如果你想写一个年轻时想过体面生活而与性感有趣但口袋空空的男友分手最终嫁给了成功人士然后人到中年舒服得不耐烦又想找点刺激的女人的烦恼，用不着扯上批判社会反省文明沉思生命这么大的事儿，不仅她本人搂不住，你的写作也会严重变形。

文学一定要表现卢卡契所谓整全的现实吗？一首小小的抒情诗里也得看见阶级斗争的影子吗？我不这样认为，或许，写作《现代小说》时的伍尔夫也不这样认为。然而，正如纳博科夫所说，"真诚、坦率甚至真正的心地善良并不能阻止庸俗的恶魔主宰作家的打字机"，可见庸俗的诱惑力是何等强大，而要保持单纯艺术家的信心是何等不易，因为稍不注意，那艺术本身之外的非固有的东西就会"羼入"进来。

下棋的人都知道一个现象，长考出臭棋。艺术家想多了也一样。看看现在整天关心外星人，为人类命运殚精竭虑的贾樟柯，看看他的《山河故人》，你就知道想多了的后果是多么严重。你可能不同意我这么讲，你会说："凭什么艺术家就不能关心社会，忧思人类文明的未来？"我要说的是，关心忧思没有问题，但可以直接写政论文，也可以去演说，如果一定要用艺术来表达，那请先尊重艺术这门手艺的要求，而不要以为喊几句"不要砍树""要博爱""要相互尊重"一类的口号就可以僭取只属于艺术的荣光。

在劫难逃：马尔克斯教你如何"杀人"

"圣地亚哥·纳萨尔被杀的那一天，清晨五点半就起了床，去迎候主教乘坐的船。"当马尔克斯写下这"事先张扬"的第一句时，想必故事的结局就已在他的脑中定格：圣地亚哥捧着被人用杀猪刀捅出来的肠子，脸面朝下扑倒在自家厨房的地上。此前，当他托着肠子迈下旧码头的台阶，坚定地走向自家的房屋时，河对面院子里一位正在给鲱鱼刮鳞的女人对他喊了一声："圣地亚哥，我的孩子，你出什么事了？"他回答说："他们把我杀了，韦内姑娘。"

这过度血腥、戛然而止的一幕，将像楔子一样打进每一个读者的脑中。我想，这就是马尔克斯想要的结果：你不能随便路过一个人的死亡，就像路过一张张褪色斑驳的讣告。这一回，他不仅要当一个出色的叙事人，而且，似乎还要做一个深刻的思想家。

还是那个熟悉的马尔克斯，在他的世界里，事情从来不会无缘无故地发生。圣地亚哥·纳萨尔，这位年轻而富有的牧场主，腰里总别着一把点三五七马格南手枪，枪械柜里还有两支名贵的来复枪和一支连射步枪。但他听从了已过世的父亲的教导，从不把手枪和子弹放在一个地方。还是圣地亚幼年时的一天早晨，一个女仆抖弄枕套想取出枕头的时候，一只藏在里面的手枪摔到地上走了火，"子弹击穿房间里的橱柜，透过厅堂的墙，像在战场上似的呼啸着飞过邻居家的餐厅，把广场另一端教堂主祭坛上真人大小的圣徒像打成了一堆石膏粉末"。多年以后，圣地亚哥在去迎候主教的那个清晨被杀，这是不是兑现了圣徒像终将到来的复仇？

被杀的前一夜，圣地亚哥"梦见自己穿过一片飘着细雨的榕树林，梦中他感到片刻的快慰，将醒来时却觉得浑身都淋了鸟粪"。以解梦闻名小镇的母亲，在听了儿子的梦后却没有看出丝毫噩兆，她唯一操心的事是别让儿子淋雨，因为她听到儿子在梦中打喷嚏了。她让儿子带上雨伞，穿着一身白色亚麻服的儿子挥挥手即走出了房间。

厨娘维多利亚·古斯曼正在宽敞的厨房里劳作，当她剖开兔子，把热气腾腾的内脏扔给狗吃时，走进来喝咖啡的圣地亚哥看见后一脸惊骇，对她说："别那么野蛮，你就想想，假如它是个人。"多年以后，古斯曼才恍然大悟："原来那一切都是预兆！"

喜欢暗地里调戏厨娘女儿的圣地亚哥，在她来收空杯子的时候一把攥住了她的手腕，吓得她魂飞魄散，因为那手如石头一般冰凉，活像一只死人的手。在她替圣地亚哥开门的时候，圣地亚哥又一把抓住了她的私处，但她一点也不害怕，只有一种大哭一场的冲动。圣地亚哥走后，"透过半开的大门，她瞥见广场上的巴旦杏树在破晓的晨光中像是落了一层雪。可她没有胆量再去看别的东西"。

圣地亚哥家通向广场的正门，除了节假日，通常都上着门闩，所以圣地亚哥家的人要出去的话，一般都走通向码头大街的后门。按说，圣地亚哥这天早晨去迎候主教，本该走后门，却偏偏走了前门这"死亡之门"——一个多小时以后，他将被人抵在这道门上给活活捅死。他母亲给出的合理解释是："我儿子穿礼服的时候，从不打后门进出。"

广场牛奶店的老板娘看见圣地亚哥经过的时候，"恍惚觉得他穿着铝制的衣服"，感觉"他那时已经是个幽灵"。要杀他的维卡里奥孪生兄弟正携着两把杀猪刀等在店里。他们还穿着昨夜参加婚礼时的深色礼服，只因为老板娘的一句念叨，其中一位站起的身子又坐了下去。他们盯着他穿过广场，像盯着一个死人，怀着深切的同情。昨夜婚礼的新娘是他们的妹妹，但新婚之夜，丈夫却发现新娘并非处女身，遂连夜将其退回娘家。据新娘供认，夺其贞操的人乃圣地亚哥，两位兄长要为妹妹找回公道。

圣地亚哥被放过了一次，但阴差阳错，他终将被杀。他的生命只有个把小时了，却一心只想着别人家昨夜婚礼的开销。他精确地计算出光花饰一项的支出就相当于14场一流葬礼的费用，还细数着总共宰了40只火鸡、11头猪，烤了4只牛犊，喝光了205箱走私酒和近2000瓶甘蔗烧酒，然后白日梦般地大声喊道："我的婚礼也要像这样，让他们一辈子也讲不完。"但他想不到的是，让人们一辈子讲不完的是他像猪一样被宰掉的命运。

圣地亚哥的教母也丧失了一向就有的预言能力。当她得知消息疯跑着去救她的教子时，一个迎面跑来的人告诉她："别麻烦了，路易萨·圣地亚哥，他们已经把他杀了。"在劫难逃，这就是马尔克斯的叙事逻辑。然而这神秘之劫，似乎种在现实的因里。

新郎巴亚尔多，内战英雄佩特罗尼奥将军之子，一个身材瘦削的年轻人，装束精致，气质迷人，无事不通，而且财富无数。半年前他来到小镇，如他所说，"走过一个又一个村镇，为的是找个人结婚"。有一天他在摇椅上午睡，恍惚间看见维卡里奥孪生兄弟的妹妹安赫拉走过，向人打听了她的名字后即决定娶她为妻。

但安赫拉对他并无好感，她"有一种孤独无依、消沉萎靡的气质"。巴亚尔多对她也并无殷勤，只是展示其魅力让她的家人着迷而已，而"一个以勤俭谦恭为美德的家庭，没有权利轻视命运的馈赠"。最终，他们一个怀着可以隐瞒失贞的幻想（"拿着一副标了记号的牌还敢赌到最后"），一个怀着"用非凡的权势换取幸福的幻想"而结合。古老的道德就这样和资本的强权悲剧性地撞在一起。

然而，悲剧的发生还需要俄狄浦斯的命运。喊着要为妹妹找回公道的孪生兄弟其实并不想杀人。他们到牛奶店里来等圣地亚哥，是因为那里对着圣地亚哥家的前门，而他们知道，圣地亚哥几乎不从那儿进出。他们把要杀死圣地亚哥的消息至少告诉了十二个来买牛奶的人，这些人在清晨六点钟之前就把消息传到了各处，但仍然未能让人有效地阻止他们的行为。本应将两兄弟逮捕的镇长也只是没收了他们的刀具。还是牛奶店老板娘一语道破天机："应该让两个可怜的孩子从可怕的承诺中解脱出来。"重携刀具返回牛奶店的两兄弟本已气馁，但越来越多其实不需要牛奶的人也涌到了店里,只是想来看看,这四处扬言要杀了圣地亚哥的孪生兄弟是不是真敢杀人。

没有迎到主教的圣地亚哥对这一切浑然不觉,回家途中从准岳父那儿得知消息后方大惊失色,但莫名其妙地仍坚持回家。所有人都知道有人要杀他,有人朝他喊让他快跑。他惶惑不安,本想从后门回家,但发现前门虚掩,故改朝前门走去。维卡里奥兄弟看见了,跑过去杀他。不到五十米就到家了,圣地亚哥向前狂奔。但虚掩的前门突然关上了。是纳萨尔的母亲,她透过门缝看到维卡里奥兄弟向大门跑来,手里举着明晃晃的刀,但没有看见从另一个方向跑向大门的儿子。她刚刚挂上门闩,就听到了圣地亚哥的呼喊和骇人的砸门声。

这一切,就是叙述者"我",圣地亚哥教母的儿子,在圣地亚哥被杀二十七年后,重返已被遗忘的家乡小镇,经多方探访,企图"将散落的残片重新拼成记忆之镜"的产物。其目的也堪称严肃:"诚然,我们这样做并不是由于渴望解开谜团,而是因为如果不能确知命运指派给我们怎样的角色和使命,我们就无法继续活下去。"这段话,似乎可以看成是马尔克斯本人的现身说法。

这个提示可以解释一个技术上的疑问:为什么故事没有采用第三人称全知全能的叙述,而是不辞辛劳地通过一个个回忆的碎片来重建已经逝去的情境?因为每一次回忆都是一次唤醒,都是死者"存在"的一次宣告。令人触目惊心的尸检描写,以及令人窒息的杀人过程的最终呈现,绝非单纯为了感官的刺激,而是为了在生者那里增强死者之死的质感和重量。"我"或者马尔克斯的根本意图是,要让圣地亚哥的死像一颗种子一样长在那些提供回忆者或是读者们的心中。

在这个意义上,死者之死不是一个终点,而是一个生成的事件。事实上,圣地亚哥之死改变了很多人的命运。制造过多起屠杀案的镇长阿庞特上校,在全程目睹尸检之后,不仅研究起了招魂术,还成了一个素食主义者。而最富戏剧性的是,作为悲剧之源的那段未能完成的婚姻,以一种足够传奇的方式获得了最浪漫的结局——

被退婚之后却突然间爱上了丈夫的安赫拉,在随家搬离小镇之后,在加勒比海边的一个印第安村落里以绣花为生,并在长达十七年的时间里坚持不懈地给她的"丈夫"写信。终于在一个八月的午后,他来了。还是当年的装束,但人胖了,头发开始脱落,眼睛也老花了。他将背囊一把扔在安赫拉的绣花机上,对心慌意乱但仍旧爱意坚韧的她说:"好吧,我来了。"在他带来的一只皮箱里,塞满了准备留下来穿的换洗衣服,另一只皮箱里则装着她写给他的近两千封信,码得整整齐齐,每一捆都用彩色绸带系着,但一封也没有拆开过。

总之,只要你愿意,就可以从这桩"事先张扬的凶杀案"里挖掘出你想要的"意义"。透过这面用散落的残片努力拼成的"记忆之镜",不仅可以看到宿命的神秘、人心的孤独,甚至还能洞悉资本的罪恶。那么,有了这些"意义",我们是否就可以"确知命运指派给我们怎样的角色和使命"?我不相信这是马尔克斯真正关心的问题,但我看到的是,他怎样用这些"意义"佐料,为我们做成了一个完美的如何"杀人"的文本现实。他玩得很"high",我们看得也"high",重要的事情莫过于此。

"古老的敌意"和一只八哥的故事

　　这些年在中国暴得大名的"西马"理论家弗雷德里克·詹姆逊，在其北大讲演录《后现代主义与文化理论》里讲结构主义的叙事分析时，以《聊斋志异》里的《鸲鹆》（音"渠玉"，俗称八哥）为例，展示了如何运用格雷马斯的"符号矩阵"进行文学解读。不少人感叹脑洞大开，大赞其解读很独到，很先进。事实上，这个解读还被写进了"面向21世纪"的国家级文论教材。是不是很独到、很先进暂且不论，我们先了解一下《鸲鹆》的故事内容。故事不长，为方便分析计，大致翻译如下：

　　某乡下人养了一只八哥，教它说话，两相亲密，数年形影不离。某日路过绛州，盘缠将尽，一筹莫展。八哥对他说，把我卖给绛州王，你就有钱了。这人说，我哪忍心。八哥说，无妨，拿了钱你就赶紧跑，在城西二十里外大树下等我。

　　这人就带着八哥到了绛州城里，跟它说话，引众人围观。绛州王的一个宦官见了，回去报告给主子。王将这人请到府中，问他是否愿意转让八哥。这人说，我与鸟相依为命，舍不得。王问八哥说，你愿意跟我吗？八哥说，给他十两黄金，我就跟你。王甚喜，这人故作懊恨状，携金而去。

王和八哥聊天，八哥应答如流。王叫人拿肉喂它，又如其所愿，开笼给它洗澡。澡毕，飞到檐间，一边梳翎抖羽，一边跟王说个不停。过一会儿，羽毛干了，叫一声"臣去也"，遂翩跹而去，空余王等一干人仰面嗟叹。王赶紧派人寻那乡下人，早不知其所踪。后来有人去秦中，在西安的鸟市上看见过那人和他的八哥。

在詹姆逊看来，这故事大有深意，并用格雷马斯的"符号矩阵"做了"深度"解读。"符号矩阵"的方法是先设立一项为"x"（左上角），对立一方为"反x"（右上角），此外，还有与"x"矛盾但并不一定对立的"非x"（右下角），以及"反x"的矛盾方即"非反x"（左下角）。格雷马斯认为，一个文学的故事起于"x"与"反x"的对立，但在故事发展过程中加入了新的因素，即"非x"和"非反x"，当这些因素都得以展开时，故事也就完成了。（估计这个介绍已经让你厌烦，而这正是我的意图之一，所以请你耐心读下去。）

依葫芦画瓢，詹姆逊选定"人"（八哥主人，以爱和友谊为中心）作为这个故事的x项，然后就依次有了对立项"反人"（绛州王，有权有势，与统治暴力相关联），"非人"（鸟），以及故事中没有明确出现，但根据"符号矩阵"可以推论出的"非反人"即"人道"。它们之间的关系是："人"（八哥主人）与"反人"（绛州王）构成冲突，导致"人道"的危机（后者企图以权势和金钱破坏前者和八哥的温情脉脉的关系），经由"非人"（八哥）的帮助（利用"撒谎"这一高度发达的文化），危机得以消除，"人道"得以重现。

詹姆逊总结道："因此可以说这是一个寓言，说明怎样利用高度发达的文化的武器，来返回自然或自然的文化，这个过程可以是从一个自然的文化出发，来到一个不自然的文化，然后通过放弃自然，让自己被囚禁以获得自由，以获得重返自然的机会。"估计这段话已经把你的脑子绕晕，你会想：这都什么乱七八糟的。我不知道当初詹姆逊在北大的讲座上托出这番见解时，底下是否有阵阵的"啧啧"称叹之声，据我所知，不少人对此解读佩服得五体投地。不过在我看来，这个解读不仅无趣，而且逻辑混乱得一塌糊涂。

首先，说那个乡下人和八哥的关系体现了爱和友谊，这似乎没有什么问题，但把绛州王说成是"反人"，说他以权势和金钱压人，则相当勉强。至少在这个故事里，我丝毫没有这个感觉，因为毕竟是乡下人炫耀在先，而王也没有强夺，反倒是将其请（而非押）到府中，并询其交易意愿，整个过程在我看来完全符合交往正义。所以，王既不是所谓"反人"，更不是什么"敌人"，他和乡下人之间根本就不构成此作为解读逻辑起点的冲突。事实上，这个故事的冲突很明显，即乡下人想回家（或继续前往某处），但没有盘缠，而故事的发展也是围绕这个问题的解决而进行的。

在解读中，詹姆逊为了说明王是"反人"，分析说八哥到他手中即住进了笼子，被囚禁而丧失了自由（所谓"来到一个不自然的文化"）。这也毫无根据。因为我们看不出八哥是到了王的手上才被关进笼子的，而且按照这种解读，好像乡下人从来都是把八哥托在手上或是让其站于肩头的，但故事本身并不支撑这个想象。另外，从王与八哥的短暂的"交流"来看，他也完全可以是一个能够和八哥建立所谓"爱和友谊"的人,所以不能说他就是"反人"的,是没有"人道"的。

　　为了进一步说明故事的"人道"主题,詹姆逊还分析了"为什么主人公和八哥在外面旅行"这个问题。他解释说,如果不旅行,主人公和八哥的友谊就还只是初级的,而出去旅行就是为了发展和巩固这个友谊。这个解释在我看来更加可疑。它不由得让我思考这个问题:这乡下人究竟是干什么的?

　　据我长期的乡村生活经验,从来不会有提着一个鸟笼子到处旅行的农民,倒是不少影视剧里表现道德败坏的纨绔子弟时,经常让他们提着鸟笼子干着调戏妇女的勾当。可见,如果这真是一个到处旅行的乡下人,他的身份就只有几种可能:(1)游手好闲的二流子;(2)小有资财的地主;(3)流窜乡间的生意人。而这三种身份,都意味他并不像詹氏想象中那么"纯朴"和"人道"。事实上,从故事结尾来看,他很可能因为这一回行骗成功的经验而干上了到处坑人的勾当。

　　以上这些分析比较无聊,不得已而为之,请你谅解。但如果你认为我说得有道理,那我就可以说詹姆逊是在胡说八道,故弄玄虚。而且还要说明的是,我完全不认可他的这套解读方式,因为这个故事在我心中的"意义",完全是另外一回事情。

　　我给好几个小孩子讲过这个故事,讲完后问他们的感受,反应几乎如出一辙:这只八哥好神奇哦,要是我有一只就好了。很惭愧,我几十岁的人了,还跟他们的想法一样。此外,还有一些零零碎碎的感受:

　　(1)八哥让那人去城西二十里外的大树下等它,这一句让我极其神往。我脑子里迅速出现了一棵枝繁叶茂、荫翳蔽日的老菩提树，被路人坐得光滑发亮的暴突的树根仿佛都清晰可见；

（2）那宦官带着神奇八哥的消息跑回去报告主子，脸上的得意和欣喜之色让我都为他感到高兴；

（3）王问乡下人是否愿意转让八哥，又问八哥说你愿意跟我吗，让我觉得这真是一个有意思的王；

（4）原文中讲洗完澡的八哥"梳翎抖羽"，这个词让我觉得简洁生动，颇可玩味，以至于后来一想起这个故事就会想起这个词语；

（5）八哥飞走了，空余王等一干人望空嗟叹，我仿佛看见了那个天井，府宅的飞檐，以及那方白云悠悠的蓝天……

这些，就是我在不到两分钟的阅读时间里，在这个不到三百字的故事里，所读到的"意义"，而不是詹大师给我解读出来的那么深刻的"关于文明的过程"的含义。我更信任我自己的感觉。而且我深信，詹大师的解读，不仅是对文学、艺术的犯罪，而且还是一种对生命的"古老的敌意"。

《变形记》：一次"愿望的达成"

存在不过是被意识到的存在。在这个意义上，梦也是我们的存在的不可或缺的部分，因为你不能说，在梦里你没有意识，即便醒来后究竟梦了些啥你差不多已经忘光了（在我看来，这就像我们常常记不清昨天都干了些什么一样）。对于精神分析学家来说，梦是我们的无意识，但这个"无"，却比我们现实中的"有"更为本真。因为在他们看来，一切梦，无论表面上看起来多么古怪，多么不可思议，最终都只是我们的"愿望的达成"。这也是整部《梦的解析》要讲的核心意思。

但对于"梦是愿望的达成"这个"粗暴"的结论，很多人并不服气。弗洛伊德的很多病人就质疑过他，但都被老"弗"爷见招拆招，一一化解。兹举一例。一位女病人告诉弗洛伊德，说梦见她姐姐的小儿子查尔斯死了。她姐姐本来还有一个叫奥托的大一点的孩子，但不幸早夭。说心里话，她更喜欢奥托一些。所以问题就来了，如果说"梦是愿望的达成"，那么她真的坏到了希望姐姐唯一的孩子死去吗？抑或希望先前死去的是查尔斯而不是她更疼爱的奥托？弗洛伊德首先向她保证第二个解释是不可能的。这是很高明的做法，因为很明显，第一个解释相当荒谬,病人不会在意,而第二个解释则较有可能,但会让病人背上沉重的良心负担。那么,这个梦如何才是"愿望的达成"呢?

释梦有赖于对做梦者的生活历史的了解,信息越多越好。弗洛伊德了解到,女病人早岁成孤,后来是在年长许多的姐姐家长大的。成年后,她喜欢上了一位常来姐姐家的文学教授,两人差点结婚,但由于姐姐不明不白的阻挠,这段关系以失败告终。此后文学教授不再上门,她也在姐姐的儿子小奥托身上找到了感情寄托,并在小奥托死后离开了姐姐家独自生活。但她对文学教授无法忘怀,只要他有讲座,她必定是听众之一,虽然并不让他知晓。做梦前一天她告诉弗洛伊德,教授要去参加一个音乐会(日期就在她来找弗洛伊德释梦的这天),她便订了票打算前往,希望再次看到他。除了这些情况,弗洛伊德还了解到一个至关重要的细节,即在小奥托的葬礼上,长期杳无音信的教授曾经突然出现。至此,弗洛伊德认为可以释梦如下了:"如果现在另一个孩子死了,同一件事就会再度发生,你将与你的姐姐消磨终日,教授肯定也会赶来吊唁……你的梦是一种急不可待的梦,它已经提前几个小时就预期了今天的这一次会晤。"

这个例子不仅可以用来说明"梦是愿望的达成",而且还有助于说明弗洛伊德的另一个观点,即他认为在梦中,愿望往往是以"歪曲"的方式达成的(或许就像我们常说的那样,"梦是反的")。对于这样的释梦方式,想必有人折服,有人不以为然(我老婆就是后一种人,在她看来,梦是我们在另一个世界的生活,时不时地我们得过去照料一下)。我本人的态度介于两者之间，也曾用这个方法解过很多自己的梦，有的可行，有的却怎么也说不通（或许是我的功力不到）。其实，如何评价弗洛伊德的释梦是个大问题，争论的焦点也不只是其方法，而是还涉及它的价值观。比如超现实主义者布勒东就对精神分析赞赏有加，认为它为我们揭示了更为真实的非理性世界，但纳博科夫却对其深恶痛绝，认为它把超功利的文学艺术庸俗化了。对于这个论争，我也是骑墙派，觉得各有其理，所以不打算过多纠缠。接下来我要做的，纯粹是一个方法上的游戏，即用"梦是愿望的达成"这个释梦的基本原理，对卡夫卡的《变形记》做一个尝试性的解读。

但《变形记》是一个梦吗？众所周知，弗洛伊德认为文学是作家的白日梦，那么据其释梦原理，我应该把《变形记》解读成卡夫卡的一次"愿望的达成"。事实上，正如纳博科夫轻蔑地提到的那样，有些持弗洛伊德观点的传记作家，就认为"《变形记》是以卡夫卡与他父亲的复杂关系以及伴随他一生的罪孽感为背景的"，据此，小说中的甲虫不过是卡夫卡在其父亲面前的卑微感的形象化表达。纳博科夫拒绝接受如此庸俗的解释，还说卡夫卡本人也认为心理分析是"一个不能自圆其说的错误"。其实，我对这类解释向来也很不感冒，而且，这也不是我接下来的意图。

我的做法，是把《变形记》看成小说主人公格里高尔做的一个梦，或者说，当作卡夫卡为他可怜的主人公安排的一个梦而已。这么做有什么道理？或许有一个细节就够了，即当旅行推销员格里高尔发现自己变成一只甲虫后，并没有显得万分惊恐，而是百般努力要起床去赶五点钟的早班火车。虽然其中一处提到他认为他的处境可能只是一种幻觉,但此后却没有交代所谓幻觉的破灭。在我看来,除了在梦中,不可能有如此奇怪的反应,尽管小说一开始就说他"从不安的睡梦中醒来"。或许有人会说,读小说哪有你这么实在的。对不起,别给我讲什么荒诞和象征,要讲好故事,还是得遵循故事本身的逻辑。

为避啰嗦,我想简括地说明格里高尔的困境及其想要"达成"的"愿望":这个要养活一大家子(双亲和妹妹)并要替父亲还债,天天起早贪黑而疲惫不堪的推销员,其梦想是过上"生活得像贵妇人"的其他推销员那般惬意的生活(小说开场不久就提到格里高尔房间的墙上挂着一幅装在金色镜框里的戴皮帽子围皮围巾的贵妇人画像,这是他特意从一本画报上剪下来的)。至少,不用每天起得那么早,因为"起床太早会使人变傻的"。他甚至有过撂挑子的冲动,要不是为父母着想,"我早就辞职不干了,我早就会跑到老板面前,把肚子里的气出个痛快"。然而,他至少还得再干五六年,才能攒够替父亲还债的钱,所以这是无法即时"达成"的"愿望"。怎么办呢?

变形为甲虫,或许不失为一个选择。

变形为甲虫的直接结果,当然就是不用上班了,而且可以免除良心上的不安(小说中有两处明确提到"责任"和"良心"的字眼),因为非不愿也,实不能也。我有一位朋友,当年被博士论文折磨得心力交瘁时,就曾希望得一场罕见的大病。还有正在上自习课的高三学生最喜欢突然停电,一大早赶学校班车去给学生上课但还没有准备好教案的大学老师希望汽车发动机出现故障,等等,皆属此类情形。小说中,当变形为甲虫的格里高尔好不容易挪动身子,在半开着的卧室房门口艰难现身时，来催他上班的公司秘书主任只吓得连声"噢！噢！"地逃走了。这可不是格里高尔的错，他本来还想解释，他只是暂时不能胜任工作，而一旦情况好转，他就会回去上班，更加卖力地为老板做事。

对变形为甲虫的格里高尔如何下床及打开卧室房门的描写是令人叹为观止的，是卡夫卡作为超一流艺术家的不容置疑的明证。君若不信，不妨看这一段：

"格里高尔慢慢地把椅子推向门边，接着便放开椅子，抓住了门来支撑自己——他那些细腿的脚底上倒是颇有粘性的——他在门上靠了一会儿，喘过一口气来。接着他开始用嘴巴来转动插在锁孔里的钥匙。不幸的是，他并没有什么牙齿——他得用什么来咬住钥匙呢？——不过他的下颚倒好像非常结实；靠着这下颚他总算转动了钥匙，他准是不小心弄伤了什么地方，因为有一股棕色的液体从他嘴里流出来，淌过钥匙，滴到地上……（他）集中全力死命咬住钥匙。钥匙需要转动时，他便用嘴巴衔着它，自己也绕着锁孔转了一圈，好把钥匙扭过去，或者不如说，用全身的重量使它转动。终于屈服的锁发出响亮的咔嗒一声，使格里高尔大为高兴。他深深地舒了一口气，对自己说：'这样一来，我就不用锁匠了。'接着就把头搁在门柄上，想把门整个打开。"

托翁曾经盛赞莱蒙托夫《当代英雄》的"塔曼"一章在造型上的准确无误，在我看来，卡夫卡的这个细节或许更配得上他的赞语。然而，这只是喜欢做木工活的卡夫卡寻求精细手感的造型游戏吗？可以设想，即便是圣徒般的卡夫卡，当他写出这样的细节时，嘴角也会浮现一丝自得的笑意。他主要还是一

《变形记》：一次「愿望的达成」

129

个艺术家,这是那些主要把他当成一个思想家来解读的家伙(他生前最好的朋友马克斯·布洛德就是其中之一)常常忽略的一点。不过我要强调的是,在小说中,这个细节是为了给格里高尔有责任、有良心的形象加分的。这就像果戈理在《外套》里写那个为小公务员阿卡基耶维奇做新外套的裁缝,特意尾随穿上新外套的阿卡基耶维奇出了门,"站在街上,向远去的外套看了好半天;后来他又特意拐了个弯,穿过曲曲弯弯的胡同,抢先跑到另一条街上,从另一面,即从正面再一次看了看自己缝制的外套"。如此灵光乍现的描写,是为了增加那件外套在我们心中的分量(虽然裁缝本人的心思也颇值玩味)。而这类细节所产生的效果,可能就是纳博科夫认为最接近艺术本身的那个定义,即"美加怜悯"。

我们心中被激起的怜悯越多,"被动辞职"的格里高尔就越是可以问心无愧。然而,不上班了,虽属无奈,但毕竟还是抛弃了家人,置家人于困境。如果要良心得安,还需要解决两个问题:一是变抛弃家人为被家人抛弃,以此获得道德上的优势;一是找到实际出路,以此克服"如果我不工作了家人怎么办"的担忧和恐惧(对此,小说中也有明确提示)。小说的二、三部分,就沿着这两条线展开。

被家人抛弃的过程是一次漫长的伤害。不过从格里高尔的"愿望"来看,又夹杂着求之不得的受虐式的快感。父亲的抛弃冷酷而残忍,母亲的抛弃伤感而无奈,妹妹的抛弃则始于腻烦而终于决绝。无论以什么样的方式,结果都是格里高尔被家人抛弃,而不是格里高尔抛弃了家人。这一过程不仅可以令格里高尔心安理得,也顺带呈现了家人的忘恩负义,以及他长期以来被家人寄生而悄然滋长的愤懑。纳博科夫就认为,格里高尔变形为甲虫,其背上的硬壳,就是为了抵御像寄生虫一样的家人的蛀食(或许这可以回答为何格里高尔变形为甲虫而不是鸡、鸭、鹅或兔子一类动物的疑惑)。其实在我看来还有另一些好处,那就是格里高尔从此可以肆无忌惮地睡觉了(作为旅行推销员的奢望),可以无所事事地到处乱爬了(从未享受过的游戏乐趣),也可以得到家人一定程度的关心了(虽然付出了变异为非人的代价)。

悲剧的高潮是那场令人动容的"贵妇人画像保卫战"。格里高尔的妹妹和母亲为了让变形为甲虫的他不受阻碍地到处乱爬,着手将他卧室里的家具一件件地搬出去。这本该是一件令他欣慰的事情,说明家人还在关心他,但他终于醒悟,这是在彻底剥夺他作为一个人的权利。当搬到那张他学生时代天天在上面做作业的写字台时,他不顾一切地冲了出去。就在这个过程中,他看见了挂在墙上的那张穿皮大衣的女士的画像,赶紧爬过去贴在了画像表面的镜面玻璃上,"至少,这张完全藏在他身子底下的画是谁也不许搬走的"(画像这个主题在这里是第三次出现)。这一举动使他的母亲大为惊骇,引起她妹妹的咆哮,最终导致他的父亲用苹果向他发起疯狂的攻击,并让他付出一只苹果深陷其背部的致命代价。

以被抛弃和被伤害而赢得的道德优势是必需的,但只满足了格里高尔一半的"愿望",还无助于实际问题的解决。没有格里高尔的家庭需要重生,可以想象,这对于变成甲虫之前的格里高尔来说只能是一个童话。然而,在变形为甲虫的格里高尔那充满忧惧的目光的注视下,这个童话却一点点地变成了现实：身体健壮却长期闲居家中的父亲找了一份银行听差的工作，母亲找了一个为时装店做针线活的活计，而一直让她担心的妹妹，则不仅找到了一份售货员的工作，还在夜校学习速记和法文。小说结尾，没有了格里高尔的一家人，在明媚的春光里出城郊游，洋溢着似乎从未有过的幸福氛围。那么，格里高尔还有什么放不下的呢？至此，我们可以说格里高尔的"愿望"已经"达成"，虽然"达成"的代价是变成一只甲虫并被父亲用苹果砸死（其实这一死因以及死亡本身，都为其道德优势赚取了足够的资本）。

这个解读是不是太过琐碎？或许有点吧，而我还坚持这样做，主要基于以下三个理由：

一是有点调侃和补充纳博科夫的意思。一方面，他在任何地方对弗洛伊德都没有一句好话，并在《文学讲稿》中发出了不许用弗洛伊德观点解读《变形记》的"禁令"，我却偏要一试，但只在文本内部玩了一个戏拟"梦的解析"的游戏，而不在他所指称的阐释层面上。另一方面，不可否认纳博科夫是创造细节和发现细节的大师，但我认为他对《变形记》的解读似乎有些草率。除了引论部分洞见迭出以外，关于小说本身，尽管他列举了那么多细节，抄录了那么多原文，对故事场景也做了详细的切分，但并没有太多出彩的分析，尤其是对小说的整体结构，没有令人信服的说明。结尾处几个主题的提示，如"三"和"门"等，非常重要，是行家眼光，但毕竟也只是一笔带过。况且像"穿皮大衣的贵妇人画像"这么重要的主题（三次出现），他竟然让它从眼皮子底下溜走了，简直不可思议。

二是不满于到处可见的关于《变形记》的"异化"主题的解读,所谓格里高尔被"异化"成了一只甲虫的说法,在我看来纯属望文生义,连"异化"一词的基本含义都没有搞懂。

三是不满于其他各种关于这篇小说的象征化解读(诸如人类精神世界的扭曲、存在的荒诞,等等),因为对我而言,这篇小说作为一个实实在在的"推销员之死"的故事就足以动人了,而无须将它转化为其他任何玄奥之义的符号或载体。

第三个理由是我最为在意的。因为只有在尊重故事本体的意义上,我们才能真正领略卡夫卡作为一个艺术家的伟大所在,并对那些天才的细节有所敏感:格里高尔的父亲一面顿着双脚,一面"嘘嘘"叫着,要把他赶回房间;格里高尔被父亲驱赶着不顾一切狠命地朝门口挤去时,"他身子的一边拱了起来,倾斜地卡在门口,腰部被挤伤了,在洁白的门上留下了可憎的斑点";薄暮时分,从沉睡中醒来的格里高尔发现,"街上的电灯,在天花板上和家具的上半部投下一重淡淡的光晕,可是在低处他躺着的地方,却是一片漆黑";"他吃饱了,正懒洋洋地躺在原处,这时他妹妹慢慢地转动钥匙,仿佛给他一个暗示,让他退走";"一只扔得不太用力的苹果轻轻擦过格里高尔的背,没有带给他什么损害地飞走了"……

我很想再列举下去,但这不被允许。这些细节,就是纳博科夫所谓小说的"筋腱",是不容分解的"真值",是那句至理名言——"艺术并不复制,但让人看见"的最好例证。在这个意义上,我完全理解纳博科夫为什么在《文学讲稿》里几乎把这个故事重讲了一遍,因为他最看重的就是这个故事本身的可感性,即便他称其为幻想或童话,就像我把它看成是格里高尔的一场梦一样。

同样地，或许我们也能理解昆德拉为什么对《一九八四》没有好感，因为在他看来，生活本身（即便是小说中的生活）不应该为说教（即便是批判极权主义）而被简化。我的才华横溢的同事姜飞兄也对奥威尔的作品很不以为然，他举例说，《动物农庄》里说到马提笔写字，但却不在细节上交代马蹄是如何抓住笔杆的，而我们自己的想象也帮不上忙，所以这是一个无效的细节。对此，我深以为然。

生命中那些不可阉割的暧昧

"你把左脚踩在门槛的铜凹槽上,用右肩顶开滑动门,试图再推开一些,但无济于事。你紧擦着门边,从这个窄窄的门缝中挤进来,接着便是你那只厚玻璃一样颜色的、发暗的颗粒面的皮箱,这是常出远门的人携带的那种相当小的皮箱。你抓住粘糊糊的把手把皮箱使劲拖进来,它虽然不重,但你一直提到这里,手指不免发热。你把皮箱举起来,感到身上的肌肉和筋腱都鼓了起来,指骨、手心、手腕、胳膊莫不如此,还有肩膀,还有整半个后背,还有脊椎,从颈部到腰部都是如此。"

如果你有耐心读完这一段,会是什么样的反应呢?会不会想:这个"你"是什么人?这是要去哪儿?他要干什么?如是,我会有些惊讶,并且对你的淡定从容感到由衷佩服。这就像你和恋人约会,出门前精心拾掇了一番,希望见面时他/她会脱口而出:"你今天好漂亮/帅啊!"但她/他视而不见,就像瞅着一根路边的电线杆子一样对你说:"今天我们吃什么?"

显然,你不希望被纳入不解风情的恋人之列。同理,你也不愿意被视为一个无趣的读者。因为阅读也是约会,而且是更加高级的约会。而约会须要遵守的第一纪律是:不可猴急。

就上引的这段文字而言，很明显，固然它会引出一些别的事情，但好奇心在此不合时宜，因为其高密度的叙述本身，或许才是它要传达的第一信息。描写得太精确了，不是吗？如果说叙述也是一种造型的话，这是当之无愧的经典例证。不仅全程跟踪特写，还辅以潜入感觉神经的详细记录。

这是并不那么著名的新小说作家布托尔的小说《变》的开头。读过这个小说的人想必不多，如果你读到，即便只是这小小的一段，或许多年以后，它都会像楔子一样牢牢地嵌在你的记忆里。或许还有别的作家有过类似的写作，比如福楼拜，但在我看来，把精确描写做到如此登峰造极的作家恐怕难找。君若不信，不妨再举二例：

"从半掩的门里射进一束发黄的光线，黄光中灰尘乱舞，光线使你的右膝盖从黑暗中显露出来，并在地上投射出一个梯形光影，而梯形的角却被走回来的那个胖男人的影子遮住，变得残缺不全。"

"车窗外，公路上一座高压电缆塔在年轻女人和教士之间闪过去，一辆带拖车的大型油车在公路上行驶，它驶近铁道，铁道穿过一座桥，在田野上方来了个急转弯，油车钻到了桥下。坐在你对面的那个男人也许还能从走道里看见那辆车，而你现在眼前闪过的却是那些起伏不平的丘陵地区的高压电缆塔。"

一部《变》里，类似的例子不胜枚举。不过我们现在要问的是，这部小说就是一部精确描写练习的合集吗？当然不是。像通常被介绍的那样，它也有一个"故事情节"——

一家意大利打字机公司驻巴黎分公司的经理（"你"），经常坐火车来往于巴黎和罗马之间。这次去罗马出差,他打算把他在罗马的情人接到巴黎和他一起生活。一路上他思绪万千,对婚姻生活的绝望,跟情人在一起的快意,对烦琐工作的厌烦……种种记忆纷至沓来。最终,到站的时候他改变了初衷,决定维持生活的现状。因为他想明白了,情人之所以让他感到快乐,恰恰因为她只是情人而且远在罗马,如果把她接到巴黎来一起生活,那他仅有的一个逃离庸常的出口也就此关闭了。

即便是如此简单的梗概梳理,也能让你明白为什么小说叫作《变》了。然而,真是梗概最后的那个因果推理导致了最终的变化吗?难道这个小儿科的道理值得一部长篇小说来讲述?还有,我们上面所举的那些精确描写的例子跟这事儿有什么关系呢?

事实上,"变"的逻辑远没有那么简单,其间反反复复的过程可谓穷尽曲折:那道要和情人开启新生活的希望之光,是一点一点、一点一点地被有关妻子的责备和哀怨的回忆,想象摊牌后如何面对妻子的焦虑,以及对如果采取冒失之举可能带来的一系列后果的担忧等一道道阴影所吞噬了的。

但我无意在此梳理这个车尔尼雪夫斯基称之为"心灵辩证法"的过程,虽然从容量上看,它也的确占据了这部小说的绝大部分篇幅,因为我吃惊地发现,如果不是参考以往的读书笔记,我几乎记不起小说的这些"主要内容"了,却对我上面提到的那类精确描写的例子记忆犹新。这就像关于《无间道》这部电影,我早就记不清那些复杂的事件和人物关系了,但唯独对梁朝伟在黑帮窝子里一个人安静地吃杯面的情景念念不忘。

显然,我这个人似乎有些不得要领。就说最近的一个事儿吧。有一天晚上纯属无聊，鬼使神差打开一场英超的比赛来看，看了几眼就觉得没啥意思了（我现在几乎只看梅西，就像年轻时只看巴乔一样），正待关掉，突然发现横贯球场的一道阳光，是从球场边两栋楼房的间隙里照过来的。就是这道阳光让我多坚持了十来分钟，被它照亮的那块草皮在我眼里充满了柔情蜜意，只在那么一瞬间，它就让整个球场成了一个诗意的空间。我要是场上的球员，我想方设法都要把球带进那道妖娆的阳光里……

小说里的"你"也是像我这样的人吗？不好说。像上面举到的三个精确描写的例子，似乎都只是叙述者从旁观者的角度讲出来的，而并非"你"的心理活动，虽然不可完全断定那些感受或情景不会出现在"你"的意识里。

有意思的是小说中的另一条线索，我称之为"巴尔扎克主题"，也就是对他人的好奇心。小说中写到了"你"对一个教师、一个黑袍教士、一对年轻夫妇及各色人等的观察和揣摩。这些叙述似乎既是为"你"，也是为我们（读者）开启的一个个气孔，不然无论是"你"，还是我们，都要被"你"那剪不断理还乱的情绪给闷死了。

那么同样的，那些不胜枚举的精确描写也不过是一些打岔的伎俩，服务于叙述节奏的掌控，也就是说，只有功能性存在的价值？就像肖像素描周围那些斜线条的阴影，起到的不过是一个烘托的作用，但无关肖像本身？

至少我不这样认为。在我看来，无论是小说中的"巴尔扎克主题"，还是那些精确的感觉或情景描写（无论"你"是否意识到），都和小说所谓的主叙事具有同等的存在价值。它们固然也起到了变换节奏的作用，但最重要的是关乎存在的不可减损的真实。

举个例子吧。我通常晚饭后去"院内管家"取快递。一般情况下，走出电梯门，我会惬意地点上一支烟，然后信步而去。来回大约有一里多的路程，至少可以无拘无束、天马行空地抽上两支烟。一路上会遇到很多人（行动迟缓的散步老人，刚下班回家的男男女女，踩着轮滑疯跑的小孩），会听到很多声音（此起彼伏的说话声，小孩的嬉闹声，偶尔一只宠物狗的叫声），会想很多乱七八糟的问题（隐私，从略），会莫名其妙地到处乱看（天空，某家人的阳台，一个风姿绰约的身影，或是一棵好像从来没有注意到的树）……

事实上，如果要把整个一路的印象和感受都记录下来的话，恐怕几千字也写不完。然而，当我开门进屋把取回来的快递往桌上一扔时，对于还在忙这忙那的老婆，或是正低头写作业的女儿来讲，我这一趟，不过就是取了一个快递回来。

这样讲是不是太过矫情？摸着你的良心，或许你不能这样讲。这一切皆是存在。于我而言，取快递路上的种种印象和感受，肯定比我取快递这件事情更富意味，更有价值。然而，在旁人的眼里，甚至常常在我自己的意识里，它们恰恰并不存在，遑论更有价值。

就小说《变》而言，在火车厢那个狭小的空间里，在短暂的一夜之间，"你"的存在是非常具体的。不错，"你"脑子里萦绕的主要就是"你"和情人、"你"的家庭生活以及令人烦心的工作等问题，但一些莫名的印象和感受也在不时地涌现，像一团变幻不定的气雾一样笼罩着你。

然而，他人看不到这团气雾，甚至"你"自己也并不当回事。"你"想的只是那些令人揪心的实际问题。事实上，布托尔在小说中营造的这团气雾也相当稀薄，时隐时现，最清晰的还是那个为情感和生活问题而思绪万千，像雕塑一般凸现的"你"。是的，在整个叙述中，围绕"你"的情感和生活的那些内容才是最为结实的存在，而其余部分，比如精确的情景或细节描写，"巴尔扎克主题"，都只像是一个浮雕的背景。

但我想这可能不是布托尔想要的效果。或许像罗布-格里耶一样，他要探讨的也是存在的真实，虽然在这部小说里他的步子还有些拘谨（与之相比，格里耶的步子迈得似乎又太大了），但一种领悟的开启已经得以可能。

但何为存在的真实？容我武断地一言以蔽之：存在是含混而暧昧的。关于这种含混和暧昧，从修辞上讲，或许没有比伍尔夫说得更好的了：

"仔细观察一下一个普通日子里一个普通人的头脑吧。头脑接受着千千万万个印象——细小的、奇异的、倏尔而逝的，或者是用锋利的钢刀刻下来的。这些印象来自四面八方，宛然一阵阵不断坠落的无数微尘……生活并不是一连串左右对称的马车车灯，生活是一圈光晕，一个始终包围着我们的半透明层。"然后她说："传达这变化万千的，这尚欠认识尚欠探讨的根本精神，不管它的表现会多么脱离常轨、错综复杂，而且如实传达，难道这不正是小说家的任务吗？"

现象学家梅洛-庞蒂认为，这也是哲学家的任务。因为在他看来，真实世界"拥有粗糙的表面"，充满着"结构的裂缝"，而自我意识不过是世界这块布上被临时折成的一个小袋子，充满了诱惑和情欲。所以他说："当问题在于让世界经验发言，在于表明意识如何溜进世界时，我们再也无法自矜于抵达表达的一种完美透明。哲学表达承担起与文学表达同样的含混性，如果世界被塑造得竟至于只能在'故事'里被表达，就像被当众指出那样。"（引自张颖《意义与视觉：梅洛－庞蒂美学及其他》）

梅洛－庞蒂的这一认识堪称伟大，其意义在我看来，不亚于康德的"哥白尼式的革命"，虽然他并非第一个认识到这个问题的哲学家，但就将存在的原初性作为哲学探索的第一任务而言，他却是最为重要和最为伟大的那一个（海德格尔、晚期胡塞尔、列维纳斯均属此列，他们都着意于"把描述经验的渴望，带往语言表意能力的外围极限"）。难怪莎拉·贝克韦尔在《存在主义咖啡馆》里讲完全部存在主义的故事之后会这样说："如果我不得不在这个故事中选择一个思想英雄，会是梅洛－庞蒂，一位如其所是地研究事物的快乐哲学家。"

这段话里有两个重要的关键词："如其所是"和"快乐"。为什么研究存在的含混就是"如其所是"地研究事物？简括地讲，在梅洛－庞蒂那里，意识和世界的关系，就像纵横交错的针织链环一样，是一个钩住另一个的关系。就是这种相互纠缠决定了存在的含混，而进入这种含混，就是"直面事物本身"。然而，"直面事物本身"何以就是"快乐"的呢？

梅洛－庞蒂的这种"快乐"，或许要跟萨特的"恶心"进行对比才能得到理解。这对毕业于巴黎高师的师兄弟，对存在这回事情的认识可谓大相径庭。"自由"是萨特哲学的标签，然而对于萨特来讲，世界充满了自在和偶然之物，其黏稠状不仅令人感到"恶心",而且让"自由"举步维艰。和萨特不同,梅洛-庞蒂似乎先天就乐于接受一个先于我们的分析就已经存在的世界,以及传统哲学家们避之犹恐不及的主体的肉身性。

不可能要求人人都有梅洛-庞蒂的乐天气质,但要否认他对存在之暧昧的揭示却很困难。而就文学而言,其价值或许就在于对存在之暧昧的呈现(基于此,梅洛-庞蒂认真研究过布托尔和《弗兰德公路》的作者克洛德·西蒙,称在后者那里,事物总是一种包裹和岩浆状的存在)。因为,种种幽微的,稍纵即逝的,莫名其妙的,荒唐的,八竿子打不着的,像群星一样点缀于我们的感觉之幕上的存在之暧昧,唯有文学可以接近它们。然而也正是在这个意义上,最伟大的文学也有其遗憾,就像在哲学那里,对世界的探索做不到追求透明一样。诗人柏桦曾经这样写道:

"诗和生命的节律一样在呼吸里自然形成,一当它形成某种氛围,文字就变得模糊并溶入某种气息或声音,此时诗歌企图去做一次侥幸的超越,并借此接近自然和纯粹,但连最伟大的诗歌也很难抵达这种纯粹,所以它带给我们的欢乐是有限的、遗憾的。从这个意义上说诗是不能写的,只是我们在不得已的情况下动用了这种形式。"

这段话,虽然是就诗歌而言的,但我认为可以普泛地扩展到全部的文学。是啊,即便是令人惊叹的莎士比亚,伟大的托翁,傲骄得不要不要的纳博科夫,也会让我们在掩卷之余不免暗自叹息,但不是为他们,而是为艺术本身的局限。

卡弗：不可承受的叙述之轻

时至今日，卡弗似已进入短篇小说大师的行列。然而，初读卡弗的人或许都不免有些吃惊：这能叫小说吗？小说可以这么写吗？或者是：原来小说可以这么写！两种反应其实都基于卡弗小说令人印象深刻的风格：实录生活，就像生活本身向我们呈现的那样。

然而我知道，当我说出"生活本身"这个词语时，有人会有异议。说某种叙述是对生活的实录，这意味着生活是一个外在于我们头脑的客观现实，但正是这个观念经不起推敲。

当采访者问苏姗·桑塔格："如果小说的主要目的不是模仿生活，不管是想象的、颅内层面的生活，还是思想层面、社会学层面的生活，那么，还有其他什么选择吗？"桑塔格说："颅内的？什么不在头脑里啊？"

在桑塔格看来，作为再现对象的"外在现实"这个概念是相当不靠谱的，因为但凡描述现实，都逃不脱主观性，所以永远都只有被阐释的现实，而没有一个可以摆脱任何视角的元现实。

在这个意义上，卡弗的小说似乎是一个例外。他所做的，仿佛只是一个不动声色的向导，把我们带到一个又一个没有来龙去脉的生活现场后就转身走人。或者说，他就像一个不负责任的裁缝，拿起剪刀随手裁下一块日常生活的"原料"，连毛边都不锁一下，就当作成衣卖给我们。

不妨略举几例：

一对青年情侣路过一家摆满了各式家居用品的院子，卖家是刚从外面买了三明治、威士忌和啤酒回来的男人，他们一边议价交易，一边喝酒、跳舞……（《你们为什么不跳个舞》）

一个失去双手的男人上门兜售别人家房子的照片，主人请他进屋喝咖啡，让他用洗手间，有一搭没一搭地聊天，买了他的照片，然后走出屋子，又绕着房子让他拍了二十张，兴致高涨，再上到房顶上让他继续拍……（《取景框》）

中年妇女玛克辛带着一身的疲惫回到家中，还没放下肩上的背包，就已经被窝在家里的丈夫和已经两周不去上学的女儿的争吵声淹没了，她怒不可遏地要求这个渣男老公滚出去……（《还有一件事》）

有别的作家这么干过吗？福楼拜是容易想到的第一个作家。按昆德拉的说法，是福楼拜使小说走出了戏剧性，让他的人物在日常的氛围中相遇。没错，在福楼拜之前，还没有哪个作家用如此类似于日常生活的质地结构小说；然而，如果还是拿裁缝作比的话，你就会发现，福楼拜用的每块布似乎都是纯色的原料，但做出来的却是缝合精致的衣裳。事实上，你能说《包法利夫人》是一个没有戏剧性的故事吗？

还有最根本的区别。福楼拜的小说号称"客观而无动于衷"，但我们看看这样的段落：

"然而在她的灵魂深处，她一直期待意外发生。她睁大一双绝望的眼睛，观看她的生活的寂寞，好像沉了船的水手一样，在雾蒙蒙的天边，遥遥寻找白帆的踪影。她不知道什么地方有机会，哪一阵好风把机会吹到面前，把她带到什么岸边，是划子还是三层甲板大船，满载忧虑还是幸福。"

这类心理描写在福楼拜的小说中比比皆是，然而在卡弗的小说里，除非是第一人称的叙述，否则几乎不会出现。福楼拜仍然是干预性的叙述者，其现实主义仍然是评价的现实主义，只是显得极为低调和含蓄，不像巴尔扎克那样高调和饶舌而已。

正是因为这个原因，福楼拜的小说不会让我们感到困惑。整部《包法利夫人》，无论福楼拜的手法有多么独特（比如"农展会"和"教堂参观"两段），我们都知道这是一个有关不甘寂寞和平庸的少妇的命运故事。那些无比精确的描写，天才的比喻，灵魂摄影般的心理刻画，都只是增强了这个命运故事的质感而已，而不会让我们在感受人物命运的过程中如坠五里云雾。

同样的，容易被人拿来和卡弗作比的另一位作家契诃夫，虽然常常也让我们惊叹于其像"生活本身"一样的叙述，但从不会让我们迷失方向。比如在《农民》里，整个叙述完全跟随尼古拉一家回乡后的遭遇一起自然流淌，契诃夫似乎只是随行记录，然而我们非常清楚，这一切都是有"意义"的交代，在每一个字里行间，萦绕我们心头、挥之不去的，都是尼古拉一家越来越令人不安的命运。

其原因在于，契诃夫和福楼拜一样，都会巧妙地进行某种

"意义"的提示，或是意味深长的描写，或是恰到好处的心理刻画；总之，从一开始，这个"意义"的局就已经布下了，我们不经意地钻进去，在毫不自知中成为他们的同谋。

所以，福楼拜和契诃夫小说貌似"生活本身"的叙述，其实暗含着他们别有用心的介入，只因其手法高超而显得不落痕迹而已。但卡弗的小说不同，从道理上讲，其题材选择，其谋篇布局，都有明显的个人印记，但它就是给人这样的印象：像"生活本身"一样没有修饰。

之所以如此，是因为卡弗接近零度的叙述：人物往往没有历史，事件也无戏剧性，除了白描和（没完没了的）对话，几乎不用其他手法。批评家称其极简，此之谓也。在美学上，这被视为一种高级。

可以想象，一个极端的卡弗迷，可能不会喜欢甚至瞧不起托尔斯泰、陀思妥耶夫斯基（虽然卡弗本人很喜欢这两位），尤其是巴尔扎克。他们都太不含蓄，太没有节制了，就像过于缤纷的色彩，看着让人闹心；与之相比，卡弗属于冷峻的高级灰。

然而，要写作一种像"生活本身"一样的小说是需要勇气的。虽然俗话讲，真味本是淡，但大多数读者恐怕没有这么高的品位。其实我相当怀疑，如果卡弗至今也没有被人"发现"，他的小说真能让那些自认品位很高的卡弗迷们感到如获至宝吗？

需要声明的是，我完全没有贬低卡弗小说的意思。事实上，卡弗算得上难得一见的高手，在仅用白描和对话就能营造一种特别的氛围（此乃艺术的核心）这一点上，他非常接近海明威。然而，追求高级却也是危险之事。在高级与平庸之间，往往只有一纸之隔。

不能否认卡弗近乎纯现的叙述仍有某种"意义"的提示，比如，在上文提到过的《还有一件事》里，我们从一开始就会忧心这个家庭的命运，尤其是那个将要被赶出去的窝囊丈夫的命运；又比如，在《你们为什么不跳个舞》里，我们会好奇那个男人为什么会把家里的东西都卖掉，他遭遇了什么；等等。

可能有人认为，这样的"意义"期待太老土，太不高级了，在卡弗这里，需要领会的不是什么命运的故事，而是某种幽微的意味，所谓"此中有真意，欲辨已忘言"。然而，这个"真意"真的那么容易领会吗？尤其是，这个"真意"在一种像"生活本身"一样的叙述里真的那么好营造吗？

在这个问题上，卡弗似乎没有我们想象的那么坦然和自信。究竟是怀疑读者的领会力，还是他自己的创造力？我不知道，但无论什么原因，某种忧心都在他的小说里留下了蛛丝马迹——

《你们为什么不跳个舞》是这样结尾的："她不停地说着，她告诉所有的人。这件事里面其实有更多的东西，她想把它们说出来。过了一会儿，她就放弃了。"这个曾经没心没肺要买下那个失意男人这样东西那样东西，而且每样东西照例都要砍价十元的女子，摇身一变成了一个"思想者"，这样的安排你不觉得突兀和多余吗？

在《当我们谈论爱情时我们在谈论什么》接近结尾处，当梅尔讲完那对情深意长的老年夫妻的故事，提议出去吃饭时，尼克回应道："听起来不错，吃或者不吃，或者接着喝，我可以现在就出去,向落日走去。"

瞬间变身哈姆莱特的尼克,令妻子劳拉大惑不解:"那是什么意思,亲爱的?"尼克说:"就是我说的意思,就是说我可以这样继续下去,就是这么个意思。"

而结尾则是这样的:"我(尼克)能听见我的心跳。我能听见所有人的心跳。我能听见我们坐在那儿发出的噪音,直到房间全部黑下来,也没有人动一下。"

在我看来,突然间诗化得莫名其妙的尼克,以及文尾的心跳和黑暗,都是卡弗按捺不住的表意焦虑的失态。是的,我们懂了,在终究走向落日的人生中,没什么不得了,真情也属荒诞,而这一切,需要在黑暗里,在倾听心跳的宁静中,慢慢地加以领会。

中学生写记叙文的要领,是记得在恰当的时机点题。卡弗不需要考试,但他似乎仍有点题的焦虑。在这一点上,他没有海明威那样的自信。从文体上讲,几乎可以认定卡弗的小说脱胎于海明威的《尼克·亚当斯故事集》,但他不能完全做到像海明威那样二话不说就戛然而止(当然,海大师有时也未能免俗)。在他那里,总"还有一件事"——这一切有什么"意义"?

据卡弗本人讲,《当我们谈论爱情时我们在谈论什么》是他最为精雕细琢的小说,但《大教堂》才是他的开窍之作。这个说法的含义值得学者们深挖,但我只想谈谈我的感觉。《大教堂》我至少读过三遍,最终认定,这是一篇"欲扬先抑"手法的经典记叙文,除此而外,我不知道该用什么样的评价了。

小说的"意义"引导非常有效,即从一开始,我们就知道那个"我"不以为然的"盲人"朋友必有过人之处，所以需要等待的，只是那个"包袱"何时丢出来。小说最后，"包袱"丢出来了：从未认真画过画的"我"，在"盲人"的鼓励下画出了一座从电视里看来的结构复杂的"大教堂"，而"盲人"的手，整个过程中都骑在"我"的手上。接着，少不了点题："我的眼睛还闭着。我坐在我自己的房子里。我知道这个。但我觉得无拘无束，什么东西也包裹不住我了。"

说实话，我也很喜欢这个"盲人"，但不是他"你本来以为你画不成，但你行了"的人生教导，而是他极其自在而幽默的形象，这个形象自给自足，无需任何"意义"的附加，尤其在下面这段堪称伟大的小说"筋腱"里：

"我们埋头吃起来。我们吃光了桌子上所有能吃的东西，就像这是最后的晚餐，吃完这顿，就没有下顿了。我们不说话。我们只是吃，狼吞虎咽，风卷残云。我们像在那张桌子上割草一样，吃光了所有的东西。那个盲人吃东西就像瞄准好了似的，什么东西在哪，他都知道得一清二楚。我看着他在肉上纯熟地施展着刀叉，令人欣羡。他切了两块肉，叉进嘴里，又全力以赴地消灭了土豆片，然后是青豆，再撕下一大块涂了黄油的面包，一口吃掉了，接下来喝了一大杯牛奶。这中间，偶尔兴之所至，他似乎也不介意扔下刀叉，干脆用手了。"

卡弗：不可承受的叙述之轻

149

《纯真博物馆》：一桩模仿创世的矫情悲剧

在其演说集《天真的和感伤的小说家》里，帕慕克有一篇叫作《博物馆和小说》的文章。看起来，这是一个相当吸引眼球的话题：小说和博物馆，它们之间能有什么样的关系？

有意思的是，帕慕克还真写了一部叫作《纯真博物馆》的小说。这又是一个奇特的组合：纯真，博物馆，它们之间又有什么样的关系？

那就先看看这部小说吧。它有一个故事，说的是19世纪末伊斯坦布尔某富家子弟，本来已经打算和一个与其门当户对的女子订婚，却偶然邂逅了一位远房亲戚家的女子（名芙颂，十八岁，高三学生），一见钟情，覆水难收，先是以辅导人家功课的名义把人家睡了（当然这么说并不完全公正，因为那女孩对他也有些意思），继而偷偷地和人家做起了情人。此等情形尚属平常，不平常的是小说里对二人性事的描写，可称其为一种极致的感官迷恋。叙述人"我"不厌其烦、连篇累牍地详述他和情人之间种种令其痴迷的性爱细节，其情形，用俗话说，那真叫鬼迷心窍，魂儿都没了。

我这么讲故事，可能就会有人担心：这家伙要是哪天醒了,人家姑娘可怎么办?然而事实上,这哥们儿的平衡感比我们想象的要好,他一边想方设法跟那姑娘幽会,一边照样保持和准未婚妻的交往,而那姑娘似乎也是一副无所谓的样子,还很大度地参加了他的订婚仪式。这一切似乎都预示着一个狗血的故事走向:富家公子继续其光鲜的正常生活,然后私下里和高三女生保持地下情人的关系。毕竟,这就是现实中我们熟悉的,或是我们想象的富家公子的情感模式。

然而我们可别忘了,这可是诺奖得主,那个写出《我的名字叫红》的帕慕克的作品,我们无法相信他可以容忍如此俗套的结局。所以,故事必有新的发展。

先是高中女生醒了。或许有些偶然,富家公子订婚的第二天就是她参加高考的日子。目睹了情人的订婚仪式,高考又一塌糊涂(可以想象她准备得怎么样),终于没法自欺,故而悲愤地失踪了。接着是富家公子也醒了:他发现高中女生的失踪不是跟他开玩笑,而是真的不见了(从她家人那里得知,就是因为不能接受他的订婚),至此他才明白,这件事原来是无法苟且下去的。所以,他做出了一个很有种(至于是否道德,那得看你如何站队)的决定:解除和未婚妻的婚约。

故事至此,你可能仍然觉得毫无新意,那么接下来,帕慕克所做的,可能就要把你"惊艳"到了:富家公子终于找到了失踪的芙颂,但人家已经嫁人了。可他并不死心,便以亲戚的名义,以各种借口,几乎每天都要到人家家里去"坐一坐",而走的时候,都会乘人不备顺走一样跟芙颂的身体有过接触的东西,如发夹、烟缸、拖鞋、火柴盒、咖啡杯,等等。就这样,这日复一日的去"坐一坐",竟然长达八年之久,而每次

《纯真博物馆》:一桩模仿创世的矫情悲剧

151

顺走的东西,也在他和芙颂曾经幽会的那间公寓里堆积如山了(其中包括芙颂吸过的 4213 个烟头)。也就是说,那里已经是一座有关他和芙颂故事的"博物馆"了。

在长达八年的时间里,每天都要去前情人家里"坐一坐"这样的事情,我想已经超越了一般人的认知;要可信地讲述此事,对于一般小说家而言,恐怕也是一场没有太大成算的冒险;而要平心静气地接受关于这场长达八年的尬坐尬聊的叙述,对于一般的读者而言,想必也需要非同一般的忍耐功夫和涵养修为。

然而,帕慕克先生似乎并不觉得这有什么困难,他就像他自己所说的"天真"的小说家一样,讲了一个在他看来如此"纯真"的故事,而其结局的确也相当"纯真":原来芙颂的婚姻是假的,这八年时间不过是一场考验,而现在,富家公子通过了考验,他终于可以和近在咫尺又远在天边的前情人谈婚论嫁了。于是,他带着这位前情人兼未婚妻,以及未来的丈母娘(因为需要有人监督他们的婚前"贞洁"),前往欧洲进行一场浪漫而时髦的自驾之旅(这是前情人兼未婚妻要求的)。

如果到此结束,那当然还是算不上一个好故事。事实上,对于帕慕克的意图而言,这只是接近高潮的那个必要的桥段,而这个高潮,依循写作的惯例,它应该是这样一场突发的悲剧:驾驶技术不精的芙颂驾着汽车,因避让一条小狗而撞在一棵已有上百年树龄的枫树上,不仅自己当场殒命,还让富家公子严重受伤。我们不妨看看此处的描写吧:

"那时,我在灵魂深处感到,我们走到了幸福的终点。这是离别这个美丽世界的瞬间。我们正在全速朝枫树冲去。是芙颂为我们锁定了那个目标。我是这么感觉的,我也看不到自己有一个有别于她的未来。无论我们要去哪里,我们都一起去,我们错过了这个世界上的幸福。尽管很可惜,但这似乎是一件不可避免的事情。"

"明白即将死去的芙颂,在我们这持续了两三秒钟的最后对视里,用哀求我救她的眼神告诉我,她绝对不想死,她依恋生命的每一秒。而我,因为以为自己也要死去,因此我带着和她一起去另外一个世界的欣喜,对着我那充满生命力的未婚妻,我一生的爱人微笑了一下。"

在这些段落里,叙述者"我"(富家公子)的"纯真",想必是可以得到明证了:就算跟你一起死,"我"也感到幸福无比。还要怎样才算"纯真"呢?然而遗憾的是,"我"却被人救了,"无耻"地活了下来。相比于罗密欧,"我"的确是有遗憾的,因为毕竟,"我"没有向芙颂证明:"我"是必须以你为活着的理由的。

然而,"我"(或是帕慕克)灵机一动,找到了补救的办法:"我"要为芙颂建一座博物馆,然后"我"就住在这个博物馆里。为此,"我"不仅买下了芙颂家的房子,把他们家所有东西都搬到了"我"的博物馆里,而且还花费重金,四处搜求和芙颂有关的诸种物件,就这样,"我"最终如愿以偿地拥有了一座"纯真博物馆"。

就我个人的感觉而言,我不得不佩服帕慕克先生的"纯真"。他就用如此"纯真"的叙述,写成了这部长达四十多万字的小说,而根本没有想到用什么反讽或调侃的手法,来化解其"纯真"的僵硬(或是令人作呕?)。在这个所谓后现代的时

《纯真博物馆》:一桩模仿创世的矫情悲剧

153

代里，一个貌似严肃的纯文学作家竟然可以这样写作，不得不说有些令人吃惊。

该书的封面是这样打广告的："没有哪个以色欲沉迷开始的故事，能像本书这样，让你体会到痛失所爱的幸福与感动！"当初看见这句话，我想这肯定是书籍营销商的恶俗勾当，但读完本书以后，我愿意相信帕慕克先生是同意他们这么干的，不过另一方面，却强烈感受到我的智商被侮辱了。

那么，是什么样的想法可以让帕慕克先生可以如此自信地讲述一个如此令人尴尬的"纯真"故事呢？在我看来，如果不从一种"哲学"的高度出发，我们就难以释怀。而事实上，帕慕克先生是为我们准备了答案的。这就是我一开始提到的他那篇谈论小说和博物馆关系的文章。

在帕慕克先生看来，早期的博物馆，也就是那些收藏奇珍异物的博物馆，不过是特权阶层用以炫耀他们的权力和财富的手段而已，而他认为，如果以记录时代信息的标准来看博物馆的话，那就没有比小说更好的载体了。对此，他有相当精彩的论述：

"小说也构成了一种内容丰富且有感染力的档案——有关人类的共同情感，我们对普通事物的感知，我们的姿态、谈吐和立场。我们记住了各种各样的声音、言词、口头语、气味、意象、趣味、物品和颜色，因为小说家对此进行了观察并且细心地在作品中加以记录。我们在博物馆的一件物品或一幅画作面前驻足观看的时候，在展品目录的帮助下，我们只能猜测这件东西如何嵌入人们的生活、故事和世界观——而小说则观察和保留了同一时期日常生活的组成部分，如意象、物品、交谈、气味、故事、信仰、感知，等等。"

帕慕克的确点到了要害，意思是说，他明白什么才是真正的历史档案。从这个意义上讲，《纯真博物馆》确有值得称道之处，比如像这样一些描写："整个房间沉浸在一种异常的宁静中。远处传来尼相塔什广场上警察的哨声、汽车的喇叭声和锤子敲击钉子的声音。一个孩子在踢一个空罐头，一只海燕在鸣叫，一个茶杯打碎了，枫树叶在若有若无的风中发出了沙沙的声响。""伊斯坦布尔宰牲节上午的样子就像是一个屠宰场。不仅仅是在边缘街区的空地上和那些被烧毁的楼房中间，在主要街道上和最富裕的街区里，从一早开始就有几万头羊被宰杀了。有些地方的人行道边上和鹅卵石路面上全都是血。在我们的车下坡，过桥，穿行在弯弯曲曲的小路上时，我们看到了一些被扒了皮，一些刚刚被杀掉，或是已经被分解了的羊。"如此等等。

另外，帕慕克先生还谈到了博物馆和政治以及追求个性的关系。他认为大多数博物馆都在选择和展出什么东西上表现出它们的政治倾向，而专制国家的作家（他自认即属其中一员）的写作则与此类似，必须在某种不自由的环境里表态，然而这也就意味着他们失去了表达的自由。此外，选择一个少为人知的博物馆参观，也和阅读一本不为多数人关注的小说一样，都是一种个性的追求。

在我看来，基于这些理念，帕慕克想写的是一本这样的小说：自由地记录一个表达其个人喜好的充满了日常肌理的世界。这有什么问题吗？当然没有，甚至可以说是极好的写作理念。然而，为何基于这样的写作理念的帕慕克，却写出了一部令人如此尴尬的小说呢？

其实问题并没有那么复杂。道理很简单，一个好的写作理念并不能保证一部好的作品的诞生。可以说，从故事来看，这部小说从富家公子终于找到已经成家的芙颂，虽自感无趣和没有尊严，但还是决定每天到人家家里去"坐一坐"开始，其叙述就已经难以为继了。那么，帕慕克先生为什么还要死乞白赖地把它讲下去呢？

我的看法是，讲述一个"纯真"的故事本身，并不是帕慕克的诉求，对他而言，该故事不过是一个方便的空间，一个用来存放某个生活世界文献的档案馆。然而，或许正是这个不够"纯真"的诉求，直接导致了小说的失败。

从生活世界的角度记录历史的观念并不新鲜。差不多二百年前巴尔扎克就说了："我把我的作品划分为非常自然的和已经为人熟知的部分，即：私人生活、外省生活、巴黎生活、政治生活、军事生活、乡间生活等场景。在这六个部分里罗列着构成这个社会的历史的全部《风俗研究》，我们的祖先也许会说，这是这个社会全部活动的集成。"至于这样的生活包括些什么样的内容，巴尔扎克则是这样说的："我要写的作品必须从三方面着笔：男人、女人和事物，也就是个人和他们思想的物质表现；总之，就是人与生活，因为生活是我们的衣服。"

对于这些话，想必帕慕克先生是相当赞同的，估计他还会说：相对于巴尔扎克"收集德行的主要清单"的做法，我会展现更加细致的生活纹理。然而，我们可以承认在帕慕克的小说里，生活世界更加日常，却是以考验读者耐心的乏味无聊作为代价的。

帕慕克也像巴尔扎克一样从三方面着眼于他的小说，即男人、女人和事物，但我感觉，在巴尔扎克那里，事物服务于男人、女人的命运，而在帕慕克这里则恰恰相反，男人、女人的命运是为事物而存在的。看起来，小说的主线一直是富家公子和芙颂的情感故事，但正如前文所说，其讲述到富家公子天天厚着脸皮到前情人家去"坐一坐"时就难以为继了，而非要如此别扭地把它讲下去，其根本原因，在我看来就是它作为一个框架或空间，还没有完成帕慕克展现诸种"事物"的使命。

这些"事物"里最让帕慕克念兹在兹的，就是伊斯坦布尔20世纪70年代的电影业。据帕慕克本人讲，他20世纪80年代参与过电影剧本的写作，想必是这段经历为他提供了写作的素材。这本无可厚非，但问题是，为了"消化"这段素材，他编造了一个极其别扭而没有什么可信度的故事。更成问题的是，其主人公（"我"和芙颂）在这个别别扭扭的故事里的表现，其实已经让其故事的"纯真"意味大打折扣——"我"不过是拿着投资电影的幌子接近和诱惑芙颂，而芙颂则是出于要当电影明星的虚荣和"我"继续交往。

此外，还有土耳其的一些政治事件，诸种风物，等等，帕慕克一概要将它们强行插入这个摇摇欲坠的故事之中，最后则出于建立一个"纯真博物馆"的需要，而不得不让女人主人公芙颂死于一场极其矫情的"悲剧"事件。

至此，我们要问问，究竟是什么诱惑了那个写出了《我的名字叫红》的作者，像燕子筑巢一样苦心孤诣地构筑他的世界？在我看来，或许就是那个人类最为疯狂的念想，同时也可能是最为致命的人性的弱点在作怪：模仿创世。命名一个自己

《纯真博物馆》：一桩模仿创世的矫情悲剧

157

的世界，这是何等惑人的梦想啊！在最高级的意义上，这是那些巨人（比如但丁、莎士比亚、托尔斯泰、曹雪芹等）才玩得转的游戏，当然，如果降低一点标准，一个优秀的畅销书作家也可以做到（比如金庸、阿加莎、J·K·罗琳等）；然而，无论是哪种标准，如果罔顾起码的常识和逻辑，那就只有贻笑大方了。

可能会有人纠缠当如何界定所谓起码的常识和逻辑，对此，我认为谁也无法给出一个雄辩的回答，但我愿意相信，它就是我们在日复一日的生活世界里所感受到的那种东西，或可称其为一种基本的审美和伦理感，它存在于地球上繁复多样、异彩纷呈的文化和文明形态里。真有这样的东西吗？我认为问这样的问题，就像问康德所说的审美共通感成不成立一样。康德相信，我也相信，并且认为这就是那些伟大经典获得其普遍成功的根本原因；但我知道有人不信，甚至很多人不信，就像他们不承认荷马、但丁和莎士比亚的经典地位，却把一些我认为很粗鄙的作品捧上神坛一样。所以，如果有人被这个我觉得矫情到让人脸红的故事打动，认为它很精彩，甚至很伟大，我只能无言以对，或者像丹青同志爱说的那样，我就去撞墙。

有意思的是，据报道，帕慕克真的造了一个实实在在的"纯真博物馆"，它就藏于现伊斯坦布尔市中心一条隐蔽小巷中一栋深红色的小楼里，而芙颂吸过的4213个烟头就钉在一楼的墙壁上，并且每个烟头下还标明了"我"取得它的具体日期。不得不说，这真的太疯狂了。然而，我有些拿不准，如果我真的走进了这座可感可触的"纯真博物馆"，会不会被吸引甚至震撼到呢？倘若有机会，我愿意验证一下（尽管我一走进任何博物馆就感到头晕）。不过我还是坚定地认为，无论我实地参观的印象如何，它都不会影响我对《纯真博物馆》这部小说的感觉和判断。

因为在我看来，作为实体的"纯真博物馆"，倘若只是出于眼下十分火爆的 IP 产业的一种创意，虽有哗众取宠之嫌，却也不失为设想大胆且收益可期的文化产品；但如果帕慕克想借此增添其小说文本的打动力，以及进一步满足其"创世"的妄念，那他就过于投机，并且打错了算盘，因为一个残存的被抽取了时间之维的"证物"世界，除了在煽情的导游解说与观众的啧啧称奇中获得其廉价的"坐实"之外，不会有任何真正的世界结构及其肌理，只会短暂地存留于"入口"和"出口"之间那段可怜的旅程，而不会像《伊利亚特》《神曲》《战争与和平》一类伟大的经典那样，深植于它们的读者漫长一生的体会与领悟之中。

我读《悲伤或永生：韩东四十年诗选》

　　花了好几天时间，每天读一点，顺便还做点笔记，把《悲伤或永生：韩东四十年诗选》看完了。其实已有很多年都没有认真读过诗了，更不用说完整地读完一本厚厚的诗集。这回如此反常，完全就是基于一种信任，这种信任来源于对韩东早年诗歌的良好印象，以及近年来对其小说的喜爱和欣赏。现在读完了，我可以庆幸地说这种信任得到了回报，这不只是说我对作为诗人的韩东终于有了较为切实的感性认识，而且还意味着一个预想不到的收获，那就是我居然认为，我似乎也可以继续写诗了，并由此期待在愈益荒诞的生存中获得一种久违的秩序感。

　　大约在三十岁的时候，我放弃了从二十来岁开始的想做一个诗人的执念。那时我觉得我的写作方向完全错了，一时半会儿也扭不过来，加上一份貌似要做学问的职业，干脆就放弃了。为什么现在觉得可以重操旧业了呢？是找到正确的方向了吗？其实不是，而是我认识到，重要的不是写作哪一种诗歌，诗歌也谈不上方向的正确与否，而是可以把写诗过成一种生活。或许这就是我这回阅读韩东诗歌的最大收获。

我知道有人看到我说把写诗过成一种生活会有些吃惊，会不以为然，甚至于嘲笑。不是有那句"你才是诗人，你们全家都是诗人"的调侃吗？的确，有很多人认为诗歌和生活距离太远，而诗人要么有点疯癫，要么带着一股子傻气、酸气，总之，诗人就不是正常人。与此相关，江弱水提出过一个有意思的观点，大致是说当代诗无法记事，因为它总是意在言外，总要象征或暗示点什么。但他认为旧体诗却可以记事，所以他还以身作则，写了十首旧体诗，讲述他某年春节到蜀中过年的一些事。他这么说显然是对当代诗不接地气的倾向不以为然，即便对海子的名篇《面朝大海，春暖花开》，他也毫不留情地批评它对当下经验的虚置，因为诗中所谓"面朝大海""周游世界""喂马、劈柴""关心粮食和蔬菜"并非真正的俗务，而是符号化了的非凡之举。不得不说，这是难得而犀利的洞见。我本人受过海子较大的影响，可谓中毒不浅，所以对江弱水的这番见解体会尤深。那么，有没有入得了江弱水法眼的当代诗人呢？对此，他是这样说的："现代诗的调调一开始就必须仰望星空，必须非凡，必须深沉。如果不能抵达事物的深处以获取意义，现代诗简直不知道该怎么写。除非反讽，当代除了柏桦、张枣等少数几个诗人，都无法很好地处理一盘回锅肉。"我基本认同这个判断，但对他没有提到韩东稍感遗憾（或许是后者身上没有他偏爱的那种江南文人的气质？）。当然，"等少数几个"本身就包括了韩东亦未可知。

读韩东的诗你几乎不用担心，不会有一团乱麻式的繁复意象等你入套，也不会有诗人自以为埋藏得很深，但你怎么想也想不到的寓意需要你去挖掘。无论平淡还是精彩，他都会给你实实在在的东西。他非常冷静,很少玄思,相当诚实,也颇为自信。何来自信?我认为对于韩东来说,生活的真理不在别处,而就在身边,就是那些普普通通的人,普普通通的事物,普普通通的事情。他为家人、朋友而写,也为陌生人而写,为相依为命的宠物而写,也为站立街头的一匹套着车厢却无人理会的马而写。这样的写法,在我看来,就是在写诗中过生活。韩东的小说固然会有一些他所处世界和个人经历的影子,但总的来说,虚构才是其主要动力,相对而言,我认为他的诗歌更像是其生活的记录。也就是说,透过他的诗歌,你可以感受一个生活世界里的真实的韩东,而不只是其虚构世界背后那个令人难以捉摸的作家形象。至于这个"真实"的质感和温度,你不妨通过这句诗去体会体会:"我们都离开了母亲,在这世界上独处。"

我认为韩东诗歌这种整体落地的写法,跟他早年诗歌中表现出的倾向是一脉相承的。其早年的名篇,莫过于《有关大雁塔》和《你见过大海》了。这两首几乎不像诗歌的诗歌,其实就是韩东当年的"断裂"行为。跟什么断裂?简单说,就是向虚妄的抒情和象征告别。大雁塔也好,大海也好,在韩东的眼里,跟在那些一般游客的眼里没啥两样,就那么回事,用不着对它们神经过敏。这个道理可以拿我自己的糗事举例。大一那年国庆节去游览长城,人山人海我视而不见,却对一段破败的旧长城情有独钟,盯着那些散落斜坡的砖头,我的脑中竟然冒出了"巨龙脱落的片片鳞甲"这般恶俗的比喻。唉,往事不堪回首,年轻人的成长可真不容易。在这个意义上,我觉得韩东相当早熟,我查了一下,这两首诗分别写于1982年和1983

年，那时的韩东也就二十一二岁，想想当时的写作环境，那可是北岛、舒婷和杨炼们如日中天的年代啊，敢这么写诗，能这么写诗，只能说是一种天赋。

但只说韩东的诗歌是对生活的记录当然是不够的。事实上，江弱水想要的也不只是现代诗进入世俗的能力，而是如其所说，那得是"非凡地进入世俗生活的能力"。进入世俗生活，但又非凡，这才是他的标准。就此而言，我认为韩东应当是他欣赏的当代诗人。君若不信，我就来谈谈韩东的非凡何在。

比如第一辑诗里有一首《雨停了》，讲的大约是断断续续下了一整夜的雨终于停了，在太阳出来和人们走上大街之间，可以听到三种声音：鸟儿的叫声，诗人并未明言的第二种声音，以及人们的耳朵尚能分辨并觉得好听的第三种声音（来自附近工厂的电锯声）。然后诗人写道："这都是由于用心倾听/不急于发出自己的声音/那时他们还保留着几分机警/推开房门的手迟疑了片刻"。打动我的就是这几句，尤其是最后一句。我认为这几句诗里的姿态就是作为诗人的韩东常有的那种姿态，即观察中保持着机警，并因而总能发现那些属于生活之边缘或缝隙的诗意。我所谓韩东的不凡，说的主要就是这个意思。这样的姿态让韩东的诗歌有一种不动声色的气度，诗人虽然主张所谓"诗到语言为止"，却并不刻意锻造那种让人一见倾心的金句，所以往往第一遍读下来你会觉得有些平淡，然而当你接着读下一首，或是合上书本去干其他什么事情的时候，你会发现那首诗还在你的脑子里转圈，并让你的表情和动作都"迟疑"起来。

再比如第四辑诗里有一首《长东西》，讲一个装修工人扛着一件很长的东西走进楼梯,因为走不了电梯,所以34楼上等着要材料的业主看不见他,急得频发短信催促工头,就在这当中,诗人写道:"那个人继续走着/带着那件被汗水擦亮的长东西/暂时与世隔绝,并逐渐从深渊升起"。是不是有一种令人肃然起敬的奇幻效果?而且你知道,它是从一颗怎样柔软的心里孕育出来的。

又比如第五辑诗里有一首《解除隔离》,讲诗人一家因为疫情而被隔离在一座小城的酒店客房里,隔离结束,他们终于可以回家。想想如果是你,会是什么样的感受?终于冲出牢笼的欣喜若狂?还是愤愤不平于被困期间的种种遭遇?我想,诗人也不能免俗,二者应该都有,然而,诗人又毕竟是诗人,他回望到的是"似乎被隔离的日子仍在继续/仍有灰头土脸的人生活在那里","灰头土脸"一词可谓道尽心酸,但诗人想要表达的却是不舍,而且是像抛下了身边爱人一样的不舍。不可理喻吗?然而,你不得不承认,被隔离的生活仍是生活,它已经嵌入了你的存在,那"两个月的走动、睡眠和发梦积起来的影子"已经有了它自己的生命,你甚至还能看到"那张塌陷下去的床正渐渐复原",并且还会"从窗口看见远处鲜亮的油菜花"。

我不打算再举例子了。这么说下去再怎样都是挂一漏万,而整体地谈论这部号称"韩东四十年诗选"的诗集,非我眼下能力所及,也不是这篇短文可以承载的容量。不过最后我还是想谈谈我对这部诗集以"悲伤或永生"为名的理解。我在一个视频里看到韩东本人对这个命名非常满意,还说如果说"诗到语言为止"讲的是怎么写,那么"悲伤或永生"讲的就是写什么。说实话，我一开始看到这个名字还是有些吃惊的，因为这不太符合韩东早年诗歌留给我的那种淡然超脱的印象。但这回读完以后，我觉得我理解了他为什么要用这两个词来给诗集命名。我建议拿到这部诗集的读者直接翻到第二辑里的《断章2002》，这是韩东诗中少有的沉痛之作。诗里有一句："我生性认真，心中忧伤"。我觉得它比诗集里的《悲伤或永生》一诗更能表达"悲伤或永生"的内涵及意味。就是这样，怀着酒神（忧伤）的心情，过着日神（认真）的生活，真正的艺术家莫不如此。

在《机场的黑暗》一诗的结尾，诗人写道："热情的时代过去了，毁灭/被形容成最不恰当的愚蠢/成熟的人需要平安地生活/完美的肉体升空、远去/而卑微的灵魂匍匐在地面上/在水泥的跑道上规则地盛开/雾中的陌生人是我唯一的亲爱者"。该诗写于90年代中期，差不多三十年过去了，"机场的黑暗"再次降临，那么想一想，你是那匍匐在地的"卑微的灵魂"，还是被诗人视为唯一安慰的"雾中的陌生人"？

要汉堡，还是要蜗牛？

《业余小偷》（*Small Time Crooks*）是伍迪·艾伦于2000年推出的一部电影，并在次年获得过好几个电影大奖的最佳女主角或最佳女配角提名，按说成绩不错，却不太为人关注，与《安妮·霍尔》《午夜巴塞罗那》《赛末点》等大家耳熟能详的伍迪影片相比，几乎可以忽略不计。但就我本人而言，如果要找出一部最有伍迪味道的电影，那非它莫属了。

即便是看过好几年了，只要想起这部电影，就有一个印象深刻的情景挥之不去：男主人公瑞（Ray）的老婆法兰琪（Frenchy），因饼干生意意外火爆赚了大钱，继而想提升自己的生活品位，和一个艺术经纪人去欧洲听歌剧，参观美术馆、博物馆、古遗址，而瑞呢，却在家和一个叫梅（May）的亲戚一起看棒球赛，看烂电视，喝可乐，吃汉堡，等等。

我为什么单单忘不了这个情景呢？我想这一定跟这部电影触及的某个敏感点有关。众所周知，伍迪的电影常常看似轻松搞笑，但实际上都在反思一些重大的社会问题，以至于挑剔的法国人也有些夸张地称其为美国电影界"唯一的知识分子"。那么在这个片子里，他又在思考什么呢？

不妨从电影的开头说起。男主人公瑞，是一个有犯罪前科的洗碗工。犯的事儿说起来很搞笑，一帮生瓜蛋子去抢劫银行，但由于每个人戴着同样的里根头像的面具，搞不清谁是谁，结果配合失败，把事情搞砸了。或许正是由于这个原因，瑞并不甘心，刚一出来就又开始捣鼓偷窃银行的事儿。在我看来，这个开头有一种不动声色的动人之处。何以动人？其实就是那种天真的人生态度。

这首先表现在瑞的肢体动作上。下楼梯，他一定是蹦蹦跳跳的。大街上走路，一张皱巴巴的报纸夹在腋下，吊儿郎当，左右摇晃。他老婆后来感到受不了他的时候说过一句话："我不能再让你这个大龄少年妨碍我了。"这是他形象上的天真，但真正天真的是他在生活上的态度和行为。这是一种儿童式的天真，不妨称其为一种超现实的态度。

超现实主义诗人洛特雷阿蒙有过一个非常著名的比喻：缝纫机和雨伞在解剖台上的相遇。这听起来是一个很莫名其妙的句子，我们可以模仿它造很多个类似的句子，但超现实主义才是独创，其义是强调一种完全摆脱逻辑的遭遇方式。

为什么要摆脱逻辑？因为超现实主义认为，一件最可悲的事，就是我们总是陷于现实生活的必然性逻辑，布勒东所谓"逻辑的秉政"。对此，大多数人都一定深有体会。

比如在校大学生，一二年级优哉游哉，但到了三四年级，就逐渐痛苦起来了，因为一个问题越来越具体：你出去干什么？拿什么养活自己？他/她会发现，之前对于人生的种种广阔无边的想象，这个时候都烟消云散了。事实上，大多数人都不得不循规蹈矩地生活，只有极少数人可以出此藩篱。从某种

要汉堡，还是要蜗牛？

意义上讲，这是非常可悲的人类现实，但大多数人只好认命。

可能有人会说，人类社会不是从来如此吗？当然，人们从来就要穿衣吃饭，养活自己，所谓肉体的再生产，但问题是，同样是劳动，在不同的历史时期，人们对它的感受是不一样的。在前工业社会，农民在土地上种植庄稼，手工业者在作坊里生产各种用具，其工作当然也具有相当程度的被迫性，但在劳动的节奏上，还是有一定自由度的。到了工业资本主义社会，情形就完全不一样了。很多人被迫离开土地或作坊，到工厂做工，成为城市无产阶级。城市无产阶级的特点是，必须通过出卖自己的劳动，在他人所规定的程序、节律和方式下做工，以换取自己的生活资料。这就是必然性逻辑。

它在历史上引发的第一次心理和文化上的反弹，就是浪漫主义。浪漫主义喊的一些口号，诸如回到自然，回到自我，在这个意义上是很容易理解的。因为如果你不得不按照必然性的逻辑生活，那就不可能还有什么真正的自我，而强调回到自然的一个重要原因，就是想回到农耕时代那种多少可以自我掌控的状态。

浪漫主义的反弹，产生了对一个我们现在熟知的现象即异化的反思，其理论和作品方面的表达都很多，但目的只有一个，那就是不愿意把我们的生活展示为被必然性逻辑所宰制的那种糟糕处境，而是将其呈现为一个所谓诗意栖居的空间。

可以德国浪漫主义作家艾亨多夫的一部小说为例，小说名叫《没有出息的人》，或曰《废物传》。要注意的是，这里的"没有出息"或"废物"这样的字眼，在现实生活中一般来说是贬义的，但在小说的命意中却是褒义的，因为在浪漫主义那里，恰恰一无所用才是最好的。

小说主人公唯一的才能就是会写点歪诗，弹点吉他，喜欢憧憬和想象。他不愿像他父亲一样艰辛地劳动，春天到了，他就跑到外边流浪去了。有意思的是，他的运气特别好，一开始就找到一个收税员的工作，穿上前任给他留下的睡衣、睡帽和拖鞋，但是他却把前任种在地里的马铃薯全部拔掉，然后种上玫瑰，因为在他看来，马铃薯太丑了，那么实用的东西不符合他的身份。后来又跑到意大利去漫游，路上同行的都是一些不愿认真学习的大学生、音乐家、艺术家，等等。总之满世界漫游，最后回去还得到了心爱的姑娘，以及很大一笔遗产，从此过上幸福的生活。

我想没有多少人相信这种故事的可能性，但浪漫主义者就喜欢写这样的故事。难道他们不知道他们的主人公在现实中究竟会是什么样的遭遇吗？我想他们还不至于那么天真和偏执，但重要的是需要表现出一种态度，即不向现实低头。或许在他们看来，如果生命还有一点价值和尊严的话，那就只能通过幻想和想象，一种诗性的憧憬来展现。我认为后来的超现实主义接续了这个精神，因为它看起来似乎只是一个文学和艺术的运动，但实际上和浪漫主义一样，主要是针对压抑现实的一种解放运动。

做这么大的一个迂回，是想在一个较为纵深的文化背景中来体会电影开头的意味，即我们从中得到的快感（如果有的话），其实就来自对我们一向深陷于其中的生活必然性的打破。在电影中，主人公瑞就从来不向一种老老实实的生活低头。做洗碗工，肯定是他不愿的，他还嘲笑他老婆修指甲的工作，甚至当他们偷窃银行的事情还没有败露，而他老婆做的饼干却卖疯了的时候，他还在嘲笑他老婆靠做小生意赚钱的想法。

从这些事情上可以看到瑞身上的一种态度，那就是绝对不认可常规的艰辛的生活。包括到电影最后，他解决问题、安顿生活的方式都仍然是非常规的，即偷窃，虽然没有成功。偷窃的本质是不劳而获。可以说，不劳而获可能是深藏于每个人心中的梦想，但整个文明世界都会告诉你，爱劳动才是美德。然而，不劳而获的吸引力是那么巨大，以至于有那么多人就算是撞得头破血流，仍然痴迷于赌博、彩票一类看来完全不靠谱的事情。

作家里面也有这种人，比如陀思妥耶夫斯基。他有一个很有名的叫作《赌徒》的中篇小说，写得非常精彩，原因是陀氏本人就是一个疯狂的赌徒。他曾经输得身无分文，有一次走出赌场，往身上一摸，居然还有几个角币，然后似乎听到了伟大的召唤，就再回去赌，果然赢了一笔钱。此后他对这件事津津乐道，但主要不是赢了钱让他那么高兴，而是他感受到了一种完全不同的生活逻辑，即诉诸直觉和奇迹。这是一种诗性的生活观。在电影里，瑞把它叫作"捞偏门"。

事实上，只要不违反法律法规，捞偏门没有什么不好，甚至可以说它是最惬意、最霸道的生活方式。它远离了浩浩荡荡的劳动大军。这里面有一种刺激，而在生活的必然性里是没有什么可憧憬的，相反，只能老老实实地计算。比如今年存多少，明年存多少，今年买什么，明年买什么，很没劲，但没有办法。又比如混仕途，三年混个什么，五年混个什么。又比如在高校，几年评到什么职称，拿到什么项目，等等。

这些事情可以说都非常无趣。这样的生活没有戏剧性，没有奇遇。对于这种不得不接受的生活，如果你够敏感的话，真的就会产生一种恶心的感觉。萨特的小说《恶心》要讲的就是这个东西。恶心的意思就是生活不被我自由掌控，就像吃下不想吃的东西一样让人恶心。所以在小说中，萨特寻求各种各样的突破恶心的方式，其中一种方式就是奇遇，因为奇遇就意味着不可期然性，而不可期然性才恰恰值得人期待。

以上是电影开头部分让我想到的一些东西，然而就电影整体来讲，给人印象最深的可能还是另一个主题，那就是对上层阶级品位的调侃，也就是我一开始提到的让我挥之不去的那个情景所隐含的意味。而且我们最后会看到，这两个方面，即对天真生活的颂扬以及对上层阶级的嘲讽其实具有曲折的关联。

注意一些细节，可以领会到伍迪那种看似不经意但实则釜底抽薪的讽刺。比如瑞和法兰琪被那个艺术经纪人带去参观美术馆的时候，三个人站在一幅很大的画前，然后艺术经纪人问他们这幅画和刚才那些画有什么区别，因为这是文艺复兴时期大艺术家丁托列托的画，而他们刚刚看过的是拜占庭时期的画。艺术经纪人提出这个问题显然是想炫耀一下他的艺术史知识，而瑞很认真地回答他说，区别就是这幅画的画框要大得多。

这个巴赫金所谓"突降"式的回答，无疑会让人有一种解构的快感。又比如艺术经纪人带着瑞和法兰琪看歌剧的时候，瑞竟然睡着了。包括想提高自己生活品位的法兰琪，在和那个艺术经纪人听一场钢琴独奏会的时候也差点打盹。

说来惭愧，我自己也有过这方面的体验，曾经在佛罗伦萨听过一次小提琴独奏音乐会，说实话，如果不是强撑的话，我也差点睡着了。据说演奏者是一个俄罗斯的小提琴大师，就那么咿咿呀呀地拉了两个小时，而我根本不知道他拉的是什么。

纳博科夫也调侃地说过，交响乐就是一些莫名其妙的声音。此说虽然极端，但事实上，赋予声音以意义的那些解释往往是可疑的，也是不可靠的。听音乐会在西方其实主要是一种生活仪式，并不意味着去听的人就有多么高的音乐修养，所以伍迪的解构在某种意义上是可以理解的。

除了艺术品位，伍迪还嘲弄了上层阶级的企业文化。当媒体来采访瑞与其老婆一干人的饼干帝国时，董事局主席告诉记者，说他们每周也会做一些重大决策，比如卫生间的马桶坏了，董事局就会开会决定是否聘请一个管道工来维修；而那个负责公关和企业文化的副总裁梅，则告诉记者她的主要工作是给做饼干的工人做深度按摩。

通过这些明显的调侃，伍迪似乎是想从整体上展现上层阶级的无聊和空洞。伍迪一向被视为他那个社会的批判者，原因就是他对所谓精英文化极尽讽刺之能事，这基本上已是共识。然而，这就是他全部的意图吗？至少就《业余小偷》这部电影而言，我认为伍迪的讽刺其实是为强调另一件事做铺垫的，即下层阶级不要做梦。

首先，在伍迪那里，下层想要获得财富，只能通过一种非常规的方式，比如抢银行、骗保、一个意想不到的发财机会，等等，总之，不会是劳动致富。虽然我在前面讲了，这似乎是一种诗性的想象，会给人带来那种挣脱现实必然性的快感，但如果我们跳出来看，伍迪实际上揭示了一个非常残酷的现实，即除了异想天开，下层人是不可能改变自己的命运的，而且，即便是你撞了大运，得到巨额的财富，你还是会发现，你根本玩不转这个游戏。

瑞和他老婆的饼干帝国的破产就说明了这个道理，因为他们完全不懂现代企业是怎么回事，所以才会被一帮会计算计。他们对此根本无能为力。由此看来，伍迪是不相信下层人可以通过劳动改变自己的命运的，也就是说，他是不相信美国梦的。或许在很多人看来，这就是伍迪的深刻之处，这就是他和好莱坞商业大片有着根本差异的原因。然而，如果深究其理，就会发现伍迪的"深刻"其实相当可疑。

不可否认，我们可以从伍迪对上层阶级的调侃中获得解构的快感，它似乎是要告诉人们，那种文化其实是没有什么价值的，是不值得效仿的。然而我们要看到，这是对上层阶级的一种脸谱式丑化。这就不只是不相信美国梦那么简单了。

同样的，他对下层有一种（像赵本山小品那样的）喜剧性丑化。关于赵本山，有意思的是，那么多年的春晚，我们喜欢这样的喜剧性丑化，包括被丑化的农民本身也笑得很起劲儿。一般人不会想这么深，反正好玩儿就行了，但是我不相信伍迪只是为了好玩儿。

我们不妨看看他给我们展示的几个下层人形象。首先是瑞这个人，在现实事务上极不靠谱，但居然相信自己是个智多星。他曾经的狱友吃惊地反问他："你是智多星？我们只不过是在讽刺你！"但瑞还在不断地强调自己就是一个智多星。然后是那个叫丹尼（Denny）的家伙，明明是个弱智，却最爱讲什么工程学、管理学、心理学。从这些细节可以看到，伍迪对下层人物是高度丑化的，而且主要是一种智力上的丑化。

　　这就反映出伍迪的一种社会视角，即极其粗暴的阶级划分，以及这种划分和粗暴概括的阶级品位的对应。其实这是做社会学研究的人容易犯的通病。很多社会学家也经不起这个诱惑，比如布迪厄的名著《区隔》，以及曾名噪一时的福塞尔的《格调》，都有程度不同的庸俗社会学之嫌。

　　社会学研究有它一定的合理性，它根据一定量的调查数据而得出关于某个阶层的具有相对普遍性的行为方式的结论。但这不是艺术的搞法，而伍迪恰恰就是这么做的。

　　在他那里，下层阶级一定安于粗俗的生活方式。比如主人公瑞，爱进中餐馆，爱吃重味，喜欢油和味精，看烂电视，喝可乐，吃烤香肠，赌博。他老婆要扩大经营时，他却抱怨说扩大经营有什么用，他现在连一个汉堡都吃不上了，却让他吃什么蜗牛。那些高雅的菜在他看来一点味道都没有。对此，电影里有两个人物与他构成反向的维度，或许也可以看成是伍迪的无意识的反思。

　　一是他的老婆法兰琪。虽然从表面上看，她追求上层品位的那些行为显得非常可笑并且最终失败，但我们能相信如果再给她一次机会，她就不会再有这样的追求了吗？实际上，在她还没有钱的时候她就爱看那些时尚的东西，她不是因为有钱了才有这样的追求。而瑞呢，告诉她不要以为上层人士买那些东西是以零售价买的，想以这种污化上层阶级的方式来打消她的追求。

所以我们要知道，虽然这个女人后来的一些行为显得很可笑，但她的诉求却是非常真实的。难道我们不认为她确实很粗俗吗？她在家里迎接客人时穿的那身衣服，其审美品位不能不说很吓人，所以人家在背后议论她也没什么好指责的。这就是说，粗俗肯定是一个问题，不会因为在这部电影里一个粗俗的人去追求品位遭到失败，粗俗本身就不会受到批判。

另一个人物就是梅。瑞在河边向她抱怨法兰琪嫌弃他了，但梅对他说："我也不喜欢你这样的男人。"当他贬低那个艺术经纪人时，梅却说，那人既高雅帅气又博学迷人，她也渴望拥有一个这样的男人，而不是像瑞这样的没有什么追求的懒汉。

从这两个女人身上可以看到那种发自内心的超越自己阶级的向度，而伍迪的电影意图却似乎是要封锁这个向度，即不要奢望跨越阶级的界线。有意思的是，艺术经纪人作为礼物送给法兰琪的书——萧伯纳的戏剧《卖花女》，涉及的就是不同阶层之间的爱情故事。艺术经纪人的意图当然是去引诱法兰琪，因为她是愿意相信这种可能性的。而在电影结尾，瑞和法兰琪的饼干帝国破产，艺术经纪人如意盘算落空，遂恼羞成怒，翻脸不认人，法兰琪才如梦方醒。

这个情节设置的意图是非常明显的，那就是击碎阶级跨越的梦想。除此而外，伍迪还把那种完全属于知识分子的价值观硬塞给下层人。比如他不断地说他讨厌钱，好像有钱的生活不会带给他什么好处，而他梦想的生活就是在乡间的小路上散步而已。在我看来，这只是知识分子的小资情调，而绝不可能是下层人的梦想。

下层人有钱后就想去灯红酒绿的地方，就想住高档豪宅，就想进入那些不靠谱的知识分子们认为虚伪而无聊的上流场所。这就是下层人的梦想，也就是不断地往上爬。如果他们曾经拥有或是非常接近上层人的生活，却因为种种原因又回到一无所有的状态，那他们多半只会痛心疾首并且不甘，而不像是电影结尾里瑞和他的老婆那样，有一种返璞归真式的存在领悟。我认为这只是伍迪的一种意淫。

他还有另一种意淫，即当一个男人异想天开的时候，他的女人终究会无条件地支持他。电影初始，当讲出那个不靠谱的偷窃银行的计划时，他遭到法兰琪的讽刺和否决，赌气地跑到楼顶上，神情落寞地瞭望远处落日的余晖。结果过了一会儿，法兰琪也上来了，走过去安慰他，并温柔地对他说："还是谈谈你的计划吧。"在我看来，这纯属知识分子的可笑的自恋，就像初出茅庐的摇滚青年，总是幻想有一个任由他们胡来但仍对他们死心塌地的姑娘一样。

所以如果我们整体地看，伍迪的立场其实是非常可疑的。甚至可以说，其电影的批判性还不如《小时代》。这么说并非为了语出惊人。《小时代》当然是很烂的电影，它调动的是那种对于高档、时尚生活的艳羡，在意识形态上是对消费社会的推波助澜，但从某种意义上讲，这也并非不可取。

因为如果平民们看了《小时代》，觉得那样的生活才是他们想要的生活，那么这个社会就会充满奋斗的动力，而不是像《业余小偷》这样的电影，给人的感觉是下层人只能安于自己的卑微处境。就这个层面来说，《业余小偷》还不如《小时代》具有颠覆性，因为它以其酸葡萄效应的方式，维护的恰恰是森严的社会等级。这恐怕是伍迪自己都想不到的。

此前，很多人，包括我本人在内，可能都太着迷于伍迪对精英阶层的讽刺了，可能因此而忽略了一个问题，即高雅文化，我们尽管可以百般调侃它，却无法否认它的确是很多人向往的。

中国社会正在形成自己的中产阶级，眼下在不少城市里出现了很多自发的文化沙龙，以及以家庭主妇和城市白领为参与主体的各种雅集，在我看来，这其实是市民社会精神生活复苏的迹象。

或许你参加一些沙龙和雅集时，会像电影中的瑞一样感到昏昏欲睡，甚至觉得这些场合里的人都显得道貌岸然，不够真实。但要认识到更加重要的一点，那就是，一个社会表现出对高雅文化的向往，毕竟是一件可喜可贺的好事。

此外，要高度警惕伍迪那种机械而粗暴的阶层划分，要认识到阶层的说法只是一个空间概念，其中每个人的精神生活的复杂性和丰富性是我们永远无法概括的。有时，我们会看到一些所谓阶层和品位出现反差的现象。比如，下半身诗歌恰恰是一些受过高等教育的人（沈浩波、尹丽川等）写出来的，而许强、许志立等打工仔的诗，却写得相当的真善美。所以阶层和品位之间没有所谓的一一对应关系。

任何一个阶层的内部，人与人之间的差异都是非常大的，艺术要做的事情就是去找到这种差异，而不是像伍迪这样，去对一个阶层进行脸谱化的抽象。所以我认为他的批判不仅是粗暴的，而且是失败的。

然而，我最后想说的是，这仍不失为一部精彩的电影。我温习过好几遍,而每一遍温习都是难得的愉快时光。所以,有时候,主题并不重要,重要的是艺术。而伍迪的电影艺术是不用怀疑的,尽管我们可以批判他的思想。

从格里耶的新小说到毕赣的凯里叙事

　　罗布-格里耶的东西令人困惑。他讲起道理来头头是道，但其小说真的不可卒读（当然，不排除有一些堪称精彩的场景）。究竟是谁出了问题？是他还是我？

　　他反对巴尔扎克的小说，说那是一个已经定型的、没有可能性的世界。以巴尔扎克的小说《路易·朗贝尔》的开头为例："路易·朗贝尔于1797年生于旺代省的一个小镇蒙特瓦尔，他的父亲在那里经营着一所不起眼的制革厂。"他认为这个开头把人物的姓名、出生日期、出生地，甚至可能的职业，都像警察局的户口卡片那样给我们展示清楚了；相反，他所青睐的另一个作家，18世纪的狄德罗，其小说《定命论者雅克和他的主人》的开头——"现在在哪里？现在是谁？现在做什么？"——所引出的世界则处于未知和形成之中。这恰恰就是格里耶所在意的，因为"真实性不是已经完成的、不变的，而是未完成的、可变的"。

　　如果你认可格里耶的这个道理，那就几乎不能接受一个过去时态的叙事，因为在他看来，过去时态意味着人物已经死亡，事件已经完成，在这种全知全能的终点视域的叙事里，不会有真实的生活存在。

此外，格里耶极其反感比喻手法："比喻从来不是什么单纯的修辞问题，说时间'反复无常'，说山岭'威严'，说森林有'心脏'，说烈日是'无情的'，说村庄'卧在'山间等等……这些人化了的比喻在整个当代文学中出现得太多太普遍了，不能不说表现了整个一种形而上学的体系。"他的意思是说，比喻的本质是给出一个"泛人的"世界，而在这个"泛人的"世界里，一切事物都被"清洗"过了，然而，这不是世界的真相，因为"人看着世界，而世界并不回敬他一眼"。

看上去，格里耶的价值诉求是绝对可取的，因为，一个充满了可能性的，不只是充斥了人之心意的丰富世界，不正是我们所向往的吗？

然而，观点如此"正确"的小说家，写出来的小说为什么那么难读呢？对此，格里耶又有他的道理：真正的小说就是不让人舒服的；它要打破人的惯习，它诉诸读者的，不是轻松愉悦的消遣，而是和作者一起探索真相的勇气。

好吧，我们就鼓起点勇气，耐着性子慢慢读吧，跟着格里耶一起摸索，看看能不能苦尽甘来，像终于登到山顶那么自豪和满足吧。

很可惜，尽管付出了相当大的努力，我的尝试还是失败了。这就是我读《嫉妒》的体验。我完整地读过一遍，而开头部分，则至少读了三遍，我想把那个"嫉妒"事件发生于其间的房屋的格局及其外在环境搞清楚，反复地在纸上画来画去，但始终没法完整地画出来。是我的空间感有问题吗？或许应该再耐心一些？

然而，问题或许不在于我，而在于格里耶。

他把重心用于描写物的存在，虽然也能看出这些物的存在与人事的隐隐约约的关联，但其手法的确不同于巴尔扎克的小说。在老巴那里，一切物的存在都不过是符号的存在，而在格里耶的笔下，这些物更像是自己。这似乎非常符合格里耶的价值观，也就是物不只有为人所奴役的功能性存在。这相当的政治正确，因为它呼应了整个现代时期对工具理性的批判。然而，我总觉得有什么不对头。

在我看来，从反对过度扩张的工具理性，发展到在作品中更多地把物而不是人作为描写的重心，似乎没有什么必然的逻辑，前者是个伦理问题，而后者是个美学问题，而且，如此一来，物的优先性对格里耶所不满意的人的优先性的替代，显然也不是格里耶想要的结果。事实上，像戈德曼这样的批评家就把格里耶的写作看成一种寓言，即关于现代物化现实的寓言，这恐怕是格里耶始料未及的。

其实，反对巴尔扎克的世界，不一定就得弄出一个非人的物的世界。对物的看待，也不一定要在符号的存在与非符号的存在之间做出非此即彼的选择。就像我旁边的这盏灯，它的确提供了我所需要的亮光，但我并非时刻都要想到这个功能才能够理解它，接受它。大多数时候，它就是一盏灯而已，有其形状和光亮，被我模模糊糊地意识到，除非因接触不良而突然熄灭，我一般不会凝视它，研究它。但同样真实的是，此时此刻，灯肯定参与了我的存在（即便没有因为写到它而对它特别地关注），就像更加模糊的其他物什——书架、餐桌、墙上的电视机、沙发上的抱枕，还有窗外隐隐约约的嗡嗡声，以及楼下安静的花园，都会不经意间进入我的意识，尽管我无需明确地想到和注意到它们。

格里耶的问题可能就在这里。他把本来只属于边缘域的东西弄到聚光灯下来了，结果，它们成了电影中的特写，但由于写作是一种时间艺术的缘故，这样的特写停留时间过长，无法像电影镜头那样以适当的速度来移动及推拉，不可避免地导致了我的朋友王二兄弟所说的"细节的肥大症"。

更大的问题是，如果说巴尔扎克的世界驱散了存在边缘域那隐隐约约、模模糊糊的诗意（福楼拜、果戈理都精于此道），那么格里耶则以物的名义把人的存在意蕴给驱散了。这或许就是其小说令人无法卒读的根本原因。因为你尽可以大谈特谈工具理性的危害，以及纯粹人义世界的无趣，但你无法脱离此在的意蕴来言说一切。就算你要反思人的局限性，企图表达一个神秘世界的可能，你都始终无法脱离此在的地盘，不能不被那一团团因缘联络的氤氲之雾所笼罩，尽管有时它们看起来是那样的稀薄。

这些思考，是在偶然间看到毕赣的电影《路边野餐》时想到的。在安静地享受了两个小时的观影时光后，我开始思考一个问题：这部电影里究竟是什么在令人心动？

网上查到一个说法，好像是老外的评论，说毕赣的出现意味着贾樟柯有了继承人。的确，熟悉贾科长的人，在看完《路边野餐》后都会马上想到《小武》或是《站台》，地方、乡镇、底层、小人物题材，纪录片风格，是两部电影较为明显的共同特点。然而，如果看得仔细一点，我们就会发现毕赣的凯里叙事的不同。贾科长还是更为关注人物的命运，其叙事虽然不同于一般主流电影的戏剧性营造，但对人物遭遇及其反应的交代仍然是非常紧凑的，甚至是聚焦的。毕赣则有所不同，《路边野餐》里虽然也有老陈这个主要人物，甚至也有一点故事的影子，但总体来讲，最重要的不是人物的命运，而是萦绕老陈生活的某种氛围。

正是这种氛围打动了我们，至少是我。而其打动的方式则是对一系列（对于身处其中的人来说）只是处于边缘域的细节的呈现：沉默的夜晚，静止的风景，明明灭灭的灯光，斑驳发霉的墙壁，咕咚咕咚的灌水声，乃至一路延伸的苞谷地，等等。然而，这些细节为什么可以打动我们？

在我看来，边缘域的诗学功能乃是提供一个静观的距离，而就存在体验而言，唯有此静观，我们才会有出乎其外的感悟和触动。这就是当我们偶然翻到一张即便普通得不能再普通的旧照时，也会恍然出神地看上一会儿的根本原因。这就是所谓人生如梦的时刻——我们洞悉到那居于生命根底的日神冲动：我们毕竟都在兢兢业业地生活啊！而无论得意还是平庸，都同样的令人心酸。想想"岐王宅里寻常见，崔九堂前几度闻"，触动我们的，不就是此种意味深长的反顾吗？

尼采曾言，一个人间或把万事万物都当作纯粹的幻影乃是一种哲学的禀赋，而艺术家则面向梦的现实，因为他要根据梦的景象来解释生活的意义。据此，我们是不是可以说，毕赣乃是本质意义上的艺术家？而相比于《地球最后的夜晚》，《路边野餐》才是更为本质的梦境？因为相比于个人意绪的繁复纠结，以边缘域实现的超然静观才是真正的人生大梦。

格里耶会同意我的看法吗？或许，他弃人取物的姿态才是最大尺度的静观，而且包含着矫枉必须过正的良苦用心？我不知道。

从波洛克的焦虑到 AI 艺术问题

波洛克作为抽象表现主义大师的地位早就得到公认,但他生前并没有赚到什么钱,最贵的一幅画也就卖了一千美金,虽然那时、今日的美金不可同日而语,但一千美金真不是什么大钱。这倒也没什么不可理解的,想想凡·高,不值得大惊小怪。不过,我想说的是另一件事情。

还是拿凡·高作比,我们都知道这位荷兰艺术家穷得来有时连填饱肚子都成问题,却从未怀疑过自己的艺术。他曾这样说道:"是的,在我的头脑里,存在着巨大的事物,我将能够给世界某些东西。那也许会使人们关心一个世纪,那也许需要一个世纪去思索。"而历史证明了凡·高不是虚高,放的不是嘴炮。

反观波洛克就不是一回事了。在其短命生涯的最后几年,他陷入了极度的焦虑和惶惑之中。他不知道该画什么,该怎么进行下去。有一次竟当着来看画的客人的面痛哭流涕,怎么安慰都停不下来,还一边哭一边指着他赖以成名的那些"滴画"说:"你想想,要是我知道怎么画好一只手,我会去画这些没用的玩意儿吗?"

对于这件事情该怎么看？或许最有可能的一种反应是，我们会说波洛克太傻了，他不知道他做出了多么伟大的东西，哪里需要有这种焦虑。事实上，其时理论界的泰斗格林伯格就认为波洛克的地位堪与毕加索媲美。因为写实这样的功夫，早在摄影术发明之后就不那么重要了。至少印象派之后，画家们就不应该为此而焦虑了。

真的可以这么说吗？至少就我而言，我非常理解波洛克的焦虑，也相当认可其焦虑的真诚。在我看来，跟这个焦虑相关的其实是艺术创作中的身体感问题。本来，波洛克那种滴洒画的价值所解放的也是一种身体感，但从某种意义上说，这个身体感还是太单一了。我认为这就是他感到难以为继的根本原因。简单点说，波洛克找到了放纵的酒神的身体感，但遗憾于没有一种控制的日神的身体感。而后者，恰恰就是在可以无比精确地画好一只手的感觉中可以体会到的。

从波洛克的早期绘画我们得知，他的画虽然有特点，比如被很多人称道的所谓力量感，但总体来说，他的绘画技术是比较粗糙的。他后来之所以能够杀出来，完全是另辟路径所致。但另辟路径的成功似乎并没有完全让他从早年绘画练习的沮丧中摆脱出来。如上所说，这种沮丧并非源于对一种过时技术的迷恋，而是涉及一个画家身体感意义上的掌控力问题。

克拉克在《何为杰作》中探讨了杰作何以为杰作的诸种因素，而其中的一层意思是指，杰作会让人们"想到那些画幅巨大、设计繁复、精益求精的作品，其中投入了画家的全部身心，以展示自己艺术发展的巅峰状态"，而"在这些作品面前，一切现代绘画都微不足道"。在我看来，如果我们认可克拉克的这一观点，我们就能理解波洛克的焦虑。

如果说一只精确描绘的手就可以把波洛克拿下，那克拉克所谓"画幅巨大、设计繁复、精益求精"的作品，真的会让他感到绝望，那是他根本不可企及的。克拉克举的例子是拉斐尔的《基督显圣》、米开朗基罗的《最后的审判》、丁托列托的《基督受难》、伦勃朗的《夜巡》、席里柯的《梅杜萨之筏》等作品。毫无疑问，这些都是令人叹服的繁复而精细的巨幅画作，但以我个人的感受而言，我更想举老勃鲁盖尔的《基督背负十字架》为例。我深信，很多现代主义和后现代主义画家是画不出或至少是画不好这样的画的。或许会有人认为我的艺术观念太老旧了，而且会很不在乎地说：那又怎么样？要论繁复、精细的巨幅之作，我们做得过现在的 AI 吗？

要是你提出这样的问题，那可就正中我的下怀了。其实，我写这篇小文，绕了这么大一个圈子，真正想说的就是眼下众说纷纭的 AI 艺术问题。这小半年以来，我的朋友、艺术家许燎源先生迷上了 AI 创作，而且也发布了数量众多、画面惊艳的 AI 作品。在继续展览中的 2023 许燎源现代艺术设计博物馆双年展上，你也可以看见他本人以及李心沫等艺术家的诸多 AI 作品。据我所知，他身边的许多年轻艺术家也怀着巨大的热情投入了这样的试验之中，也做出了不少颇有意思的作品。

其实对于 AI 艺术，我和许燎源先生一样，持完全开放的态度。但我也在想一个问题：这样发展下去，艺术会成什么样子？艺术家们会成什么样子？AI 技术尚在发展之中，过早探讨这个问题似乎不合时宜，但我仍想谈一点我目前的看法。

我毫不怀疑从视觉呈现的效果上讲，AI 艺术（保守一点讲）将会让绝大多数不用 AI 进行创作的艺术家绝望,并让他们无事可做。但另一方面,我担心的也是,如果艺术家都投身于 AI 创作,艺术将仅仅成为观念和眼睛的艺术,而前 AI 艺术创作中的身体感将完全丧失。这或许是那些为 AI 艺术欢呼雀跃的人没有认真想过的问题。或许他们也不在乎,但我想问问他们:你真觉得只是通过观念输入然后让程序运算来产生作品,与你真的一手一脚把它做出来是一样的感受?你真不觉得后者更牛?就像面对一幅照相写实主义绘画,当你知道你本来以为只是一幅照片一样的东西是人家一笔一笔画出来的,你不会感到惊诧和佩服?

王瑞芸讲过一件事,说她早年根本就不觉得安格尔那样的新古典主义画家有什么了不起,但当她在北京一次展览上见到安格尔的真迹时,竟然感到"五雷轰顶"。她是接受过专业绘画的训练的,所以我想她一定是从如何画出那样逼真的画面的技术层次上去感受那样的"五雷轰顶"的。按照康德的说法,那应该叫作崇高感,即一种超感性的眩晕。你觉得不可为之事别人却做成了,你当然会觉得不可思议。

总归起来,我想说的意思是,我们不能只是从艺术终端的角度来谈艺术创作的问题。现在大家都在纠缠 AI 艺术究竟能做到什么样的水平,包括 AI 能不能写出一流的文学作品,等等,其实都只是考虑了艺术作为终端产品这一情形,而对艺术创作本身似乎完全忽略了。

据我所知,现在的 AI 创作,除了要有一个高级别的 AI 软件之外,关键的就是给它"喂"什么样的东西,包括材料和观念。我在前面提到过许燎源先生的 AI 创作,他就用 AI 做了大量的他称之为"概念饲养"的尝试，可以说成果是令人振奋的。而我们知道，现在用 AI 做艺术的人很多，但大多数人做出来的东西仍然乏善可陈。原因何在？其实很简单，就是给 AI "喂"的东西不够好。而许先生之所以能脱颖而出，就是因为他"喂"给 AI 的"概念"不同凡俗。

但如此一来，AI 艺术就成了所谓的观念艺术，其从"概念饲养"到成品产出的过程，或可用得上黑格尔关于美之定义的那句话，即"美是理念的感性显现"。只不过对于传统艺术家来说，至少他知道他的"理念"将通过什么样的"感性"显现出来，而做"概念饲养"的艺术家则无法预知 AI 将会给出一个怎样的"感性显现"。所以在 AI 艺术中，从理念到感性其实是脱节的，而这个脱节不仅是意识中从理念到感性显现的脱节，更关键的则是从理念到感性显现的过程中身体参与的缺失。

说到这里可能还是会有人说：那又怎么样？没有身体感又怎么样？老实说，对此我无力反驳。对于现在的科技将把人变成什么样的人或者非人，我根本不太关心，因为我深知除了接受现状别无选择，别真以为我们可以阻挡或是改变这个趋势。但我还是想说出我愿意坚守的东西，那就是艺术创作中的身体感。如果艺术创作缺失了这样的东西，或许还会有伟大的（作为终端产品的）艺术，但不再有值得我尊敬的艺术家。

其实就拿我的朋友许燎源先生来说，虽然大家知道他这些年来一直玩的是抽象，但了解他的人都非常清楚，他的写实造型水平也相当厉害。也就是说，虽然看起来他玩的是那种所谓人人都能玩的抽象，但那只是他的选择而已。除了抽象，他的

189

风格选择范围其实还很大，要是哪天他突然转向具象创作也完全不是问题，所以说，他的身体控制感的自由度非常之高。这或许是那些追随他的年轻艺术家并没有认真思考过的问题，而所谓差距的来源即在于此。

最后我想提提杜尚。资助波洛克的古根海姆女士曾为装饰一面墙壁而向波洛克订货，但拿到波洛克的画作后大为犯愁，因为尺幅太大了。他去问杜尚怎么办，杜尚轻描淡写地说：把多余的裁掉就是了。我猜想波洛克要是得知此事，定会破口大骂，暴跳如雷。可能我们也会觉得老杜有些过分。但对于杜尚来说，那没有多少技术含量的东西多一点少一点没那么重要。这或许就是他对抽象表现主义反应冷淡的根本原因。

上文提到的王瑞芸女士或许称得上全中国最爱杜尚的人了。但有意思的是，她在新出的皇皇巨著《西方艺术三万年》里选择了杜尚的《下楼梯的裸女》而不是那个"臭名昭著"的小便器做封面，何故？我想无非还是因为前者在技术上具有相当的震撼力，而后者不过就是一个观念而已，虽然这一观念开启的艺术空间无比巨大而伟大。而技术是什么？其实就是自由的身体感。

逻辑能力和自我塑形

本书前面部分的文章都出自我和龙三共同经营的微信公号"龙三听说"。龙三精力有限，自谓"朝为菜场娘，暮入小厨房，偶尔乱翻书，时常发呆忙"，但也不时和我有一些随兴所至的对话，这便是接下来几篇文字的来历。

邱：人的修行，释迦牟尼就不说了，就一般人来讲，就是要对人性世界有尽可能多的了解。不只是了解自己，还要通过阅读、观察等方式间接地了解别人，了解世界。看得越多，就越有可能跳脱，越能跳脱，就意味着修行越来越深了。对待我执，看小说也好，学哲学也好，看各种艺术作品，看电影，都是瞄着这个去的。

龙：就是拓展生命体验。

邱：嗯，我们一般人确实都不是惠能，他可以不着文字。

龙：我们不行，一般人就是没办法，惠能是不可复制的。

邱：但一般人也可以处处修行。比如说写学术论文，它的好处在哪里呢？如果在这件事上你真入道了，你的理性思维就会比较敏锐，分析问题就能够有逻辑地层层展开。

龙：理性思维是方法吗？

邱：可以这么说，理性是有规律的，而逻辑学就是讲理性讲规律的。一旦有了比较敏锐的理性思维，看事物就会有一种照亮的效果，比如看那种混乱的，整到一半就语焉不详的，中间又是要花招的东西，就会非常刺眼。逻辑思维对你看东西有非常大的帮助。

龙：你指的是看什么东西？

邱：看书啊，听一个人说话啊，看人写什么想表达点儿思绪的文章啊，看事情啊，等等。

龙：想要表达一点简单的东西，对一般人来说不算难吧？不必非得学过逻辑学，进行过严格的理论训练吧？

邱：当然了，有的人天生就有逻辑能力，但是经过训练的和没有经过训练的还是有差别。

龙：逻辑能力是一个这么难以获得的能力吗？

邱：如果一个人逻辑能力很强，一定有两个原因，一是天赋，二是日常的训练。

龙：比如？

邱：说话条分缕析，层层推进，能够清晰地表述。

龙：这个不难吧？

邱：不难？你仔细听和看就会发现，没有多少人能够做到。

龙：我是说我觉得我不难做到，哈哈。我是个正常人，受过教育。

邱：嗯，那说明你的逻辑天赋比较好。问题是你只要认真观察一下你遭遇的人，你就会发现大部分人的逻辑相当混乱。

为什么逻辑能力重要呢？因为它是一种自我把握的能力。因为只有在逻辑能力的表现中，一个人的自我才能凸显出来，否则他就是在弥散的状态里。

龙：不太清楚你的意思。你的意思是不是说一个人即便是安静待着的时候，也要在脑子里用逻辑来排列一切人事物？

邱：不是这样，不是这个意思。意思是逻辑能力它不一定出场，但是一旦出场，它就会显现。也就是说这个人的自我有构形能力。如果一个人的自我没有构形能力，也就是说他的逻辑能力很差，那么他的自我意识就是不清晰的。逻辑能力表现为对事物、事情，包括对自己的掌握能力。

龙：我乱说一个例子啊，如果有一个人，一个企业里的高管，他每天忙于日常琐事，没时间想别的，但是他是一个工作能力很强的人。你说要对自己有把握能力才算有逻辑能力，那么像这样一个人，一个从来没时间想起自己来的人，他到底是不是一个有逻辑能力的人呢？

邱：你理解错了。我是说一个人如果能有逻辑地处理他的事情，他就有自我把握的能力。可是大多数人没有这个能力，大多数人是弥散的。

龙：哦，你的意思是一个人是否常常处在弥散状态是仰赖于他是否有逻辑能力的？

邱：对！一个没有逻辑能力的人，自我不能成形。

龙：这么严重！你们一天到晚说女人没有逻辑，难道意思就是说女人从来没有能力自我成形？

邱：不要乱下结论，我没这样说啊。我们平时在探讨任何问题的时候，可能都会对人说：你这里在逻辑上有问题。但是我要说的是：逻辑能力本身对一个人的自我意识来说是非常要命的，非常重要的。逻辑能力，就是日神能力。你有逻辑、有结构、有秩序、有规律地认识世界，实际上就是在认识自身。因为这是你的自我的出场。你有逻辑地认识世界，就是你自己的逻辑世界的出场。你有这种出场，然后你反观自我，才有可能真正跳脱出来。

龙：成形就是定义自己，知道自己是怎么回事，明白自己在哪里。

邱：是啊，就是人要有三观嘛。

龙：嗯，大部分人的三观是模糊的，一辈子没有想过这个问题。不过这里是不是有个区别，就是有些人他一直没有机会，或是没有想到要去思考这个问题，而不是说他没有能力去给自己成形？

邱：可以这么说。但是一个有成形能力的人自然会在很多方面表现出来。他不一定要特别清晰地向别人表达这个东西。他没有表达，但他一定会有所表现。这样的人，你跟他一接触就知道了。你是知道的，感觉得到的。反过来有的人一张嘴你就知道他什么都没有，东一下西一下，用四川话说就是个"散耙叮当"的人，这样的人肯定不行。

龙：有一种偏执的人，算是有自我成形的吗？

邱：那种不是，那种是他有一堆乱七八糟的印象，混合堆成一团糨糊一样的东西。

龙：哈哈哈，这是个什么东西？是鼻涕吗？

邱：对，是鼻涕，叫鼻涕式人格。

龙：嗯，反正不清爽。

邱：就像老吴说一个人："我从来没听到过他说过一句完整的话。"

龙：嗯，对对对，是有这样的人，很多，你认识他好多年了，可是好好一想你才发现他真的没好好说过一句让你记得住的话，没斩钉截铁地说过一件事儿。

邱：是啊，自我发现并不是一件简单的事情。梭罗在这个问题上有高见，我念一段："猎鸟和捕捉土拨鼠已经是十分刺激好玩的游戏了，但我暗自认为，猎杀自己才是最高尚的运动。用你的目光视察内心，发现心中有千个未达的地方，那你去旅行吧，成为内心世界的地理学家……你要做一个英勇的哥伦布，去发现自己内心深处的新大陆和新天地，开辟出一条思想而不是贸易的新航线。"

歌德的出场

邱：歌德跟席勒第一次见面，歌德大谈特谈他的化学研究，席勒一点兴趣都没有。但第二次见面，席勒长篇大论地发表了一通他对歌德的见解，把歌德吓了一大跳。他心想：还有这么个人这么理解我。

龙：从此两个人就惺惺相惜，成了"好基友"。

邱：从1794年到1804年，这两个人共同铸就了德国古典文学的一段黄金时光。1804年席勒去世，歌德痛心疾首，一度停止写作。席勒比他小。

龙：他们是怎么一起铸就文学的黄金时光的？

邱：他们有共同的写作理念，像比赛一样写，比着写抒情诗、叙事诗，特别漂亮的叙事诗。歌德是一个我们终其一生都可以阅读的作者，整体地了解歌德就可以说是完成了一次自我理解。

龙：为什么？

邱：因为歌德的创作，他最大的兴趣就是自我理解。从来没有一个作家像他那么关注自我理解，把自我理解、自我发展的可能性，当成写作最重要的一件事来对待，什么时代呀，社会呀，生活经验呀，对他来说都只不过是自我理解的材料。

龙：那么说他是一个很厉害的成长文学作家？

邱：可以这么说，他一辈子的写作都是关心成长的。他自己就说过，他所有的作品都只是一个巨大自白的片段。他所有作品的一根红线就是自我理解。这个自我当然不只是他个人的自我了，你可以说是类属意义上的人的自我。他探索我们作为一个人的自我的可能性。歌德是很牛的。

龙：牛人！

邱：所以海子特别羡慕他。海子也是个有系统性焦虑的人，他说要是能把一切都装到一本书里去就好了，包括个人经验、时代精神、哲学、形而上学、宗教什么的，所有东西全部打包，在一个作品里实现。他认为实现了这个东西的只有两部作品，一个是但丁的《神曲》，一个是歌德的《浮士德》。

龙：莎士比亚呢？

邱：莎士比亚是另一种方式。这种魔鬼式的天才是不可学的，可是但丁和歌德可以学。

龙：为什么？

邱：他们的写作是从自我的、时代的、社会的、宗教的、形而上的，等等层面一一推进，然后把这些东西融为一体。在他们的作品里你可以找到很多层次。比如但丁，你可以分析他的层次，分析这些层次是如何连接在一起的。这个模式在理论上是可以学习的，虽然实际上也学不了，只是看起来可学，让人觉得："哦，如果我也这样一点一点、一步一步地酝酿，技艺不断地成熟，估计还是可以慢慢地做成的。"可是莎士比亚你模仿不了，莎士比亚无迹可寻，你从哪里去模仿？他个人完全不存在，你不知道他在哪里。

龙：嗯，他完全隐身了，就跟上帝创造世界一样。

邱：但是在歌德的作品里，在但丁的作品里，他们自己的影子是很重的，很明显的，你知道他在玩儿，你知道他怎么玩儿的，虽然实际上一般人没法学，但他们并不难理解。

龙：明白了。

邱：然后就是退而求其次，不要做那么多的事情，而只占有一个时代，像巴尔扎克那样，《人间喜剧》，把一段时间的历史按照编年史的方式用小说写出来。

龙：也一样有野心。

邱：嗯。他的意思是说，我就是历史的秘书，都在这里了。不得了啊，人家做了个计划就真把它写完了，一年四五部，把几十年的巴黎和外省的世相呈现给我们看。

龙：一网打尽。

邱：但海子觉得这还不够，就是说，这只是写了个断代史。跟荷马不一样，荷马虽然也只是写了断代史诗，但是荷马毫无焦虑。荷马欣喜于自己的历史经验的表达，他陶醉在这种表达中。

龙：他欣喜，他陶醉，你是怎么知道的呢？

邱：通过作品，我们看得到荷马那种儿童式的，马克思所说的人类童年的天真。他没有忧虑，这个断片就是一切。他甚至不认为那就是个断片，而是一切都已经在里面了。他的叙述很肯定，用席勒的话来说，古希腊诗人是没有感伤的，他有的是素朴的态度。我们所谓的感伤就是：到了浪漫主义时期，觉得人好像跟自然分离了，自然成了一个我们想要回去的故乡，所以总有个怀乡意识，这就感伤了。人在现代文明里总有一种感伤的态度，好像回不去了。席勒认为这种感伤在古希腊人那里是没有的，人本来就和自然在一起，就像海德格尔讲的，天地神人相互映射嬉戏，融为一体。

龙：除了席勒，很多人都这样讲吧。

邱：马克思也这样讲，卢卡契也这样讲："那是一个幸福的时代，满布星斗的天空就是一切可能性道路的地图。"

龙：为什么人总有一种囊括一切、清理一切的冲动呢？像清扫屋子，总想没有混乱，没有搞不清楚的地方，没有死角。

邱：整理世界就是整理自我啊——马克思说劳动就是本质力量的对象化。人的自我需要出场，人的自我是在对世界的掌握、理解中实现的。从来没有空洞的自我，自我总是在出场中才可以被理解的。

龙：凡人怎么出场呢？不写作不创作不生产的人如何出场呢？

邱：吃饭扫地整理屋子都是出场啊。

海子，现代诗，汉语风度，自我重复

邱：海子的自杀没必要说得那么玄，实际上跟日常生活有很大关系。据说他自杀前已经好长时间不上班了，家里又穷，还得接济家人，买化肥，给弟弟配眼镜什么的。

龙：这不是他个人的问题吧，那个时代大部分人都穷。他到底是因为具体生活还是心理上的问题？

邱：没法分得那么开，我觉得，他精神状态也不对，钻进去了，出不来，如果闯过那一关，活过来了呢，可能就没事了。海子这种人真就是属于运气不好，他是生来那个特质，再加上遇到了那个时代。说老实话，海子、骆一禾、顾城，他们这些人成熟得太早了，在精神上成熟得太早了。

龙：海子是个纠结的人，怎么会成熟早呢？他要是成熟就不纠结了。

邱：我说的是他们在高级的精神生活上已经相当成熟了，表达的东西已经很深刻，很系统了。很多人通过很多年的精神生活都达不到他们当时的思维水平。你看顾城二十多岁写的哲学随笔，那已经是相当从容肯定的一个人了。你看海子的《我的诗学提纲》，已经是大诗人的表达了。骆一禾二十六岁就死了，可是他写的论海子的文章，那种霸气，那种视野，那种表述，那种风度，现在去哪里找啊？你找不到了。当代诗人，不要小看啊，绝对是优秀儿女。

龙：都到这个层次了啊？

邱：绝对的，可惜英年早逝。

龙：真的假的?！这么严重？

邱：一个民族，如果从类的意义上讲，要去标识它的高度，只能由某些个人来代表。当我们说某个民族如何如何厉害的时候，就是以它的精英来讲的。说英格兰，我们说莎士比亚对不对？

龙：不是人民创造历史吗？

邱：人民就是肥料，从里边能长出点花来。

龙：肥料也重要吧，没有肥料花长不好。

邱：花长出来以后呢？自从白话文运动以后，在诗歌领域，从来没有像当代诗那样，那么多年里那么多人沉浸在对汉语的质感风度的探索中。当代诗是一种汉语风度。

龙：什么叫"当代诗是一种汉语风度"？

邱：就是说像海子、骆一禾、柏桦这些人的诗，也就是《后朦胧诗全集》这本书里收的很多诗，的确是表现出了一种汉语风度的。汉语风度是在我们认为的那个优秀的古代文学传统已经失落了很长时间之后，再次在我们的语言里出现的风度。

龙：那古代文学传统失落到底是在哪个时间点呢？

邱：我认为是从古文古诗已经不成为一种普遍性写作的时候，不成为文学主流的时候，这个传统基本上就已经失落了。

民国的时候都没有当代诗歌这种汉语探索的充满激情的潮流。

龙：是西方文学的影响带来了这种探索吗？

邱：的确是受到西方文学的影响。现代汉语表达探索的集中爆发是在朦胧诗和先锋小说兴起的时候到来的。就是北岛、顾城、杨炼、马原、洪峰、苏童那一帮子人，也就是20世纪80年代那会儿。

龙：鲁迅那个年代没有吗？

邱：那些人是写得很好，但是没有像80年代那种席卷全国的浪潮。你想想，所有的文学青年都着迷于写作，你以为他们是在表达情绪吗？根本不是，他们是着迷于语言！一天到晚地感叹："这个句子写得太牛了！"是这个东西，不是要表达什么思想。

龙：哦，他们是着迷于语言本身。

邱：对，着迷于语言本身的魔力，跟着迷于炼金术一样。

龙：这有点像抽象画的探索啊。

邱：某种意义上可以这么说，但是呢，80年代是平衡的，确实有很多情绪要表达，但是大家关注的不只是要表达的情绪，而是说："居然表达得这么好！这么令人诧异！这么令人震惊！"

龙：也就是说，你看，这儿有一件漂亮衣服，可我现在是在欣赏这个料子，这个羊绒实在是……波光粼粼什么的，惊叹于它怎么就能被织出来了。

邱：对，这就是在玩语言，所以它在表现一种汉语风度。

龙：这样说我就明白啦！

邱：这种全民诗歌热潮，亘古未有，今后我想也不会有了。

龙：你为什么不写诗了？

邱：眼光太高，没法写了。

龙：眼光太高？你且写呢！

邱：哈哈，眼光太高就写不了了呀！开玩笑了。其实我是摆脱不了以前的惯性，所以就不想写了。

龙：但是很多人即便在重复自己，也在不停地写啊。比如柏桦。

邱：确实是这样，我开玩笑说过，但也是真话，我说做诗人有两个秘诀，一是一直写，一是保持和其他诗人的交往。我不一样，我可以不写诗，我可以做其他事情。至于柏桦，他是有风格有地位的诗人了，他可以重复自己。

龙：为什么他没有自觉呢？年年天天写一样的东西不会厌烦吗？

邱：他属于在较高水平上重复，所以不能对他提出太高要求了。而像我这样的，知道自己水平不行还要重复，就没意思了。

龙：我是说作者自己对自己提出要求：我是写得好，但我就是不想写了，因为我一直在重复。为什么他不这样想呢？

邱：某种意义上是因为个人的局限吧。艾略特就不一样，每个时期是有明显变化的，他在不断地突破自己。《荒原》是他最好的，《四个四重奏》炉火纯青，只是那种冲击性已经不如《荒原》了。但是话说回来，写过《荒原》的人，他就可以写《四个四重奏》。

龙：就是有些人不见得要去检讨，说我今天的诗要比昨天的有进步，而是我的表达、我的日常，我就可以用诗的语言来做。

邱：对，那些天生的诗人，他要做的就是把他本色的东西表达出来就行了。叶赛宁就是这样，柏桦也是这样。其实柏桦很简单，他的秘密武器就是《枕草子》，他现在的所有写作都是《枕草子》的方式。

龙：随时随地，任何细节。

邱：对，就是对细节的玩味和迷恋，对稍纵即逝的那些东西的把握。而这个也就是诗歌最要紧的东西，就是捕捉肌理、细节和氛围。

龙：所以到了那个程度就可以重复，重复的也都是精品。

邱：所以不难理解他为什么可以像工作一样写诗，每天写。

龙：不奇怪了，因为每天有无数个时间点和细节。

邱：是啊，不奇怪。事实上每个人每天都会有诗意的时刻。

龙：什么叫诗意的时刻？

邱：就是从板结、条理、结构里跳脱出来，玄妙的，深邃的，暧昧的，恍惚的，充满意味的那些时刻。

龙：重要在于跳脱出来。但我觉得不是每个人都有的，不是。

邱：每个人应该总是会有，但是他自己把它忘了，放过去了，他不面对它。

龙：抹掉了。

邱：对，抹掉了。你看夏加尔的一幅画，几个中产阶级的妇女在那儿聊天，但是其中一个，她坐在窗边，好像突然从她所处的情境里抽离出来了。夏加尔捕捉到了那个表情。

现代诗为什么晦涩？

龙：为什么讲现代诗而不讲古诗？

邱：因为古诗基本上都是透明的，尤其是唐诗，非常透明。你可能会说有些古诗也非常晦涩，比如《离骚》，但实际上那主要是因为某些相关知识和文化背景的欠缺，要是都搞懂了，古诗也就不那么晦涩了。但现代诗不同，光是这些知识和背景的补充也并不能削减它的晦涩，比如说《荒原》这样的诗。总的来说，古诗是比较透明的，除了必要的注解，我们最好不要在上面过多地添油加醋。没完没了地讲来讲去干什么？我们又不欠世界一个批评。

龙：但是可能好玩儿啊，你看柏桦写那个《原来唐诗可以这样读》，就挺好玩的。

邱：好玩儿可以啊，他讲得很短，三两分钟就讲完了，就是讲点儿跟这个诗有关的人物、故事什么的。但是他直接赏析诗歌的成分是很少的，都是点到为止。我认为这是对的。像这种透明的诗歌，不要添枝加叶讲太多，除非是像弗朗索瓦·于连那样的高手，不然不要讲得太多，否则就整烦了，絮絮叨叨的。本来它是透明的，你给它一层一层的毛玻璃加上，有什么意思？就是宇文所安都有点啰嗦。

龙：嗯，这就跟把小学生的课文反复揉一样。

邱：烦啊，这种东西谁看谁都不耐烦啊。它不是一层一层往心里去的感觉。

龙：它是在那儿围绕一个显明的、完整的，本来已经有趣的东西使劲儿捣鼓，画蛇添足。那现代诗是晦涩的？

邱：现代诗当然晦涩了，从来没有别的形式的文学像现代诗这么晦涩。

龙：为什么他们要整得这么晦涩啊？

邱：很多原因。浪漫主义时期，甚至浪漫主义之前的诗歌都是比较透明的。从法国的巴纳斯派开始就有点晦涩了。这个流派的祖师爷戈蒂耶，也算是比较早的唯美派作家，是波德莱尔《恶之花》题献的对象（扉页上写的是："献给法国文学最完美的魔术师泰奥菲尔·戈蒂耶"）。他在他的小说《莫班小姐》里写了一个青年诗人寻找完美女子的故事，说是最后找到了，但是当这位诗人看她的时候，感觉看见的完全就是一尊希腊雕像。这里透显出来一个观念，就是真正的完美不在真人身上，而只能在艺术里。这也是希腊雕像的一个特点，它是绝对理想的造型。因为真人不可能像雕像那么完美，所以，它可能不符合真人比例，但它符合美。

龙：嗯，服装设计图里的九头身就是。

邱：大卫像的比例就不对，是吧？可是它得到了认可，你得承认在艺术史上它已经是个完美的典型了。能够历经世代而被承认，显然不是虚的。事实上绝大多数人看大卫都是以欣赏的眼光。完美只存在于艺术之中这个观念在19世纪再次出现，我觉得是对古希腊审美的一个回应，相当于一个重现。不只是戈蒂耶，还有诗人济慈，英国后来的那些唯美主义作家，王尔德啊，史文朋啊，等等。唯美主义是很强大的。

龙：你说重现，唯美主义是一个思想的回溯吗？为什么会有这种重现？

邱：任何一个艺术流派或者思想流派都不可能只是它自己内部的一个东西，从深层看它们都是对当时社会境遇的反应。注意这里的"反应"，是应该的"应"，不是掩映的"映"。当然要去考察它的社会成因就比较复杂，现在可以先不管它；可以讲，但是讲起来就没个完。

龙：太复杂。

邱：比较复杂。总之他们认为艺术本身高于现实，所以他们要在里面玩来玩去，精雕细琢。玩弄词语，就跟炼金术士玩弄各种材料一样，有一种手艺感，所以搞着搞着就晦涩了。因为社会变得越来越实际了，就是说资本主义工业社会的出现使社会越来越实际，所以艺术家就想退守了，退守到一个纯粹的象牙塔里。

龙：他们想退守到象牙塔里，向过去那个完美的时代致敬，那为什么他们不用过去那样透明的方式表达？

邱：这只是一个说法。似乎没有唯美主义艺术家专门来谈他们和古希腊的关系，即便要实现艺术的完美，也不一定要按照以前的方式来。艺术需要区分，没有区分的重复就没有意义了。艺术本身就是新感性的创造，这是艺术的使命，也可以说是它的宿命；不创造新感性，艺术就死掉了。你天天画得跟凡·高一样，我们最多就说你这个人还是有才华的，可你只是在重复凡·高，那也没什么意思啊，对不对？所以艺术史上任何新东西的出现和成功都是可以理解的，只要是新感性的创造，即便是短暂的成功，都是有道理的。艺术家必须创造他那个时代的新感性，没有这个东西，他的艺术就死掉了。所以艺术需要不断的变化，这个没办法。你可以在艺术长河里找到一些共性，但这个共性其实是动态的共性，也就是新感性的创造。

龙：核心是一样的，但形式得是新的。

邱：不能把这个内核实体化。新感性是无法定义的，任何时代的新感性，都只是个命名而已，你不知道那个时代的新感性是什么，你也不知道将来的新感性是什么。那么在唯美主义里面，比如像戈蒂耶的诗，都已经稍稍有点儿晦涩了。他在诗歌里追求一种雕塑效果，因为他觉得浪漫主义诗歌太滥情了，所以他想把诗歌写得像雕塑一样坚实。勃兰兑斯在《19世纪文学主流》里专门讲了这一条线，从法国的安德烈·舍尼埃开始，一直到雨果，有这么一条线。当然他也把这种风格和希腊的雕像联系在一起，也就是这种观念，要把诗写得像希腊雕像那样有造型感，具有象牙般的既坚实又光滑的感觉。

龙：哦，有点感觉。

邱：当然，这些比喻都比较玄。后来的前期象征派，代表人物波德莱尔、兰波，这些人认为真正的现实，世界的真相，不是我们的语言所能够触及的，语言只能暗示那个真实的存在。这种暗示在他们的诗里是通过一种氛围感来传达的，所以象征主义诗人特别擅长描写微妙的感觉，在他们的诗里有一种全方位的感觉开放。以前的诗歌从感觉层面来说相对比较狭隘，当然如果仔细分析的话一定也有好的，只是从来没有像象征主义这样，把表达全面开放的感觉作为诗歌的任务。因为他们认为理性的语言和方式已经不可能触及世界的真相，需要感觉来和世界接通。所谓象征，它本来的含义是一个东西分成两半，一半去找另一半，相符了，就是象征。

龙：就是虎符啊，合了就对了。

邱：嗯，他们认为语言只能去暗示这个世界，其方法则是在诗歌里追求感觉系统向世界的全面开放，所以兰波说"我要成为一个幻人"。他觉得只有通过成为幻人的方式才可能和世界的真相接通。为此，他不惜沉湎于酒精、鸦片和大麻，当然，更为重要的，是保持一种离经叛道的生活方式。

龙：追求迷醉状态下的感官开放。

邱：所以这种情况下诗就越写越玄了，因为他们总是觉得明晰的语言揭示不了世界的真相，因为明晰的语言就是通用的语言，就像说明文里的、报纸上的语言。他们想把语言据为己有，可是语言是公器，怎么可能据为己有呢？于是他们找到一种方式，那就是把诗写得非常隐晦。

龙：只有他自己能懂。

邱：对，因为他觉得非得这样写才有可能把自己想表达的表达出来。但是，由于别人都只习惯于语言的公共形式，他在那里这么写别人就读不懂了，除非读者也能像他一样沉浸于同样的感觉状态。实际上很难有人说真正读懂一首晦涩的现代诗。很难，因为无论如何你只能是按照你自己的方式来读。你看迪兰·托马斯的诗，你哪知道他在讲些什么？你可以按照自己的读解逻辑来理解，但实际上还是非常困难的。包括海子的很多诗，非常晦涩，你根本不知道他要讲什么。但是呢，好的现代诗有个特点：即便晦涩，但就它本身来讲也是明晰的，它的意象是透明的，它塑造的氛围和构造的情境是透明的。你先不管它要表达什么，至于你要从这个透明中看出什么那是你自己的事。那种不好的晦涩的诗就是它自身都不透明，它自身作为一种艺术的制品就是模模糊糊的。

龙：它本身就没什么看头，就更别提要我从里面再看出点儿什么来了。

邱：也就是这种人在写诗的时候太专注于他要表达什么了，他期待读者跟他一样去赋予它什么象征意义。真正的好诗是什么样的呢？虽然晦涩，但本身是个晶莹剔透的东西，它是完整的，自成一体。诗人不是随时都想着我这个要象征别的什么东西，就好像说凡·高的向日葵，如果你非要赋予它点什么意义，像象征光明啊，等等，乱七八糟的，那就完了。

龙：是啊，不用，不用这些解释，你一眼看见就是好的，立刻打动你。

邱：一首好的现代诗即便写得很晦涩，像布罗茨基的《黑马》，需要去理解它究竟要表达什么吗？可以不理解，可是它本身塑造给你的黑色的穹窿下，黑夜里一匹黑色的马，就是这个东西本身，你已经觉得太有意思了，太具有打动性了。它是不是透明的？绝对是。可是很多写得臭的，一点也不透明，本身没有质感，既晦涩，本身又不透明，这就是臭诗。有的现代诗好像每句话都带着沉重的文化的、历史的、意义的负担，这就糟糕了。歌德为什么伟大？他写的都是即兴诗。一个东西真正打动你必然是有原因的，不用管其他，你把那个打动你的东西用艺术的方式直观地呈现出来，背后的东西自然也就出来了。

龙：出不出来也无所谓，因为这个东西本身已经足够漂亮了。

邱：对，现代诗的晦涩，是语言的炼金术。从波德莱尔开始就是炼金术了。语言在他手里是有质感的，他对写下的任何一个句子都锱铢必较，那个字的声音，那个字的形状，甚至在纸上的排列，甚至空白——空白都是现代诗要注意的地方，马拉美就特别看重这个东西。所以现代诗有时候诉诸看而不诉诸读，它的排列和印刷都有讲究。

龙：唉，今天真是醍醐灌顶啊，总算是明白点儿了，现代诗为什么晦涩，又为什么不晦涩。

现象学"乱劈柴"

龙：看什么书？

邱：《现象学运动》。

龙：现象学是一个运动？

邱：是一个运动啊，伟大的哲学运动。

龙：为什么？研究的人多？

邱：因为它对20世纪的哲学有非常深广的影响。不只对德国、法国，对东欧、北欧、拉美，对美国，甚至印度、日本都有影响，是一个世界范围的哲学运动。可见胡塞尔影响之大。

龙：继胡塞尔之后，好多哲学家一一跟进？

邱：不是一一跟进的问题，而是说他启发了一种哲学研究的视野或方法。传统哲学一直纠缠一个问题，这个问题现在看来是一个认识的误区。在传统哲学那里主体和客体是分离的，就是"我"作为认识的主体在内，"世界"作为认识的客体在外，所以传统的哲学是要去解决这个内和外，也就是心物二元是怎么融在一起的这个关键问题。什么笛卡尔啊，英国的经验主义啊，康德啊，等等，他们都要去解决这个问题。康德算是一个根本的扭转，用他自己的话说，就是所谓"哥白尼式的革命"，意思是说，认识的问题，不是世界是什么的问题，而是世界如何符合我们的认识的问题。这样一来，认识到的其实就不是什么客观的世界，而只不过是符合我们的认识的现象而已；那个客观的世界，也就是他所谓的物自体，根本就不可能为我们所认识。但是胡塞尔对这个问题的解决方式是完全不一样的。

龙：怎么不一样法？

邱：比如我们初中就学过所谓唯心主义和唯物主义的争论，世界究竟是唯物的还是唯心的。唯物主义认为唯心主义经不起两个追问：第一，当你不思考的时候，这个世界是否存在？第二，你用不用脑袋来思考？

龙：这个早有答案吧。

邱：唯心主义根本就不怕这种追问。从常识上讲，唯心主义根本就不会否认这两个问题。唯心主义要考察的是这个世界是如何被我们所认识的，它是如何进入我们的认识并转化为知识的。

龙：唯心主义是要干这个事，就是研究知识何以可能。

邱：所以这两个所谓致命的问题其实根本就不致命。但是胡塞尔对这个问题是这样处理的：我们悬搁客观世界是否存在以及如何存在的问题，也就是给它们加上括号，不去管它，而只考虑我们头脑中的问题，也就是意识层面的问题。

龙：只考虑已经进入我们意识中的那个世界。

邱：对！但是要小心，因为当你说"进入"的时候，其实是预设了一个意识之外的客观世界，而意识不过就是那个客观世界的显现，这就和康德没什么差别了。但胡塞尔是反对这种二元论的，要不然，他所谓的"现象"就可以说成是"显象"了。绝不能这样讲。萨特在《存在与虚无》的开篇专门讲过这个问题。胡塞尔是一元论的，只承认意识层面的存在。而意识总是关于某物的意识，从来没有空洞的意识，这就是胡塞尔所谓的意向性。这个意识也就是现象。通俗地讲，研究这个意识的学问，就是现象学。那么他研究出什么来了呢？胡塞尔的目的是对现象不断地进行描述、追问、澄清、还原，去找到里面本质性的、内在的、纯粹的、起制约作用的东西。

龙：他找到了吗？

邱：或许他认为他找到了吧。他认为这个本质的、纯粹的东西是先验的，纯粹主观的，也就是想从纯粹内在的自我这里找到世界的根据。这个他称之为"先验自我"的东西，在他那里就像一个灯塔一样，射出一道道意向性的光芒，世界就这样被构成了。但是胡塞尔后期的哲学有一些变化，他从反思欧洲科学的危机意识到一个最根本的要素——生活世界。就是说思考的主体，包括那些科学家在内，其实是内在于生活世界当中的，这个生活世界才是所有思考的原初起点。

龙：也就是说他注意到了进入人头脑中的那个东西实际上来自人的生活世界？

邱：对，那个东西并不是原初的。甚至胡塞尔力图要去还原的那个似乎一点杂质都没有沾染的纯粹的内在自我，实际上也不是最原初的。最原初的那个，现象学给它一个名字叫"实存"，即实际存在。但有意思的是，胡塞尔还是那个胡塞尔，他又继续对这个生活世界进行现象学还原，认为生活世界最终仍然是由纯粹意识决定的。所以好像绕了一圈他又回去了。

龙：你说的那个实存也就是外在于我们的意识的那个实存吗？

邱：没有什么实存外在于你的意识，你的意识就在实存中。

龙：不是说人的生活世界是来源吗？

邱：对，这些东西都在生活世界当中。

龙：那么生活世界是外在于你的意识的一个东西吗？

邱：生活世界没有外在于你的意识，意识就在生活世界当中。生活世界就包括你的意识，生活世界中有你的意识，你的意识里有生活世界，两者水乳交融。

龙：是这样说的呀。

邱：对。梅洛－庞蒂（我这些天在看的一个哲学家）在他早年关于行为的研究中就有这个倾向了。他对行为学派的研究不太满意，因为行为学派认为人的行为其实就是一个刺激－反应的模式。他说，哪有这么简单？他认为行为既不是纯心理的也不是纯物理的，行为已经是心理和物理世界连贯一体的活动，所以真正的考察可以从行为入手。这个时候他还不是现象学家，但已经接触过现象学了。他曾经访问过比利时卢汶的胡塞尔文献馆，用了六天时间研究胡塞尔的手稿，特别是胡塞尔后期的手稿。

龙：才六天时间啊？

邱：具体情况不清楚。主要是看胡塞尔后期的东西吧。然后看到胡塞尔关于生活世界的表述，觉得这个才是胡塞尔哲学最根本的东西。他甚至想要用胡塞尔后期的哲学来纠正胡塞尔早期的哲学。

龙：这个工作看起来胡塞尔自己已经完成了啊。

邱：只是提出一个理论或方向不等于某个哲学命题就完成了。你可能意识到别人提出过一个你认为是正确的方向，甚至是一个结论，但问题不见得就解决了。研究还可以在这个维度上不断展开和丰富。

龙：哦，哦。

邱：梅洛-庞蒂从这里得到很大的启示。从人的实存开始，从人在生活世界的实际存在开始，当胡塞尔说意识总是关于某物的意识的时候，跟这个观念是一致的。但是胡塞尔的做法是要把那些所谓经验的东西都过滤出去，也就是把那些意识的材料过滤出去，找到里面的本质存在，也就是先验自我这个东西。

龙：嗯，找先于经验而存在的那个自我。

邱：对，先于经验的一个本质结构，打个或许不太恰当的比方，就像生产的模具一样，胡塞尔甚至认为就算世界不存在了它也会存在。但这是梅洛-庞蒂坚决反对的一种观念，因为他认为根本就没有一个先验自我和一个等待先验自我去处理的材料，没有这个构成过程。梅洛-庞蒂认为人从一开始就是原初一体的，不存在这个构成过程，我们需要做的就是去描述这个已经存在的东西，而不是去探讨这两者是如何构成的。两者如何构成不是我们探讨得出来的，因为这个已经存在的东西就是原初的起点，我们只能去描述它们怎样而不可能去展示它们之间是如何发生反应的。以前的传统哲学说，我在里面，世界在外面；我怎么去认识世界，世界怎么进来。梅洛-庞蒂认为不是这样的。

龙：胡塞尔也不是这样认为的呀。

邱：实际上最终还是这样，因为他要去找那个最根本的构成世界的，相当于模具的东西，等于说其他东西就是跟它发生化合嘛。实际上康德也差不多，他说知识等于先天形式加质料。只不过胡塞尔认为康德太粗糙了，他要把它做得更纯粹一点儿。但是梅洛-庞蒂否认这个。在这一点上他和萨特就有明显的区分。萨特的哲学在某种意义上说非常陈旧。萨特仍然纠缠于笛卡尔的问题：我是自为的，世界是自在的；我是有意义的、自明的，世界是没有意义的、不透明的。那么那个没有意义的、不透明的东西就对我这个自由的人就构成了威胁和障碍，因此生活就成了一场悲剧。自由和不自由、自为和自在之间的斗争构成了这个悲剧。萨特写小说《恶心》就是要表达这个意思：那些莫名其妙的东西要进入我的自由意识中而我消耗不了它，我觉得它没有意义，就好像吃了我不想吃的东西一样让我产生恶心感。在《存在与虚无》里他也探讨这个问题，他还说"人是无用的激情"。

龙：努力都是虚无的，什么都是无用的。

邱：但是他后来很后悔说了这句话，后悔自己在严肃的哲学著作里居然有这么情绪性的表达。但是我想他实际上未必后悔。

龙：实际上是一种准确的表达。

邱：这就是他的哲学的情绪。但是在梅洛-庞蒂看来这个说法不成立。

龙：为什么？

邱：就是那个所谓自在的、不透明的东西里面已经有意义了。它已经是你的世界构成的一部分了，那么在其中已经有意义了。

龙：哦，因为它不是二分法。

邱：对，它不是跟你无关的，它已经跟你相关了。

龙：它本已在那儿了，和你水乳交融。

邱：当然了，这个说法其实也没那么绝对。萨特所说的意义和梅洛-庞蒂所说的意义不太一样。梅洛-庞蒂所说的是有点儿中性意义上的意义，比如一个事物只要进入我的眼帘，我就要赋予它形式，我有看待它的角度，它已经被我打量了，已经有意义的色彩附着在上面了，即便是科学研究也避免不了。这就是海德格尔所说的前理解或前领会的意义。但是萨特的意义不是这样的，他不是说我不可避免地就赋予它打量的形式、色彩、温度等，而是说这个东西是否在我的筹划当中，比如我人生的筹划、我心意的筹划，等等。他认为我的意义是我自由的筹划，不只是打量世界。或许梅洛-庞蒂和海德格尔会告诉他，你只要打量这个世界，就已经是在筹划了，但估计萨特是不认这个账的。

龙：如果外在的世界不在我的筹划中呢？

邱：萨特焦虑的就是这个。如果这些东西不在我的筹划中，那它们对我来讲就没有意义，所以萨特讲的意义和梅洛-庞蒂讲的意义实际上是两回事。我认为斯皮格伯格，《现象学运动》的作者，在他的书里没有点穿这一点，也就是萨特的二元论和认识论的二元论还是有差别的。萨特的二元论是价值二元论。一方面我作为自由的主体，我有自由的筹划，这是有价值有意义的。另一方面我在世界中游走，我看见有些东西不在我的筹划之列，但是我不得不穿越它，它还来阻挡我，扰乱我，对我来说那些东西就是没有意义的，所以我就感到恶心，它跟我就是二元的。

龙：对立的。

邱：对，对立的。所以萨特的二元论不是简单的认识论的二元论。从体验上讲，我是同情萨特的。

龙：那么他要怎么解决这个问题呢？

邱：很简单，就是逃避到意志的把控之中，说白了，就是意志胜利法，用强力意志把那些偶然的东西挡在外边。看看《恶心》这部小说你就明白了。比如里面有一个女子，她和男朋友坐在河堤上接吻，但就在吻上的那一瞬间，她感觉到屁股扎到刺了，她又是一个特别怕疼的人，所以可以想象有多尴尬。但是，她的意识告诉她，绝不能停，这么浪漫的时刻绝不能因为这根无聊的刺给破坏了，所以她硬是忍了二十来分钟，甚至到最后都不觉得疼了。唉，我突然意识到萨特跟笛卡尔的二元论的关系还不是这么简单，笛卡尔的二元论实际上是认识的二元论，还没有涉及价值问题，但是在萨特这里是涉及价值问题的。他的自由不是说我打量世界的时候是不是赋予它形式什么的，而是这个东西在不在我的筹划当中。这是今天的一个新发现，这本来很明显，但容易被人忽视，斯皮格伯格就没有说清楚。至于梅洛-庞蒂，他和海德格尔有很深的关联，事实上他引用了海德格尔的很多东西。他的学问叫作知觉现象学。知觉现象学不是单纯考察知觉这种活动，而是说知觉是我们进入世界的基本层次，尤其他要讲身体，我们是从身体知觉和世界建立联系的。他做的不是知觉活动的狭隘层面的考察，而是要去考察知觉的客体，其实就是考察世界，所以他的现象学可以叫作"被感知的世界的现象学"。

龙：这些人最后圆满解决了自己的哲学追问了吗？

邱：怎么可能圆满？梅洛－庞蒂说了，哲学永远是追问。你在实存当中怎么可能圆满呢？实存总是超越的啊。

龙："实存总是超越的"是什么意思？

邱：我们总是超越的呀，实存总是超越于现在的状态。用海德格尔话说我们总是"是其所不是，不是其所是"。我们总是如此，我们总在向未来发生。

龙：总是在过程中，那都是没有结论的，都是不满意的。

邱：不满意，这是人的宿命，也是哲学的宿命。不可能一劳永逸地解决问题，也不会有结论。人生哪有结论？存在不能有结论。

龙：这么说只有释迦牟尼解决了这个问题？

邱：释迦牟尼我也不认为他解决了这个问题，这只是他的一种思考方式而已，只是众多关于存在的思考中的一种而已。

龙：不一样吧，哲学家是用人的思维去思考存在问题的，可是释迦牟尼不是啊，他因为思考而不得，所以他要实证，就算悟了道，他还是要去实证的。

邱：但是只要你认为谁得了一个什么结论，就是没有真正搞懂。这个道一定不是摆在那里的一个东西，让人们去看，并说"找到了"的。

龙：是啊，应该是一个实践的东西。

邱：只能是实践，所以修行就是内在的发生。释迦牟尼告诉你的永远都不是现成的，你只要把它当作现成的东西，就一定没搞懂它。别人的说法永远只能是启示，然后在你自己这里生发出来一些东西让你觉得其中有道理。所以他也不可能完成。

龙：我觉得我们虽然不得章法，连门边都摸不着，但是好像能够感觉到他是在另外一个维度上的。比如当他跟你说世间皆是因缘和合的时候，从道理上讲我是深信不疑的。

邱：对呀，这可以说是一个观念嘛。

龙：这对释迦牟尼来说可不是观念，这不是他想出来的，这是他在告诉我们一个事实。

邱：这时就需要西方哲学来纠正这些观念。当你说因缘和合是一个事实的时候，你在说的是一个词语。一个词语就是一个观念。它如何存在？它必须让你在实存当中去真正地体会因缘和合，才会成为一个充实的东西。你不要以为他告诉你这个词语，你一领会，然后根据你有限的经验就可以来作结论。实际上你领会这个词语也是根据你有限的经验的，你的体会有多深，你对这个词语的领会就有多深，所以你不可能一次性地把握它。释迦牟尼的经验不是西方的哲学，它是智慧，是人生智慧，是实践智慧。

龙：我的意思是，不是我领会了，而是我可以想见，他已经在另外一个维度上做到了。

邱：你可以说是想见，但也可以说是独断，因为你所谓的想见也是根据你的经验来想见的。那么究竟他释迦牟尼是一个什么样的状态，你必须自己去体会。可能某一天你可以自信地说："我和释迦牟尼的体会差不多了。"

龙：呵呵，我估计得再等几大劫。

尼采也有认尿的时候

龙：下午出来办事，跟人约早了，外面风大，就在王府井瞎走了两个小时，真是毫无章法，满眼没有任何东西是我想要的，顿时觉得无趣。在人家二楼的凳子上傻坐了半天，呵呵，又遭遇荒谬时刻。

邱：这种情绪要是尼采给你分析一下可能你就解脱了。

龙：有这么神？

邱：你知道尼采的哲学里有个关于虚无主义的思想吗？

龙：是吗？尼采的虚无主义有什么新鲜的呢？

邱：他这个虚无主义跟一般意义上的虚无主义不一样，一般所说的虚无主义主要是一种消极、悲观的生存情绪，但尼采的虚无主义恰恰是一种积极的人生态度。它跟尼采批判的一种思想形成对立，这种思想叫作柏拉图主义。

龙：柏拉图主义又是什么意思？

邱：简单地说，就是对现象和本质的区分，就是认为在我们眼见的世界背后还有一个更加真实的世界，用哲学一点的话来说，就是那个超感性的世界。

龙：就是透过现象看本质吧？

邱：对，就是说现象是假的，而现象背后的那个本质才是真的。但尼采不这样看，他是反过来的。意思是说，看得见的才是真的，背后那个是假的，不存在的。所以，如果说柏拉图主义是现象的虚无主义，尼采的哲学就是本质的虚无主义。因为背后的那个东西不存在，所以一旦被你看穿了，它也就自行消解了。尼采所谓"最高价值的自行消解"，或者说叫"上帝死了"。为什么说是最高价值呢？因为它就是理念、理性啊，历史进步、社会本能啊，等等，这类被认为是潜藏于纷繁复杂的现象世界背后的东西。而上帝不过就是这些东西的神学表达罢了，所以尼采说的"上帝死了"，不只是说基督教的那个上帝死了，而是说一切形而上学都死了。于是尼采要"重估一切价值"，他的虚无主义是：除了现象没有本质。以前的虚无主义是否定现象，他的虚无主义是否定现象背后的东西。他要反过来否定一次。他认为健康的、强大的生命力都只从事肯定而非否定。这就是他的虚无主义，一种积极的虚无主义，海德格尔称之为"绽出的虚无主义"。

龙：为什么要说是虚无呢？他怎么虚无了？他不是强有力地认可吗？

邱：他的意思是，除了现象，一切皆虚无。不要试图在感性之外去找一个什么超感性的东西，那是没有的。这就是存在者的存在状态。那么存在者整体又是什么呢？他说是"相同者的永恒轮回"。

龙：什么叫"相同者的永恒轮回"？

邱：就是说我们这个世界，除了它本身，以及它的永恒轮回，就没有其他什么东西了。

龙：什么叫"相同者的"？

邱：意思是说，换来换去都不过是这些东西在无限循环，也就是现象的永恒轮回。1881年夏天，尼采在瑞士的恩加丁高地休养。有一天他到一个湖边的森林里漫步，在一块巨大岩石的阴影里突然停住，然后就产生了这个"永恒轮回"的思想：多年以后，还会有同样一个尼采，在同样一个场景里，进行同样的沉思。尼采激动万分，后来在书里写道，这思想"高出于人类和时间六千英尺"。你可能会不以为然，会说这样讲有什么道理。说老实话，这没有什么道理可讲。但重要的不是它如何可能，而是这个想象里面包含的价值信息。在尼采看来，如果说生活和世界有什么价值，那这个价值不在别处，它就在生活和世界本身之中，也就是在它的永恒轮回中，尽管一个现象的轮回可能要等上八百万年，但只要有轮回，它就不再是偶然的了，即便微不足道，它也被赋予了永恒的价值。所以你看到，尼采也在找价值，只不过他不到现象之外去找，也就是说，他不再诉诸形而上学。

龙：但我还是对这个"永恒轮回"何以可能有疑问。

邱：其实也是有解释的。没记错的话，法国有个叫德勒兹的哲学家是这么讲的，他说这就像掷骰子一样（假设是两个），头几次可能都不一样，但是如果你一直掷下去，你就会发现，无非就是那几个组合的反复出现。其实我们常常有一个体验，就是某些瞬间，我们突然觉得曾经有过，但就是那么稍纵即逝的一下，电光一闪就没了。尼采本人的解释是，每个存在者都有一个强力意志，这个强力意志会不断地回返自身。

龙：那这样不是又变成现象背后的那个本质了吗？

邱：不一样。打个或许不太恰当的比方，强力意志就像喷泉，不断地生成又不断地回归。海德格尔有个说法，说"真理就是强力意志由之得以意愿自身的那个圆圈区域的持续的持存保证"。这话有点绕，它说了两个意思：一是强力意志的运作方式，也就是不断地生成，但不断地回归自身；一是价值所在，也就是真理，它不在别处，就在强力意志本身的运作之中。

龙：不断养育生成，不断回归自身。

邱：对。然后世界就是一个力的战场，每一个存在者都有它自己的强力意志，每一个力都在跟别的力竞争。我的力不断地生成，不断地回归自身，至于我之外的那些东西，只要力量比我小，我就将它纳入我的力的运作中来，就被我吞掉了。

龙：黑洞啊？

邱：是啊，世界就是力的战场。最大的强力意志成就超人。也就是说，所谓价值就是力的提升和保存。尼采的意思是说，你不要乞求外面有个什么价值，不要乞求背后有个什么价值。价值就是你自己的强力意志不断地生成创造，不断地回归自身。

龙：不断重复啊！有升华吗？

邱：力之提升就是升华啊，意志本身就是强力。或者说强力和意志是一回事：意志的强力，强力的意志。只有强力的表现才叫意志，只有意志的表现才是强力。

龙：尼采说的后面的那个意志，换个词儿不就是本质吗？

邱：不是本质。你这样讲就说明你还没有理解尼采。它不在背后，它就是现象本身。

龙：那可以理解为一颗种子吗？从这颗种子长出一棵树。种子就是这棵树的本质。在地里看不见，但是我们看见树就知道有种子，是从那里来的。

邱：错了，你始终把它理解为一种静止的状态，一个固定存在的东西。

龙：一棵树，一个人，一个事物，它永远都在变化和成长啊，没有停止啊。

邱：但你说种子是树的本质，不能这样理解的。

龙：尼采的意思是种子和树是一个整体，整个是一个过程？

邱：对，得是过程，过程这个词很重要，但不能说种子是树的本质。你可以不严格地说过程即本质，但是它跟柏拉图说的本质是不一样的。你也可以说尼采的哲学是一种形而上学，但是他的形而上学跟别人的不一样。

龙：那是不是可以说这个世上有多少种事物就有多少个意志？每支笔，每个人，每本书，每块巧克力，都有自己的意志？千千万万的，无数？

邱：对，力之战场嘛。

龙：那为什么这么多事物都同时存在，没有谁把谁吃掉啊？

邱：你怎么知道它们没在相互消耗啊？比如这块巧克力，你说是我们把它吃掉呢，还是它把我们吃掉？

龙：这个……被一块巧克力吃掉，还是我们吃掉它吧。

邱：它也在吸引你去吃它啊，它也在收摄你啊。

龙：嗯，有意思。我前两天听了个说法，说狗这种动物为什么要跟人亲近。我们知道狼是不能被驯化的动物，可是狗确实又是狼的亲戚，这是怎么回事呢？原来狼群里总是会有弱狼，老弱病残，被彪悍的狼群抛弃了的。它们体力上不行了，但是为了生存，就不得不靠近人类生活据点，刚开始的时候捡点残汤剩水烂骨头，可还是吃不饱啊，它们就寻思琢磨：这样下去不行啊，我们不能只靠不危害人家，捡点儿人家不要的东西苟延残喘，我们还得给人家点儿好处，才能分得多一点儿的食物，活得更好一点儿啊。于是它们就发展出另一种天性——替人报警，发现有什么不对劲了，就立刻狂吠。如此一来二去，人就觉得这些家伙不错，还能帮个忙，于是就主动豢养它们了。从此，狗成为地球上最牛气的动物之一，再也不用担心绝种的问题了。所以你看，哪里是人驯化出了狗，其实是狗驯化了人嘛。

邱：嘿嘿，虽然是瞎掰，但确实有道理。世界万物都处于关系场中，力之战场中。

龙：也就是说所有的哲学家都想要归类，但尼采不焦虑归类。他认为每一个存在都是自成一体的处于永恒的循环之中的力，在自己的小宇宙中。它们之间的关系就是看谁的力更强大一些，谁就压倒谁，收摄谁。

邱：是这样。关键是我跟你讲尼采的意思是说，所有想脱离流变，脱离现象，而想去别处找一个什么价值的行为都被尼采视为生命的颓废状态。

龙：意思是说你别老想着所谓彼岸。就在这里，一切都在这里。

邱：对，就在这里，你肯定它，不断地肯定自己。

龙：那不会疯癫吗？或者成希特勒了？不承认虚无的东西，承认强力意志，那这种哲学有什么意义呢？我的意志不够强我就没辙了？

邱：如果推理的话是这样。尼采还明目张胆地说他拥护奴隶制呢。还有人认为他是纳粹思想的罪魁祸首。这个问题比较复杂，但我倾向于认为如果尼采真的见证了希特勒的所作所为，他不一定认同希特勒的做法。就像美国有一个叫施特劳斯的哲学家，他的思想是绝对反民主、反自由主义的，但他明确表示，他并不反对美国，而且也知道当时正是在美国这样的国家他才有可能自由地表达他的思想。我们可以从另一个角度看问题，就是说尼采哲学的关键，主要在于摆脱传统哲学的那种意义焦虑，也就是柏拉图主义的迷恋。

龙：那么一般人的焦虑，比如说看烂电视会觉得浪费时间，这个焦虑来自哪里？

邱：来自生命力或强力意志的良知。因为你舍不下它，你被它收摄了，你的力被它战败了嘛。

龙：可是尼采说了不要去找什么意义，你就是不看烂电视，你看一本好书、思考、打坐、工作，等等，也有可能毫无意义，也可以说不是什么真正的好状态。这怎么理解呢？

邱：其实尼采并不完全否定对意义的寻求。他虽然批判柏拉图主义，但他说柏拉图主义本身也是一种力的表现。柏拉图主义之力，实际上就是把纷繁复杂的事物收纳起来，总括到一处的力的表现。可以说，所有的形而上学都是力的形而上学，只是尼采不屑于这种简化，他就承认现象本身，现象本身的永恒轮回。虽然简化也是一种力，但是这个力在尼采看来还不够强，它依然是颓废的。你可以去思考人生的价值，通过佛学的、基督教的、哲学的诸种方法去思考，但意义不在某个静止的末端，而是就在这个取向之中。

龙：重要的是我要思考，我在思考，而不是思考的结果。

邱：对，因为展现出向度就是意义，这是生命力本身的取向。而不是有个外在的东西等着你去找到它。尼采认为没有那个自在的东西，没有。

龙：修行就是这个意思吧。

邱：实际上尼采是对的。因为很多人认为，智慧就是我们要到现象背后去找一个真实的东西，认为那个真实的东西是摆在那里的，只不过还没有被发现，所以我们要去找。但真正的智慧是什么呢？就是你的寻找本身就是智慧的驱动。尼采用生命力来解释这个东西，他认为这就是生命力的涌现。海德格尔为什么那么着迷于他？因为海德格尔所谓的良知，其实也就是这个东西。他讲能在，讲向死而生。你预见到了生命的终点，产生了一种紧迫感，于是生活得严肃起来，生活就有了向度和强度。但问题是，是什么在引导你的向死而生？仅仅是对死的恐惧吗？当然不是。那究竟是什么呢？海德格尔也谈"畏"，但这个畏，你可以把它理解成意义之畏，也就是意义向度的焦虑。虽然没有哪个确定的意义被你认可，但要有一个意义却是确定无疑的。海德格尔所谓的良知其实就是这个东西。这是与生俱来的，命里带着的，它随时会跳出来提醒你说：你看你又在沉溺，你没有负起你生命的责任，你的生命没有强度，这么涣散这么颓废的状态不行啊！

龙：嗯，确实，常常会有这些时刻。只有人是这样的吗？动物会不会想这些问题？

邱：动物呢，我们没法去谈论它。我们一般说动物没有时间的意识，它没有连续性，但实际上我们也不知道，不知道就不去谈。我们就说人吧，就说这种时间性中的意义向度，这是人的良知。这个没有办法。

龙：尼采也摆脱不了这个良知？他不是没有意义焦虑吗？

邱：哈哈，说到关键问题了。尼采并非没有意义焦虑，而是说他不像传统形而上学那样思考意义问题，他的路子是，寻求生命的意义是必需的，但不能到生命之外去寻找。

龙：那如果说一个人欢天喜地地过日常生活，从来没有任何疑问的时刻，那他有没有生命的良知？

邱：尼采可能会说这是一种比较低级的生命状态，沉浸于生活本身的欢乐之中固然可取，但毕竟没有意志的强度。所以尼采说人要分等级，有超人，有常人，有贵族，有庸众。尼采和海德格尔都是不喜欢民主制的人。他们为什么不喜欢民主制？因为他们是从生命力的角度来看问题的。民主社会是民主了，平权了，但是他们会说，那些生命能叫生命吗？都是一些浑浑噩噩的动物性的存在，那不叫生命啊，那是生命的颓废状态！我们知道，希特勒就认为除了日耳曼民族以外其他民族都不纯正，基于这种生命的价值观，他们就应该被消灭。

龙：那尼采有没有理想生命的范例，或者他觉得怎样才是理想的活法？有没有什么指导，或者仪轨，说你要这样活那样活就特别好了。

邱：给你讲个事儿吧。尼采一度入伍当了一个骑兵，骑马骑得特好，他自己也颇为自豪，很光荣很强健的感觉。但是有一天他突然意识到：一个吃早餐时都在想着德谟克利特哲学的人是不可能满足于一个骑兵的生涯的！

龙：也就是说肉体的强健不能放弃，这关系到生命力的感觉，第二就是思想，也必须得有，这关系到存在的意义问题。

邱：不能分开，不能把身体和思想分开。是整个生命的强度问题。

龙：有强度的生命总是有表现形式的嘛，怎么样才能表现出这种强度呢？是不是只有像尼采和海德格尔这样的思想家才够强度呢？

邱：当然不是。各行各业都有强力意志的人物。事实上，尼采和海德格尔内心里最崇拜的就是英雄和领袖人物。尤其是海德格尔，在《存在与时间》里就提到什么榜样和英雄，在其他一些文章里也偶尔会冒出这样的说法。但实际上我们一般人都会追问：凭什么英雄就是榜样？我们会纠缠说英雄所做的事情在我们看来未必是最有意义的。但尼采和海德格尔肯定不是这样看这个问题的。他们着迷的是英雄身上的那种生命力，那种决断力，也就是强力意志。领袖的魅力其实也是如此。歌德也好，黑格尔也好，在生命力的感觉上都被拿破仑拿下了。歌德和他会面时战战兢兢，黑格尔称他是"马背上的世界精神"。同样在中国，像梁漱溟、冯友兰这样的哲学家也是被毛主席的伟人魅力给拿下的。其实，哪里需要说到英雄和领袖，就是黑帮老大，不也对一些人构成强大的吸引力吗？

龙：嗯，有道理。但我关心的是，这些认识就可以帮助我们抵御偶尔的荒谬情绪？

邱：我觉得还是有帮助的。他提供了一个直捣龙门的东西，就是：你不要跟我扯那么多，最终，你的生命力如何？而不是去寻找一个类似于躺在哪儿的东西以求得生命的安慰。

龙：如果生来就生命力孱弱怎么办？就没辙了吗？

邱：如果你都意识到生命力孱弱了，那你就还有改变的机缘，也就说明你没有所谓"本来的孱弱"，所以你也就有了把颓废的生命力提高到强健状态的可能。

龙：那你觉得尼采的生命力够强大吗？

邱：是个好问题。怎么说呢？我觉得他也不够强大。我认为他讲"相同者的永恒轮回"时，实际上就是认怂了。他这是在安慰自己。他也有意义焦虑，他也无法承受万物不可预期的永恒流变。一个人要是完全无畏地投身于偶在的波涛之中，那他才是最强力的。不过要注意的是，他知道这是偶在，而不是没心没肺的沉溺。

龙：为什么承认轮回就显得强度低了呢？我觉得轮回更让人抓狂。

邱：但是尼采没有，事实上，当他有了永恒轮回的思想以后，他真的就平静了好多。

龙：唉，这怎么就能平静呢？又来了呀，好绝望。

邱：你的说法也有一定的道理。但是，说老实话，虽然很多修行的人嘴上说是为了超脱轮回，但如果他的生活不是完全没有欢乐，我想他还是希望有轮回的。大多数人对于死亡的恐惧，其实也主要不是恐惧到死了也没有找到意义，而是恐惧不再有来生。另外，"相同者的永恒轮回"实际上是给出了一个规律，而当我们在世界中看出规律的时候，我们往往就得到了安慰。为什么海德格尔称尼采是最后一个形而上学家？因为最接近没有形而上学的就是尼采了，但他终究还是没有逃过形而上学。

VR的世界里每个人都是唐璜

现代技术，尤其是视听技术，革命性地改变了我们置身其中的世界景观。我们一方面不可救药地沉迷其中，另一方面又被挥之不去的忧思萦绕：究竟什么才是真实？这一切将把我们带向何方？长此以往，我们究竟会过上什么样的生活，究竟会变成什么样的人？就此，两个技术盲，邱晓林和王逸群，就眼下最拉风、最尖端的VR（虚拟现实）技术做了一个完全不靠谱的闲聊，于是就有了下面这些文字。

邱：你现在对VR了解多少？除了你上次的那个体验，资讯方面的了解多少？

王：谈不上了解多少，也就是现在大家都知道的，淘宝商城对VR技术的运用，另外就是VR在建筑、医学这些领域的运用。

邱：前不久听过一个讲座，讲的是目前VR开发的一些情况，除了谷歌，据说HTC和三星也比较厉害。那你觉得除了带来购物消费这方面的巨大革命之外，VR还有什么可说的吗？

王：嘿嘿，还真没仔细想过这个问题。因为它作为一种虚拟成像技术，现在还主要是视觉上的，以后可能会有各种体感的进入，可以想象到的各个生活领域都会产生革命性的变化，但具体会是一个什么样的图景，我还不能设想。

邱：我觉得可以琢磨的呢，就是"虚拟"这个词。我上次去（成都）太古里体验了一次，也就是你们去的那个地方，玩的虽然是一些比较简单的游戏，滑雪，骑自行车，还有侏罗纪什么的。

王：最刺激的那个没玩？

邱：没玩，我觉得差不多了。你知道体验之前我对这个VR是不太在意的，但是刚一进入体验，就是滑雪那个游戏，我就知道VR是个真正的革命。用一句话讲就是，世界即图像，但实际上最根本地讲，是世界即感觉。存在即感知嘛。比如说在滑雪的时候，当然你可以说和真的滑雪还有很大的差别，比如说呼呼的风声是没有的，寒冷感是没有的，还有其他一些我们在真正的滑雪中可能有的感觉它都没有，但是在游戏当中你不会去思考这些问题，而那种失重感，尤其像我这种有点恐高症的人，那种感觉我想和真正的滑雪是差不多的。实际上，在任何一个体验当中，我们的感觉都是有集中度的，不一定全面到位，只要一个具有锐度的感觉比较真实，它就可以把你带到让你觉得是真实的那个环境里面去了。

王：对！这个东西是先于反思的。

邱：对！也就是说你真正在体验的时候，不会想它是虚拟还是非虚拟。那么，在这个地方，真实和所谓虚拟就已经分不清楚了。

王：完全认同。我去玩之前，有人跟我提示过，说特好玩，僵尸大怪面目狰狞，"哇"的一下，忽然站到你身后。尽管我有心理准备，但玩这个游戏的时候还是真的被吓到了。

邱：对啊，就是你刚才提到的，这是先于反思的。

王：我知道你刚才提"虚拟"这个词的敏感点，它和现实之间的界线是模糊的。

邱：身体的反应是一样的。反思是后来的事情。比如说，刘小枫在《沉重的肉身》里提到的萨德讲的一个事儿，一个性虐狂把一个女子捆起来，用假阳具和她做爱，让她达到一次又一次的高潮，完事以后才告诉她用的是假玩意儿，那女子差点儿给气死了，但性虐狂笑着对她说："感觉不都是一样的吗？"或许萨德，包括刘小枫，都认为，就是一样的嘛，只是你经过反思了就不一样了。

王：嘿嘿，有意思。你看《堂·吉诃德》里面，堂·吉诃德和桑丘坐在木马上，眼蒙着，身边有人给呼呼地吹着风，平时桑丘还有点反思意识，但他俩那个时候完全进入状态了，觉得自己已经飞了十万八千里了。有一个电影，《黑镜》系列的，尽管观念化，但有点意思。讲人可以永生了，人死后可以把人的意识的某个载体提炼出来，会作为一个纯粹的年轻的自己，在另外一个世界生活，就是一个所谓的虚拟的世界。这里有两个女人相爱了，其中一个已经死了，另一个也马上要离开人世了，那死去的一个就劝另一个，说你死了之后就到这儿来和我一块儿生活吧，我们这儿和真实的生活有什么区别吗？

邱：哪一季啊？

王：就最近这一季，叫什么小镇，记不太清楚了。接着这个女伴回答说，我死后，我就不和你玩了，我要和我丈夫葬在一起，尽管我和他之间有那么多变故、争吵、琐碎、无奈，但他现在长眠于地下，而我之前和他度过的痛苦的生活是我真实的人生。但有意思的是结尾，她没有选择和丈夫葬在一起，而是回到那个所谓的虚拟的世界。这是一个非常观念化的表达：什么是现实，什么是虚拟？

邱：从感觉上来说已经无法区分了。我们说真实还是虚假的时候是后感觉的，是反思以后的结果。那么我就很关心这样一些问题，比如伦理问题。一对男女，假设同事之间、朋友之间，他们互有好感，或者想有点苟且之情，在现实生活中还是会有很多障碍的。当然啦，现实生活中也会有些偷情啊什么的，这都司空见惯。但是你可以设想，在VR技术已经完全成熟的社会里面，他们怎么解决这个问题？直接在VR里实现和现实生活里同样的接触，而且感受是一样的！那么问题就来了，他们取下那个眼镜罩以后，他们之间究竟有没有发生那事儿？

王：发生过。

邱：对啊！就是发生过，这和现实是一样的。但是呢，人们可能会自我欺骗说："唉，这是'虚拟'的，我们之间什么事儿都没有。"我觉得将来这一定是个问题。

王：其实在日常生活当中，我们还是有一个区分，比如经常有人说某种特定状态下的自我不是真实的自我，是虚假的。我们总容易有关于真实和虚假的判定，但往往忽视了一个根本问题：我们每一秒钟的感觉都是真实的，那都是我们真实的自己，我们不能否认。

邱：对，反正我是估计，如果VR技术彻底成熟了的话，婚姻将会解体。

王：很多人不需要结婚了。

邱：对，或者说也可以结。但是呢，现在婚姻中很多难以处理的问题，可能在VR世界里面都不是问题了。很多人担忧VR带来什么更加可怕的异化，我听着就觉得很陈腐，没什么意思。除了我刚才谈到的这些可能性，我是对这样一个问题敏感：其实我们不知道我们的感觉世界会发展到什么地步。我认为到目前为止，各种新技术的发明、应用，每一次都是感觉的打开。

王：对，因为技术本身就是身体的延伸，带来感觉的延伸。我们现在肯定比一百年前看得更远，听得更多。

邱：对，哈贝马斯在《作为意识形态的技术和科学》里面讲过盖伦的那个观点——技术人类学的观点。我乐见其成。

王：我对当前的异化批判持保留态度。事实上我们无时无刻不在异化，人不异化人就不是人了。另外，我们关于异化的批判，还是假定人有一个本真状态、理想状态。

邱：我完全不认可这个说法。

王：有一个电影叫《穿PRADA的女王》，里面讲一个女孩，年轻漂亮，有个邋里邋遢的男朋友，是个厨子。这个女孩想做记者，后来阴差阳错成了一家时尚杂志总裁的助理。她的生活从此就改变了。因为这个顶级的时尚杂志，她必然会注重装扮，公司也会给她提供一些奢侈品。这样，她和她男朋友就发生了冲突。她太忙了，没太多时间陪他；她男朋友觉得她变了，不那么"落地"了。后来他俩就差不多分手了，同时这个女孩还遇到了一个上流社会的作家，和男朋友分手后还和这个家伙有过一夜情。电影最后是讲，这个女孩终于自我发现，这个生活不是本真的生活。最后的场景就是她直接撂挑子了，不接总裁电话，把手机扔到喷泉里了。她一身轻松地转身而去，回到了厨子身边。

邱：这是一个软弱的结尾，这个结尾没有说服力。

王：这就是典型的异化批判。里面两个男人，厨子和作家，要我选也不选那个厨子啊，脾气不好，偏执，不理解人。那个作家反而温文尔雅，挺好的。

邱：我忽然想到，VR技术如果彻底成熟的话，就可以实现加缪在《西西弗神话》里面讲到的荒诞英雄的人生，也就是以量胜质的人生。我们每个人都可以做唐璜。

王：哇，这个想法有意思！

邱：加缪还讲到演员，演员的人生其实也是一种唐璜的人生。

王：对，是一样的！

邱：因为他跟一般人相比能体验更多的人生。但是呢，加缪讲演员可以体验更多的人生时，关节点在哪里？当演员扮演其角色的时候，我们一般都误以为那只是他的角色，那不是他真实的人生。演员们也经常这样讲：我真实生活中是什么样的。但问题在于，就像你刚才讲的，人的分分秒秒都是真实的，人就是感觉的复合物。你不能说你这个时候的感觉就是假的。你说你搂着一个美女，一个特别性感的女人，你作为一个男人没感觉？难道说你的感觉是假的？不能这样讲啊。梁朝伟在《色·戒》里面，跟汤唯，我们看得到，那尺度很大嘛。据说在香港首映的时候,刘嘉玲陪梁朝伟去看,之前都是一副泰然自若的样子:哎,这是我先生的大作,我去捧场。但是在看的过程当中脸色大变。因为她自己就是演员,她太清楚了,有些感觉不可能只是角色的反应。据说刘嘉玲在姜文的《让子弹飞》里面,姜文不是去抓她的胸吗,人家问她有没有反应,她还回答说那肯定是有的啊。看起来像是玩笑,但也有一半是真。那么,你想以后的生活当中,假设大家还都是上班族,每天见面,你都不知道他昨天晚上干了什么乱七八糟的事儿。就是说,每个人都将是无限丰富的感觉复合体。

王:哎,这一点非常重要。这恰恰回应了所谓的对 VR 的异化批判。异化批判不就是说人成了单向度的人,成了机器上的零件,成了被捆绑的一个附庸吗?但事实上我们可以看到,如你刚才所言,人解放了嘛。

邱:哈哈,它是解分化的神器啊!

王:哈哈。这个想法有意思。

邱:而且我觉得吧,VR 带来的这种体验革命,将会让我们更加重视像法国巴塔耶、瓜塔里、德勒兹那帮人的思想,尤其是巴塔耶。巴塔耶讲神圣的惊悚,就是在感觉的深渊里面那种神圣的惊悚。这个我们只能意会啊。你知道象征派那帮人,就是要把自己的身体交付出去,去体验那种感觉,要让自己成为一个幻人。这其实是一种主体性的探索,他不相信那个理性的主体。他不知道人的边界在哪里。

王:巴塔耶讲色情正是在这个意义上讲的。正常的婚姻没意思,但偷情的话,那个女人就不是在厨房里的庸常女人了,而一个在黑暗中喘息的女人,发出一声喊叫。嘿,巴塔耶说,那一刻她是无限的,她的喊叫就是宇宙的无限。但是可能会有一些文化研究者认为,我们所说的这种感觉的解放、人的多重生活维度的打开,它事实上还是技术对私人世界的捆绑。就算哪天无产阶级、下层平民都用得起 VR 了,就像阿多诺批流行音乐一样,它也就是个麻醉剂,你在各种状态下"high",不过就是为了让自己明天能以更好的状态去上班而已。

邱:我觉得这只是一个说辞。阿多诺这个说法其实是有问题的。他说是麻醉,但工人阶级确实是享受了。他的问题就在于用阶级斗争的视角来收摄一切社会问题。

王:对。

邱:我好好地听个流行歌曲,你跟我讲什么阶级斗争嘛。我是真的舒服啊,我想听啊。

王:对。而且阿多诺思路还忽视了技术革命对文化产品的影响。他所面对的流行音乐是早期的,确实也单一,主要就是叮砰巷的音乐,它的确有阿多诺所说的机械化的色彩。但很多时候我们的趣味太单一、太主流,只是因为我们可选择的太匮乏了。现在随着媒介的发展,尤其是网络,人的选择多了,丰富性就增加了。VR 也是一样,我们能够在 VR 中体验水手在惊涛骇浪中的人生,体验一个中世纪的骑士的人生,体验阿喀琉斯的人生,体验一个小偷的人生,这种多样化的体验绝对会让人的情感更加丰富。相应的,反思性不但不会减弱,反而会增强。

邱:我觉得尤其是我们这些不爱动的懒人,VR 技术将会极大地补偿我们的感觉的缺失。但我估计我们不一定赶得上这波技术足够成熟的阶段。

王：我觉得能赶上。

邱：这件事情的重要性在哪儿呢？我们对于我们的身体这样一个存在是高度缺乏认知的。我们以前谈什么主体性啊，知情意啊什么的，都是很理性的。就是讲情感，也很少涉及身体。但是你会发现，身体才是我们跟世界建立关系的真正基础。

王：列维纳斯讲的"疲惫"，讲"生活的自我主义"，也包括这个东西。而这个身体层面恰恰是海德格尔他们跳过的层面。

邱：对，海德格尔基本上没怎么专题性地处理这个问题。所以我觉得VR带来的一个在哲学上的意义，就是它会让哲学重新思考一个问题：人的主体是什么？这是身体带来的革命，这个革命将会摧枯拉朽地把一切陈旧的观念都扫荡干净。比较实际的东西我们都不用去讲了，比如它将带来消费和生产的高度融合啦，交往的增强啦，等等。我最关心的就是我们刚才所讲的，它对人的身份，基于身体感觉革命的身份的重建，我觉得这是现在的思想界还没有真正对VR做思考的一个重要问题。

王：邱老师，你刚才说的身份重建是我们刚才所讲的生命的多个维度的量的打开吗？

邱：对，我觉得它最后会让每个人，不只是觉得自己是深渊，而是所有人都是一个巨大的深渊，你根本不知道边界在哪里。

王：只有在个体体验绝对丰富以后。

邱：真的不知道边界在哪里。

王：越体验丰富，就越能感觉到，我们的意识无法穿透的混沌越多。

邱：这想一想都很有意思啊！

王：经验狭窄的个体世界往往是透明的，往往是被一个单一的逻辑或视角把控了的。但是体验丰富的人不一样。

邱：丰富永远是在交往当中，不只是与人交往，还有和主体相异的各种事物的遭遇。VR一定会带来这个巨大的革命。但是呢，你懂这个道理和你真正去体验是两回事。

王：我现在想到奥勃洛莫夫，这个世界文学史上最懒的人，睡觉做梦都梦到在睡觉的人，他如果生活我们这个时代，或许就可以得救了。

西方现代小说的起点：《包法利夫人》

"剃刀三人帮"是四川大学中文系的邱晓林、卢迎伏两位老师和四川大学国际关系学院的王逸群博士自发组成的文学清谈小组，活动内容以解读文学经典为主，所谓"剃刀所向，经典照亮"。以下文字由第四次对谈录音整理而成，略有增删和改动。

卢：众所周知，如果只看情节，《包法利夫人》不过就是一个乏善可陈的婚外恋故事。然而，它却被很多人视为西方现代小说的起点，普鲁斯特甚至认为这部小说像康德哲学一样改变了我们看待世界的方式。二位怎么看这个说法？

王：对于这个问题，我想我们可以分几个层次来说明。首先是作家职能的转变。以赛亚·伯林曾提出19世纪文学当中有两种占据主流的写作样态：俄国式写作和法国式写作。俄国式写作把文学视为一个容器，这个容器好不好看不重要，重要的是它里面装的东西：可能是某种宗教意识、政治意识等等。但是法国式写作不一样：文学这个器皿能装什么东西不重要，重要的是器皿本身要好看，能耐得住我们打量。小说家写小说像一个工匠精雕细琢一件玉器，强调它的审美价值。我认为前现代小说基本上都是俄国式写作的产物：小说被作为中介来说明一个什么思想问题。强调文学作品自足的审美价值是现代社会的产物，也是现代小说的一个重要表现（当然不全是这样）。从这个意义上说，《包法利夫人》就是现代小说的起点。福楼拜不再把小说当成踏板了。这一点他和巴尔扎克、司汤达的区别非常明显。另外是关于题材的选择。按照波德莱尔的话来说，就是小说写作当中那种高尚的和鄙下的题材区分不存在了。刚才卢哥也说了，《包法利夫人》就是一个极其日常、琐碎的婚外恋故事。福楼拜甚至还因为这部小说不道德、有伤风化的倾向被告上法庭。这样的题材选择，对日常芸芸众生的生活的描述，在19世纪尤其以福楼拜为典型，这极具现代性。事实上，这种题材变化贯穿了当时整个艺术门类。比如说绘画，和福楼拜同时期的一个法国画家库尔贝有一幅很著名的作品，叫《奥尔南的葬礼》。很大一幅画，就画一些不具名的乡村人士，几十个人在那儿举行葬礼，而且没有核心人物。我们知道传统的绘画基本上就几个主题：贵族、神话人物、宗教人物。当然，关于这个问题，还可以聊到福楼拜的文体意识。一会儿如果谈福楼拜的小说艺术，再具体讲吧。

邱：关于现代小说的起点实际上还有很多说法。同样在法国，巴尔扎克也被称为"现代小说之父"；在英国，笛福也被称为"现代小说之父"，理查森也被称为"现代小说之父"，菲尔丁也被称为"现代小说之父"，让人搞不清楚现代小说的这个起点究竟该怎么确定。就我而言，我对这个问题的认识是这样的，就是说把《包法利夫人》作为一个起点，是因为它关乎这样一个转变，即写作这回事情的意义对于作家们来说完全不一样了。其实你刚才已经谈到了这一点，在某种意义上，我愿意称之为一种艺术宗教，也就是大家都知道的"为艺术而艺术"这个说法。如果把福楼拜与跟他同期、同龄的一个人做个比较，这个问题可以看得更清楚一些。这就是大家都非常熟悉的波德莱尔。他们俩都生于1821年，而且更有意思的是，他们两人的代表作，即《包法利夫人》和《恶之花》，都出版于1857年（《包法利夫人》是1856年在报上连载的，但成书也是1857年），然后这两本书都遭遇了同样的命运，即被人指控有伤风化，所以都招惹了麻烦，当然幸运的是，最后又都逢凶化吉。为什么做这个比较呢？因为很多文学史家是把波德莱尔的《恶之花》和福楼拜的《包法利夫人》一起视为现代文学的起点的。本雅明写过一本《发达资本主义时代的抒情诗人》，论述的对象就是波德莱尔。据他的考察，像波德莱尔这样的人，实际上他是有英雄情结的，但由于时代和环境的缘故，他只能一步步地退却，最后退到了只有写作这一块阵地，只有通过遣词造句、谋篇布局，也就是完全地专心于写作这样一回事情来留下个人印记，甚至是个人英雄般的印记。波德莱尔本人在《太阳》一诗中大致说过这样的话：太阳一出来，我就去练我那奇异的剑术，我推敲着字眼，就像绊在石子路上，有时会碰到长久梦想的诗行。可以说，在此前的诗人或者小说家那里，都看不到这样一个完全明确的转变，即把写作这回事情几乎当作宗教一般去追求。当然在法国，之前其实有一个人做了一点铺垫，就是比他们早十来年的戈蒂耶。波德莱尔的《恶之花》前面有一个献词：献给法国文学最完美的魔术师：泰奥菲尔·戈蒂耶。戈蒂耶在其小说《莫班小姐》的序里其实就已经表达了"为艺术而艺术"的唯美主义观点，他特别谈道，艺术其实是没有什么用的，而有用的东西都是丑的。他还举例说：厕所最有用，但是厕所很丑；玫瑰花没什么用，但玫瑰很美。

卢：福楼拜说："除了细心观察世界之外，我找不出比这更高尚的事情。"《包法利夫人》的中译本也就300多页，但竟然花了福楼拜4年零4个月时间。据说法文版初稿有1500页，最后定稿删成了500页。福楼拜曾在信中向人抱怨《包法利夫人》的写作之艰难。像广为人知的"农展会"场景，中译文也就20多页，他居然用了几个月时间才写完。福楼拜说写作就像自己身上的皮疹，这种痒让他不得不抓。也可以说写作就是他的宗教。这个时期，艺术家的确开始高度自觉了。

邱：有一个不知真假的说法，说福楼拜有天上午写来写去只写了个标点符号，下午想来想去又把它删掉了。真是煞费苦心啊！他的写作频率，四五年一部，和巴尔扎克形成鲜明对比，巴尔扎克是一年四五部。

卢：《包法利夫人》的写作进程如此艰难，可能跟这部小说所处理的题材有关。在写作《包法利夫人》之前，福楼拜将已经写好的《圣安东尼的诱惑》拿给好友杜冈和布耶看。二人读后觉得它浪漫主义色彩过浓，就劝福楼拜以一个报纸上曾报道过的德拉玛夫人的婚外恋真事为题材写部小说。无疑，处理已有的真实题材制约了福楼拜的过度抒情。福楼拜甚至讲，这个题材的平庸，有时让他觉得恶心而难以下笔。

王：我想我们需要审慎判断的是，一个作家字斟句酌的辛劳状态并不意味着他会将写作这回事当成宗教来看待。福楼拜是够极致的,一个标点符号要改一上午。但我想,在福楼拜之前肯定有一些作家"两句三年得,一吟双泪流",但是他们未必有福楼拜式的现代意识。另外,我同意卢哥刚才的说法,就是现代艺术家的集体自觉,其实和社会各个领域的分化以及艺术家自身的独立有关系。以邱老师刚才所讲的波德莱尔来说,他除了做一个文字的炼金术士,还能怎么样呢?

卢:对,这个时期的确是西方艺术家的创作高度自觉期,除了我们刚才讲的库尔贝和福楼拜,还有著名的波德莱尔。作家由之前的"写什么"开始自觉关注"如何写"了。法国小说家克劳德·西蒙说过一句非常著名的话:"之前的小说是写冒险的故事,而从福楼拜开始则是写作本身的冒险。"

邱:其实单纯地看从"写什么"到"如何写",还是一个比较表层的东西,关键是要看它的背后,的确就是对艺术这件事情的态度转变。就福楼拜本人而言,这跟他的朋友有很大的关系。就是刚才提到的杜冈和布耶,尤其是布耶,对福楼拜的影响非常之大。布耶本人是一个有古典主义倾向的作家,但是他有一个观念对福楼拜有很大的影响,那就是要搞美的艺术,美才是最重要的事情。福楼拜有时候都有点动摇,脾气也不太好,容易急躁,而布耶这个人,总能给他一种安静的力量。1869年布耶去世的时候,福楼拜说了一句不太像是他说的话。他说:"其实现在写作对我来说都没什么意思了,我以前写作就是给一个人看的,给布耶看的,我现在当然还会写,但是已经没什么热情了。"你很难想象,像福楼拜这样一个在写作上所谓客观的无动于衷的人,他会如此看重和布耶的私人感情。这当然是很好的一个友谊故事,但是这里最根本的纽带,还是

西方现代小说的起点:《包法利夫人》

247

对艺术这回事的价值的认识。如果我们从福楼拜往后延20年，就会看到这已经是一个潮流。最明显的就是印象派那批画家，穷困潦倒至极，却心怀伟大的梦想，支撑他们的，就是对艺术的那种宗教信仰般的信念。从这以后至第二次世界大战前后，整个风起云涌的现代主义运动，它对艺术的态度，即把艺术本身的价值推崇到登峰造极，是西方艺术（包括文学）史上从未有过的事情。

这个事在中国要晚得多。我们爱讲魏晋时期的文学自觉，但是那个自觉并不是我们这里所谈的自觉，它最多不过是高尔基所谓文学是人学的那种自觉，还不是文学之为文学的自觉。20世纪八九十年代的那批先锋派作家和诗人接近这种自觉。这一方面当然跟改革开放初期西方现代派文学的大量涌入有关，但另一方面，其实也跟一种努力逃避文艺的社会使命的心理相关，甚至可以说，这个因素更重一些。因为在很多作家和诗人看来，那是费力不讨好的事儿。然而，激情总得找一个出口，而对于文学、艺术的那股子宗教般的热忱或许就正好满足了这个需求。有一件事值得一提，就是诗人张枣去世以后，其他一些诗人，像柏桦、陈东东等人写了不少回忆文章，对张枣本人极尽溢美之词，对他们和张枣的交往，也有不少动人的叙述。就我的感觉来说，这些回忆不可全信，但这一点或许并不重要，重要的是这些回忆的心理取向，在我看来，就是对那段把文学当成宗教一样追求的梦幻时光的恋恋不舍。这里面的意味儿，和海子当年自杀以后，各地自发的隆重纪念是一样的。

王：的确，这不仅是对艺术形式、对写作这回事儿的自觉，更是一种对自我生存价值的体认。尤其到唯美主义，像于斯曼写《逆流》，展示了一种绝对精致的生活，我相信，小说主人公的生命体验与他的写作体验高度融合。与之相应，对于读者来说，阅读召唤着相应的审美感觉，发展到纳博科夫，就是"脊椎骨的震颤"——一个优秀读者面对优秀作品能够产生的高峰体验。

邱：对，你从存在论的层次上来看问题，这就触及了"为艺术而艺术"这回事情的根本。你刚才提到了唯美主义，其实我还想说，像戈蒂耶、福楼拜以及印象派画家这些人，似乎什么都可以不要，但必须投身艺术，他们有没有反思过这样一种行为的价值究竟何在？或许佩特在《文艺复兴》那本书的结论里点到了其中的要害。按照佩特的说法，唯美主义追求的，其实就是那些最能够强烈地表达生命感觉的瞬间，而创造和体验艺术之美，所沉迷于其中的恰恰就是这样的瞬间。所以所谓唯美主义，为艺术而艺术，其根本，还是对生命感觉的追求。这才是艺术形而上学或者艺术宗教的价值所在。

卢：对，艺术形而上学化，在西方思想史上的大背景是所谓现代性的分化。在此之前，形上价值等最终的存在意义的根据，是由宗教来确立的，当宗教的统一性力量式微之后，每个人（包括艺术家）都要为自己的在世意义寻找根据，艺术成为艺术家的宗教替代品。福楼拜说他的《包法利夫人》要完全靠自身的文体风格支撑起来，就像太空中的地球一样，孤零零地在那里旋转；这部小说不是任何观点的传声筒。这种高度自觉的文体意识的确使《包法利夫人》不同于司汤达和巴尔扎克等人的作品。

邱：确实不一样。你读《高老头》，可以一气呵成，感觉很痛快，但是呢，你主要是对所叙之事，对其中的一些情绪、观念等感兴趣。但是读《包法利夫人》就不一样了，你只能慢慢地读，怀着耐心地读，但往往会在读完几页，甚至只是一个片段之后，合上书本，心中慨叹："写得真是好啊！"就是说，你会不断地回味，他写事儿怎么能够写得这么精确，这是此前的小说基本上不会带给你的一个感觉。

卢：对，尽管福楼拜之前法国小说的写作已经有了雨果、巴尔扎克和司汤达三位巨匠，但福楼拜仍说真正的小说写作还未诞生。

邱：他对司汤达的评价极低。

卢：是啊，极低。福楼拜自我期许地说："真正的小说正在等待它的荷马。"福楼拜想使小说这种散文体写作既具备诗一样的节奏，同时又有科学语言的准确性。我们可以称福楼拜为"文学工程师"。

邱：对于巴尔扎克，我们知道福楼拜虽然对他评价很高，但还是说了一句有点儿诛心的话："巴尔扎克要是知道一点艺术就好了。"至于晚一些的左拉，路子就更有点走偏了。左拉说，他最大的理想是做个生物学家，因为他希望他的小说是对遗传学的实践。所以你看左拉的小说，非常奇怪，有时候前面写得非常棒，简直就是伟大小说的开头了，但是写着写着就很臭，为什么呢？因为他被他那套公式，就是遗传生物学那套东西带走了。这对于福楼拜来说，既是不可思议的，又是不可原谅的。

卢：虽然福楼拜本人如此看重该小说的文体风格，但普通读者（甚至有些评论家）却对小说中的一些人物形象更为关心，比如爱玛·包法利。

邱：的确如此。我最近看了一些材料，尤其是在看了波德莱尔对《包法利夫人》的评价后，很有点受震动的感觉。因为此前呢，我本人对包法利夫人这个形象的感觉还是比较倾向于贬义的。但波德莱尔在《论包法利夫人》里面对这个形象给予了高度赞扬，认为福楼拜化身为一个女性，同情式地创造了这个形象，一个具有高度的男性魅力的女子。

卢：男性的激情装在一个女人的躯体里。

邱：然后，他举了几个方面：想象力、行动力、决断力，特别是支配欲。比如说，不管是跟罗道尔弗还是后来的赖昂，爱玛都是占据主动的。福楼拜自己在小说里也有写，其实赖昂才是爱玛的"情妇"，而非爱玛是赖昂的情妇。最后他还讲到一点，就是爱玛身上的"暧昧性格"，她的"歇斯底里"。比如讲她在修道院祈祷的时候，就把上帝想象成一个留着小胡子的魅力男子的形象。波德莱尔的意思是说，爱玛是一个高度诗化的形象，这个形象完全超乎她身处其中的平庸环境之上。这个说法不能说没有道理啊！

王：非常认同。我觉得这个形象是很有魅力的。这首先在于，对于我们现代读者来说，她是一个值得钦佩的女人。为什么呢？这个女人无法忍受卑微琐碎、单调乏味的生活，而且她真就杀了出来。在日常生活中，我们身边很多人都在唠叨："我不想上班""我不想生小孩""我不想结婚"……但牢骚过后，一般都会回到正常的生活轨道上。从这个意义上说，包法利夫人的确是值得钦佩的。我们要追问的是，她为什么能从那个环境当中杀出来？这个话题很有意思，借用一个说法，我们可以把她视为一个把文学和生活相混淆的人。我们一般人读小说是把它作为一个审美对象来打量，不会把小说中的世界与我们自身所处的世界混为一谈，我们保持距离，但是爱玛会把小说中的世界和自己的生活世界完全地勾连、对应起来。从文学传统来说，堂·吉诃德是她的血亲。但堂·吉诃德有时候比她清醒得多，比如他知道杜尔西尼娅就是一个身份很低微的人，不识字，甚至也不认识堂·吉诃德本人，从这个意义上说，他知道自己在做梦，只是不想把它戳破而已。但爱玛完全不一样。

卢：对，爱玛所生活的时代，因为阅读的普及，尤其是描写大都市中上层人生活的一些书籍的大量出版，中下层人对上层社会的生活有了更具体了解。读物中所呈现的上层社会生活，对下层人有极强的吸引力，他们千方百计地想去"实现"这种生活。

邱：群哥刚才提到了堂·吉诃德，这很有意思，因为有观点认为，爱玛这个形象就是对堂·吉诃德形象的完成。但其实我们可以看到，爱玛远远不是终点。堂·吉诃德和爱玛这两个形象有什么样的共同点呢？我给它的一个命名就是他们都是"意象人"。那这个"意象"是什么赋予他们的呢？阅读。堂·吉诃德读骑士小说，爱玛读爱情小说。其实在这中间的莫里哀，写过一个《可笑的女才子》，讲两个外省的女子到了巴黎，因为此前读过很多有关巴黎的读物，所以形成对巴黎上层社会的一种固有的"意象"，结果把自己搞得非常可笑。然后我们看《包法利夫人》，爱玛在修道院里读了很多浪漫小说，婚后参加过一个侯爵举办的沃比萨尔的舞会，之后她就把她修道院时期的浪漫幻想和对于贵族社会的想象结合起来，形成一个新的意象。更进一步加强这个意象的是，她订了两份专门报道巴黎时尚的刊物，然后每天读那些东西，这个意象就逐渐充实起来，对她形成一种强烈的召唤。有位叫勒内·基拉尔的学者写了一本书，叫作《浪漫的谎言与小说的真实》。这个书名的意思是说，浪漫主义其实是个谎言，因为浪漫主义认为"我"是一个真正的主体，这个主体有他原始的欲望，但基拉尔认为，浪漫主义的这个欲望并非真正的欲望，而是借来的欲望，其欲望模式是从介体到欲望主体再到客体的三角模式。比如，堂·吉诃德向骑士小说这个介体借来欲望，"可笑的女才子"向那些时尚读物借来欲望，爱玛向那些浪漫小说以及报道巴黎的刊物借来欲望，然后以此获得他们的欲望客体。基拉尔还以这个模式分析了普鲁斯特的《追忆似水年华》，认为里面充斥了大量的三角欲望，并且指出这是整部小说叙事的主要模式。普鲁斯特所谓"重现的时光"是什么意思呢？就是要找回一种没有被三角欲望所污染的时光。陀思妥耶夫斯基的小说也被他纳入这个分析的模式。可见这个模式存在的普遍性。

王：这个话题可以再展开说说。我觉得包法利夫人其实离陀思妥耶夫斯基笔下的一些人物更近，而离堂·吉诃德要远一些。为什么呢？原因就是我们刚才已经涉及的现代背景。任何人，包括我们现代人，一生下来，就会去学习或接受一些教导——什么样的生活是好的生活，什么样的生活是有价值的、有意义的。而前现代社会是一个非常稳定的金字塔结构，社会分层固化，一个底层人基本上看不到上面阶层的生活世界，也不可能去向往他们的存在方式，不能僭越自己的身份。

卢：是啊，一个乡下医生的老婆去参加公爵夫人的舞会，这在前现代社会是完全不可能的事情。

王：我来举个比较好玩的例子。这是一个俄罗斯民间故事，讲一个农民一番历险之后，为国家立下了很大功劳；沙皇要犒赏他，让他在皇宫中任意挑个什么东西。这个农民最后选了国王那个很大的印章。为什么选这个东西？按故事中的描述，他是觉得用这个印章来砸核桃应该比较好用。砸核桃！在前现代社会当中，尤其是底层人，他们的视野是极其封闭的。在福楼拜这个小说中，其实也有个近似的例子，查理有一次回味他和爱玛之间美妙的爱情，他打了一个比喻——就像回味咀嚼蘑菇的味道一样。在封闭的底层，他们的世界只有蘑菇啊，核桃啊，心灵世界也被固化。但是文学阅读为封闭的阶层意识提供了流动的可能。为什么说爱玛这个形象可以和陀思妥耶夫斯基笔下一些人物互相映照呢？陀的小说中有一个特定的人物类型，就是"梦想家"，阅读能使他们做进入上流社会的梦。在现代社会，随着印刷业的兴起，一个之前不可能进入上流社会沙龙的人，可以在阅读当中，像一个衣冠楚楚、彬彬有礼的绅士一样进入他们的门厅，可以近距离地去观看那些打扮入时的女人，可以闻到她们身上的香水味，甚至还可以在想象中与她们交谈……总之阅读就打开了一个世界，告诉读者什么样的生活是美好的生活。

邱：尤其是现在这样一个新媒体时代。

卢：对！电视、电影，尤其是智能手机的出现。就展示上层社会风景而言，它们更真切、诱人。而且在今天，作为主流媒介，正是它们完成了对很多青年人关于美好生活的"启蒙"

教育。像拍了四部的《小时代》，"粉丝"群极其庞大；这样的电影我们得辩证地去看待。我看了一部，确实烂，简直毫无艺术价值——如果说有的话，那也是将矫揉造作当成艺术搞得登峰造极。但它展示上层风景，引人在阶层间竖一把梯子，向上攀爬，这对于促进社会阶层的流动是有功劳的。当然，从一般文化研究的立场出发，这样粗制滥造的东西绝对是批判的靶子：它无非给大众提供了一个空洞虚假的许诺，是精神麻醉剂，让他们看不到自身被压迫的处境，丧失斗争意志，甚至产生"麻木的安乐感"，最终重返压迫和异化的牢笼。这话固然不错，但也不能完全这样说，尤其在当下社会，能有许诺总比没有许诺好。

邱：勒内·基拉尔的那个分析模式，其背后实际上有一个隐在的价值观，即在前现代社会，人们的欲望似乎更加真实，而在进入现代社会以后，欲望的前所未有的泛滥，跟他称之为"介体"（我称之为"意象"）的那个东西有很大关系，所以其真实性相当可疑。实际上他还谈到了舍勒，因为在舍勒看来，资本主义社会的欲望泛滥，其根源在于形上本体的丧失。从这里可以看到基拉尔的一种价值焦虑。然而在我看来，基拉尔的分析模式也是值得商榷的。他实际上预设了一个前提，即有一种没有被建构的欲望。但这一点很难得到证明，是吧？而如果我们认可拉康的理论，那么所有的欲望都是被"大他者"建构的。各个时期都有一个"大他者"，也就是说各个时期都有它的介体，尤其是我们身处其中的这个社会，你很难去区分什么是真正的欲望，什么是介体的诱惑。

卢：我们举几个例子看看爱玛是如何构建幻象的。爱玛与罗道尔弗开始约会时，有点担心会被查理捉奸在床，她问罗道尔弗："你带手枪了吗？"罗道尔弗说："带什么手枪，我一把就可以掐死查理。"爱玛一听大失所望，她认为罗道尔弗的表述太粗俗，因为她读过的小说中都要用手枪进行决斗。再有，当爱玛的母亲去世的时候，爱玛会为自己能够立刻陷入伤痛欲绝的状态欣喜不已。为什么呢？因为爱玛的阅读经验告诉她，只有神经敏感的上层人，才会突然陷入一种伤痛不已状态之中。所以，当爱玛发觉自己很快便由伤痛不已变得很平静后，就深感失望——自己原来没有上层人的血统。

王：这个介体问题我们可以更明确地进行解释。为什么需要一个介体？对爱玛来说，其实上流社会五彩斑斓的风景已经在她面前展开了，但事实上她什么也得不到，因为这需要金钱，需要可靠的社会关系作为支撑。所以她只有去选择那风景当中最具代表性的细节或物象，力求拥有它们。比如说她跟罗道尔弗鬼混在一起之后，发了个感慨："天啊，我有了一个情人！"

邱：命名嘛！

王：嗯，命名。为什么会发这个感慨呢？因为她阅读欧仁·苏、夏多布里昂的小说，发现贵妇人是要有情人的。再比如说她曾送给罗道尔弗一个雪茄盒，为什么送这个礼物？因为有一次她参加了一个子爵的沃比萨尔舞会，在回家的路上，可能是某个骑马的贵族掉在地上一个烟盒，她就留存了下来。她认为烟盒、情人这些意象都代表了那个阶层。现代人，包括我们自己，都或多或少有这种介体意识。

邱：但这里面也有一个问题。我们确实可以说这些欲望都是被建构的，比如说《小时代》也建构欲望，对吧？再比如说那些小学生、中学生之间的攀比，它也会建构一种欲望，甚至是无法遏止的欲望。但是，我们如果仅仅因为这些欲望是被建构的，就说这些欲望纯粹是虚假的欲望、虚假的情感，这话是不是说得也太轻松了一点？因为这些欲望主体，无论是得到满足还是遭到阻碍，其体验都是极其真实的。尤其是痛苦，都是实实在在的痛苦，而不是虚假的痛苦。就拿包法利夫人来说，你看那个赖昂，其实是一个不配做她情人的家伙，因为羞于表白，莫名其妙地逃走了；然后你看包法利夫人那个痛苦和惨状，福楼拜用了一个非常精彩的比喻，一个荷马式的比喻，说她的生活因为要保存一点点赖昂留给她的回忆，就像西伯利亚平原上那些冻僵的人一样，瑟瑟发抖地围着一个快要熄灭的火炉，不断地添枝，要让它燃起来。真是令人动容的一个比喻，然而，不只是比喻，它会让你意识到爱玛的痛苦是绝对的、真实的，不是虚假的。

王：当然。拿苹果手机来说，它可能确实比较好用，但对于很多人来说，拿着它就是有"范儿"、有面子。一个人很想拥有它，如果得不到当然可能很痛苦。我承认这痛苦是真实的，因为我们每个瞬间的体验都是真实的，都是活生生的我们在那儿呼吸。对于这个问题，我想我们更多是需要一个审慎的态度。

邱：探讨这个问题是很有现实意义的。因为在现代社会，我们大部分的欲望都是被广告等各种各样的信息给建构起来的。波德里亚的消费社会反思就表现出一种忧虑，即对现代社会永无休止的符号化消费的担忧。因为时尚总是在变，奢侈品总在翻新，所以欲望也就没有止境；然后他就觉得这个社会要完蛋了，他就想回到一种所谓本真的状态，一种有点儿像海德格尔所梦想的前现代社会的诗化状态。但我觉得这里面其实有一个不太靠谱的区分，就是我们怎么来界定自我和主体，是吧？如果你反向思考，这个被不断开发的欲望本身，是不是一种新的主体的可能性呢？这也未可知啊，对不对？

王：确实我们要承认这些痛苦，这些自我展开的新的可能性，但是我想还是需要一个审慎的态度。因为我们要知道有些东西，它其实是不必要的。我们都知道苏格拉底那个故事：有一次他走进一个市场，看到琳琅满目的商品，忽然就发了一个感慨："天哪，竟然有这么多东西我根本都不需要！"当然没有必要每个人都能够清心寡欲地过苏格拉底式的生活，但是的确在波德里亚所描述的消费社会当中，有些欲望就是近乎炮制，像滚雪球一样停不下来。

邱：这个问题我觉得只能由经验来勘定，要对它进行纯粹的理论界定非常困难。比如关于包法利夫人，虽然勒内·基拉尔那样的分析显得很深刻，说她的欲望不过是一个三角欲望，并不真实，是吧？然而，我们也不能否认波德莱尔所看到的很重要的一点，她的确是对她那个平庸社会的一种突破。波德莱尔称道她身上的那种筹谋、决断、行动力，很容易让人联想到司汤达笔下的于连。因为于连也是一个意象人。他们的结局也都类似，就是一条路走到黑，就不回头，就不投降！于连最后也不认错；包法利夫人也是不认错的哦，你看她到处借钱借不到，最后走投无路了，她想，要是败露了呢，查理还是会宽恕她。但是她在心里面说了一句狠话："可是他有一百万给我，我也不原谅他认识我……决不！不！"然后一想起查理在她面前的那种道德优势，她就很愤怒。之后她去公证人居由曼那里借钱，居由曼想趁机占她便宜的时候，她再次愤怒了。她从那里出来，福楼拜写了嘛，基本上就是蹈死的决心了：老娘就跟你们干了！所以你很难说这样一个情感是虚假的，它当然是超乎她那个平庸的环境之上的。实际上福楼拜本人就对包围爱玛的那种平庸深有体会。他讲过一件事儿，说他有一次陪他的兄嫂去买房子，反反复复地讲价，差不多可以接受了，又去看了一次，看了一次又故意表示失望，然后又回来，等着人家可能又给她降价。他说他一点钟睡觉，四点钟起床，帮他们去做这件事情，整个过程让他备受折磨，他给高莱夫人写信说："这些都是半心半意的人，漂浮的、犹豫的、没有决断力的人。"这在他看来就是那种小资产阶级的平庸，福楼拜对此深恶痛绝。

卢：对，福楼拜还专门写了一本书，书名就叫《庸见辞典》，以词条的形式批评小资产阶级的平庸。接下来，我们看看爱玛幻想的爱情应该是什么样子：爱玛"以为爱情应该骤然来临，电光闪闪、雷声轰轰，仿佛九霄云外的狂飙，吹过人世，颠覆生命，席卷意志，如同席卷落叶一般把整个心带往深渊"。想必很多女生都曾如此幻想过爱情呢。

邱：这其实是对一种生命状态的向往。爱玛刚到永镇的那天晚上，和赖昂一起聊天时就说过，她喜欢看那种一气呵成的、气势恢宏的小说，而不喜欢看那种什么都跟现实生活一样平常的作品。她其实表达了一种生命的向度。

王：有人做过这样的设想，假如爱玛真的嫁入豪门，是否可避免悲剧性的命运？与她的决断、意志相关，我想这是无法避免的。爱玛所需要的只是一种感觉。

邱：这个呢，或许可以用雷蒙·威廉斯评价安娜和沃伦斯基的那个说法，即沃伦斯基配不上安娜的激情。在某种意义上，可能确实很难找到能够满足爱玛的这种男子。你看她跟赖昂在一起，很快就厌倦了嘛，发现原来恋爱也像婚姻一样千篇一律。

王：我想把爱玛视为一个柯勒律治式的浪漫主义者，柯勒律治说过一句话：即使我在亚马逊平原上行走的时候，我也会觉得脚下的土地跟其他平原上的土地没有什么分别。也就是说外在的东西对我来说不重要，重要的是它能否在我心里激发一种感觉。爱玛也是，她爱葱郁的橡木，因为橡木能够装点断壁残垣；她爱大海，因为大海能有惊涛骇浪。不管她遭遇什么事情，遇到什么男人，最终她希求的无非都是那个像蒸桑拿一样热气腾腾的弥散在她四周的、很舒服的感觉。而这样的感觉是无法落地的，不管她是嫁入豪门还是寻常人家，因为就像福楼拜所说的：偶像是不能碰的，碰了，手上就要粘上金粉。即使是查理这么一个深情的人，在爱玛的葬礼结束以后也会感到一种模模糊糊的满足。也就是说，所有那些美好的感觉一旦跟日常生活相接触，永远是鸡零狗碎，永远是一地鸡毛，永远会破碎。你必须要去寻找下一个介体，重建这种感觉。

卢：因为爱玛心目中的理想丈夫"应该无所不知，无所不能，启发你领会热情的力量、生命的奥妙和一切秘密"，所以她极其憎恨那种看似稳如磐石的婚姻生活，也极度反感查理那种心平气和的迟钝。很奇怪，尽管爱玛眼中的查理形象是如此的不堪，但很多读者却十分同情这个理工男。

邱：尤其是很多女生。我记得有一年课上讲《包法利夫人》，让学生起来自由发言，有一个女生甚至带着哭腔为查理·包法利感到不平，认为爱玛这个女人太作了，把这么好的一个老公给糟蹋了。但是爱玛自己可不这么看。在查理给一个瘸子动手术失败以后，她对他彻底失望了，心想："查理如果是一个秃顶驼背科学家也好啊！"

卢：对，只要他每天兢兢业业，力求上进。

邱：是啊，我就是精神之王的伴侣啊，而不是一个笨蛋的老婆。这就是包法利夫人的期望和查理本身之间的错位。但我刚刚提到的那个为查理鸣不平的学生，勾勒出了一个比现实生活中99%的男人都更好的丈夫形象。

王：其实，我也觉得可能99%的丈夫都应该在查理面前自责。当然我们不能否认，查理的确是一个很愚钝的人，但他真的总是无条件地设法满足爱玛的愿望。

邱：对，包括最后爱玛死了，查理还写了一个具有"浪漫观点"的安葬说明，什么给一棺两椁，并且要用一大幅丝绒盖在爱玛身上。

卢：药剂师郝麦都说"太浪费金钱，完全是浪漫主义的一个想法"。所以很有意思，小说结尾处查理居然"爱玛化"了，这有点像《堂·吉诃德》里面的桑丘逐渐"堂·吉诃德化"了。

邱：因此，尽管查理是一个绝对的好人，但是他致命的问题也在这个地方。对于像包法利夫人这样生活在别处的女人来讲，她最痛恨的就是这种无趣的平庸的好人。因为在小说所呈现的近八年的婚姻生活中，都看不到查理与爱玛之间进行过心灵交流。当然，这种毫无心灵交流的婚姻状态，我们日常生活中也屡见不鲜。小说里面还有一个可以和查理进行平行对比的好人，就是教士布尔尼贤。当包法利夫人因为赖昂走了而感到特别难受，想去布尔尼贤那里找一点精神安慰的时候，他们之间的谈话总是进行不下去。

卢：布尔尼贤这个形象十分像我们生活中遇到的一些老好人——不容否认他们具有种种美德，但他们就是缺乏与他人进行精神对话的能力。究其原因，这种人深深地禁锢在自己的意识形态的牢笼之中而浑然不觉，并且还极其喜欢对他人进行说教。

王：在永镇，如果说教士布尔尼贤管人的精神疾病，那么药剂师郝麦则管人的身体疾病。与有争议的庸人查理形象相比，药剂师郝麦才是真正的庸人。

邱：郝麦这个人可以说是本质性的空虚啊，他对永镇的犄角旮旯发生什么事情都门儿清，他一出场就用各种各样的科学知识讲些鸡毛蒜皮的事情来卖弄自己。这种人必须通过各种各样的"借用"才能对自我进行标出，比如他给自己的四个孩子取的名字。

卢：老大拿破仑，象征着光荣。老二（美国的）富兰克林，象征着自由。老三阿塔莉，法国剧作家拉辛的戏剧主人公。老四伊尔玛，浪漫主义时期的人名。

邱：就是混搭嘛。

卢：混搭，将自己所知道的"好词"一勺烩。我们生活中也经常会见到很多父母给孩子取一些紧跟时代的名字，这两年国学热，就选"仁""孝""智"等字，过两年韩剧热就选"敏""昊""姬"等字，似乎他们唯恐错过了时代的新列车，被人嘲笑太土。当然，郝麦这种极喜欢卖弄一知半解术语的行为，十分像我们常可碰到的一些伪专家。

王：确实，生活中很常见。他不放过任何一个表现自己是一个百科全书的机会，但事实上好多都整错了。

卢：既然是卖弄一知半解的知识，便难免露出马脚。纳博科夫在《文学讲稿》里，就抓出了郝麦的很多硬伤。我认为，如果说爱玛在通过观念建造上流爱情乌托邦，那么郝麦则在通过观念建一个新科学乌托邦。

王：对，爱玛是通过捕捉在阅读中看到的上流社会中的一些形象、行为来装饰、展开自己的生活，而郝麦主要是通过模仿"上流话语"。

卢：是啊，郝麦会向人再三打听巴黎的风俗，在谈吐里用上巴黎的时髦话，生怕自己落后于时代。这种媚俗的行为，十分像我们的某些官员，即使在发表正式讲话时也要穿插些网络热门词，很多学者的谈吐也是如此。他们完全没有一个属于自己的真正精神内核，其实是处于一种邱老师所说的本质性空虚状态。

邱：这让我想起导演贾樟柯的一篇随笔，讲他在上海一些咖啡馆碰到那些混圈子的，穿着比较怪的艺术家职业装，谈著名导演的时候，都是"老谋子""凯哥"什么的，都不好好说名字。但是我觉得，郝麦虽然说在某种意义上和包法利夫人比较相近，但还是有很大差别的，就是郝麦这个人是没有真正的内在痛苦的，而这种内在痛苦的强烈、真实，在包法利夫人

西方现代小说的起点：《包法利夫人》

263

身上是可以看到，这就是本质的差别。我们谈的这些庸人群像中最平庸的其实是这两个人——爱玛的情人罗道尔弗和赖昂，他们完全将爱情视作一种可被算计之物。

王：这也是让我们同情爱玛的一个很关键的原因——包围她的都是一些庸人。

邱：是啊，波德莱尔为什么对爱玛这个形象高度称赞呢？借用海德格尔在《存在与时间》中的话来说，爱玛是那种从共在的沉沦中脱颖而出的有能在向度的人。

王：有道理。这些"庸人"所处的环境也是庸俗不堪。庸俗环境最突出的一个特征是"混搭"，比如查理的帽子、药剂师的语言，以及药剂师店铺上有五花八门的颜色和字体的招牌。

邱：对，这种混搭庸俗趣味，在当下中国城市化过程中可谓处处可见。

王：是啊，混搭为什么庸俗？因为混搭在一起的都是一些"高级"物象，它们都脱离了原来的语境，显得不伦不类，庸俗滑稽。

卢：比如小说刚开始，小查理上学时头戴的那个分为三层的帽子，既有中产阶级喜欢用的丝绒、毛皮，又有无产者用的纸板，还有贵族教士爱用的十字形花纹坠子。再如查理婚礼上的大蛋糕，极其恶俗地将希腊罗马式神殿、中世纪的庄园造型和田园风光造型混搭在一起。这种混搭式审美趣味，让我想起当下中国的大部分景观设计与室内装潢。尤其是一些土豪家中的装潢：客厅里，墙上挂一个古琴，旁边又摆着一台巨大的三角钢琴；沙发是巴洛克风格，而檀香木茶几上又摆着日式的茶道用具……在"农展会"场景的开头处，福楼拜还有意安排郝麦与勒乐两个庸人相遇。二人对会场布置不满意，勒乐说："应该树一个威尼斯式的旗柱，上面挂一些彩色的布条，飞扬的布条。"郝麦附和道："村长哪里有什么审美品位？他哪里知道应该这样布置？"两个庸人心中理想的开幕式布置，完全就是今天一些大型活动开幕式布置的翻版——大红气球，印着黄字标语的红布条随风飘扬……

王：最狠的是对郝麦的穿着描写，大热的天还戴了顶皮毛的帽子。

卢：这种一门心思"装"贵族的人，在当下中国也很多，冯小刚的《私人订制》不就有所反映吗？

邱：哈哈，历史总有惊人的相似。

卢：我们探讨了这么多的形象，其实这可以说明一件事情，福楼拜给我们传递了多么重要的关于时代风俗的信息。然而，我还是更想谈谈他的叙事方式。我发觉读《包法利夫人》很难读快，因为它有太多的细节可供反复回味，比如其中有那么多的精彩比喻：查理的前妻，干瘪的杜克比夫人穿上黑色长袍的时候，就像一把剑插入鞘中，这让我想起鲁迅对祥林嫂的形容，"一个细脚伶仃的圆规"；查理的谈吐像人行道一样板直；当爱玛将婚礼用的橘花扔进壁炉中烧掉的时候，灰烬就像黑蝴蝶一样飞走了；当爱玛与赖昂在马车中厮混时，她将信撕掉扔出车窗，碎片就像白蝴蝶落到红色的苜蓿地上；爱玛在婚姻中深感绝望，就像一个水手沉船之后，盼望远方出现一片白帆。上述这种高度符合人物各自身份的比喻，在小说中可谓比比皆是。在一封信中，福楼拜甚至都在烦恼究竟如何做到少而恰当地使用自己头脑中常会出现的大量比喻："我被明喻所包围，就像有些人被虱子缠身一样，我倾尽自己的一生时间去碾压它们，我的措辞充满了这些东西。"

邱：我的理解，这是福楼拜向古典主义的致敬，向荷马的致敬。因为他所用的这些比喻都是明喻，荷马式明喻。虽然说他的喻体和荷马有一定差别，荷马的喻体都是用自然元素，而福楼拜会用到人类的事物（比如白帆），但是在本体和喻体之间的这种非常平行的对应，却是荷马式明喻的一个显著的特点。事实上，福楼拜对《荷马史诗》的评价非常高。

卢：福楼拜认为是荷马与莎士比亚是最伟大的两个作家。

邱：但是除了修辞的致敬以外，福楼拜和西方文学传统还有一个更加内在的关联。福楼拜说"真正的小说在等待它的荷马"，这是什么意思呢？我觉得他是针对西方文学的叙事传统来讲的。我们都知道《荷马史诗》这样的作品早期承担的其实主要是一种叙事功能，而文学的叙事功能也就是文学现实主义传统所强调的东西。巴尔扎克之所以也被称为"现代小说之父"，就是因为他的小说突出地表现了这样一种功能；巴尔扎克不是说了吗，他要做法国社会的书记员。但是福楼拜认为巴尔扎克还做得不够。而对司汤达这种主要表现自己的心理、气质、精神的作家，他为什么有那么诛心的评论？原因其实就在于他认为司汤达是一个浪漫主义者，司汤达没有走在文学现实主义的路上。而福楼拜我们都知道，他被称为现实主义的高峰，虽然针对这个说法也有很多质疑。但是在某种意义上，就文学作为模仿的艺术这个西方文学的强大传统而言，福楼拜的确称得上是登峰造极，虽然是在福楼拜的意义上的登峰造极。

比如这样的段落，你在此前的小说里是不可能读到的。小说里讲这个查理有一天又跑来给卢欧老爹看病，里面有一段描写："有一天，三点钟上下，他来了；人全下地去了；他走进厨房，起初没有看见爱玛。外头放下窗板，阳光穿过板缝，在石板地上，变成一道一道又长又亮的细线"；特别注意，接下来，"碰到家具犄角，一折为二，在天花板上颤抖。桌上放着用过的玻璃杯，有些苍蝇顺着往上爬，反而淹入杯底的残剩的苹果酒，嘤嘤作响。亮光从烟突下来，掠过铁板上的烟灰，烟灰变成天鹅绒，冷却的灰烬映成淡蓝颜色。爱玛在窗灶之间缝东西，没有披肩巾，就见光肩膀上冒出小汗珠"。这种毫发毕现的、绝对精确的情景造型，在此前的小说当中还从来没有出现过。可以说整部小说，真的就像一匹一匹精心编织的锦缎缀在一起。所以可以理解福楼拜为什么写得那么痛苦了。有个评论家评价波德莱尔的一句话，用在福楼拜身上其实也非常恰当，即"每一个字眼里面都可以看到那种辛勤劳作的痕迹"。

王：这样的段落，从另外一个层面来说，是对世界的重新发现。

邱：对，是这样。

王：这跟福楼拜本人所提到的文体意识密切相关。借用一个说法，在福楼拜这里，良好的文体意识并不是对文句一笔一画，精雕细琢，也不是把一个卑微琐碎的东西写得极其赏心悦目。它是什么呢？福楼拜说它是一种彻底的打量事物的方式。

邱：不是有一种说法，说他像康德一样扭转了我们看待事物的方式吗？

卢：对，《包法利夫人》问世的确是西方小说史上的哥白尼式的革命。

王：什么是彻底地打量事物的方式呢？一般来说，在日常生活中我们打量事物的方式是被各种各样先在的观念束缚的，尤其是功利的观念，比如我们看街边一块石头，往往会觉得它是个建筑材料。福楼拜要做的，就是把事物彻底地从这些既定的观念中解放出来。

邱：对，你说得很对。

王：这是一种近乎现象学的打量方式：和事物直观遭遇。这就是对世界的重新发现。

邱：这一点，后来有个作家比他做得还登峰造极，就是新小说作家布托尔的《变》，小说通篇就是福楼拜这种令人叹为观止的肌理呈现。其实他这种写法，除了你刚讲到的现象学观照以外，我觉得他还有一个意图。比如刚才我们谈到的细节当中，有一个似乎让人困惑，就是那只苍蝇。

王：对，尤其苍蝇落到杯子里淹死。

邱：还有一个细节，讲赖昂和爱玛在乡间路上行走。有一天，爱玛突然想起去看自己的孩子，她的孩子在奶妈那个地方，在路上赖昂看到她，就跟她一起走。这个情景，如果让一个通俗小说作家来写的话，一定会把它写成一个难得的充满柔情蜜意的时刻。而这两个人呢，他们的交谈也的确有点暧昧。但是福楼拜的呈现非常有意思，首先是对路上眼力所及的事物的描写，一个完全乡村化的场景，实在是乏善可陈。但特别提到了一个细节，就是路上的一堆狗屎还是牛屎，还有围着它转的一群嗡嗡作响的苍蝇。你能想象一般的作家，会在如此浪漫的情景当中，把这样的东西放进来吗？这就是福楼拜的反讽。

波德莱尔讲过类似的东西，说福楼拜在《圣安东尼的诱惑》里，就已经有一种高度的抒情性反讽。在这里，反讽是通过似乎没有意义的偶然细节的进入来实现的。因为事实上我们会发现，在浪漫小说当中那些完全被作家屏蔽掉的东西，在现实生活当中都会出现。所以福楼拜的呈现并不是一个封闭的通道，他给你完全敞开。

卢：对，阅读《包法利夫人》就像把玩一件明清的内画鼻烟壶或赏玩一幅波斯细密画，笔笔皆妙。并且，就像刚才邱老师讲到的，《包法利夫人》可以做到抒情和反讽同时呈现。比如那个著名的多声部"农展会"场景，一边是冠冕堂皇的发奖和演讲，一边却是罗道尔弗与爱玛的调情。

邱：这其实就是戏剧性反讽，它是通过一种对比和参照来实现的。本来是在你期望的一条叙事通道上，但是你会发现有异质的东西进来，进来以后你正在关注的事情也发生了质变。农展会这里就是如此。这个场景描写读起来真是令人叫绝，简直称得上是艺术体验的高峰，而电影就做不到这种呈现。

王：电影只会把农展会作为一个背景，而不是"平等"地共同呈现。

卢：对，学界将"农展会"场景（书中还有几处类似场景）命名为"多声部"，其实并不准确，准确的说法应该是"多声部复调"。"多声部"音乐又可以细分为"多声部主调"与"多声部复调"。

邱：对，它不一样。

卢："农展会"场景中发奖那条线，起到了乐谱上的"休止符"的功能：罗道尔弗和爱玛调情，然后农展会发奖，休止了一下；然后又是罗道尔弗和爱玛调情，又被发奖打断，休止。

邱：所以你用多声部也好，复调也好，都不太恰当，因为多声部和复调都是同时进行的。但是你看农展会这部分，比如说颁了一个肥料奖，然后罗道尔弗说："其实我去看你……"接着发了另一个奖，然后接下来又是爱玛的一句什么话……它是在时间的序列中渐次呈现的，而不是那种同时性的复调。

王：就像拼接一样。

卢：如果准确地形容"农展会"场景，就是"布满休止符的多声部复调"。

邱：对，这恰恰是小说写作，它作为一种时间艺术，比空间艺术优越的地方。嗨，读这一部分，真可以说是阅读的高峰体验啊！

王：当然了，我们可以说福楼拜没有在封闭的通道上前行，他展示了一些异样的风景，有抒情和反讽两条线路并行。但这种字里行间辛勤劳苦的痕迹，有时让我读得很累，刻意啊！我小时候读过一本书——现在我不知道那书靠不靠谱，里面讲福楼拜如何形容优秀的写作：写小说应该像一个女人化妆一样，她可以化一个下午，但是最终给你呈现出来的样子就像是没有化过一样。这是最高境界。但是我觉得很遗憾，福楼拜没有做到这一点。

邱：的确是这样。比如查理和爱玛的那场婚礼，一开始是关于村庄的景物描写，我一下子就感到好累，但不是说我阅读有多累，而是替福楼拜感到累。其实每当进入一个比较大的场景，一个较为复杂事件的叙述时，我脑子里都会想：福楼拜又要受苦了。

卢：是啊，《包法利夫人》中有太多余味无穷的场景了。比如查理去给爱玛的父亲看病时，与爱玛互有了好感，爱玛要送查理离开，两个人不再言语，"风兜住爱玛，吹乱后颈新生的短发，或者吹起臀上围裙的带子，仿佛小旗卷来卷去"。一个"卷来卷去"，看似写衣物的飘动，实则在写两个互有好感的男女的紧张心情。包括后边的"天气不冷不热，爱玛在伞底下微笑，他们听见水点一滴又一滴打着紧绷绷的伞端。""紧绷绷的伞端"，是心情紧绷。你可以想象，福楼拜要下多大功夫才能写出这样的段落。

邱：关于福楼拜流传甚广的一个说法，就是他追求的是一种客观而无动于衷的艺术，但我们在他的小说里看到这么多的刻意。包括小说里的这些人物，无疑他同情最多的是爱玛，而像勒乐这些人，就相当脸谱化，甚至可以说是塑造得非常失败。也就是说他的这种选择，包括他的比喻的使用，介入痕迹都非常明显。

王：就是这个问题。

邱：布斯在《小说修辞学》里专门探讨过这个问题。因为在福楼拜以后，大家好像认为小说应该是多显示，少讲述，就是所谓评论性的讲述。但布斯的分析向我们证明了一件事情，即在福楼拜式的显示中，介入一样不少，甚至更多，机关太多了。

卢：我再说一个非常戏剧化的场景，就是爱玛去药剂师郝麦的家中，发现郝麦正在骂小伙计玉斯旦，因为玉斯旦从蓝色的砒霜瓶子旁边取了一个盘子。我们就明白爱玛后来可能要喝砒霜而死。

邱：因为什么呢？因为那个事情之前刚好是爱玛到卢昂去见了赖昂回来，然后马上就安排这个细节，实际上就是预示她将来服毒自杀的这个命运嘛，用意太过明显了。

卢：我记得纳博科夫《尼古拉·果戈理》一书中有一个非常著名的说法："果戈理小说中挂在墙上的枪可能永远不会打响。"如果评价《包法利夫人》，可以把纳博科夫的话改成："架子上摆着的蓝色瓶子里的砒霜一定会被喝下。"

王：确实机心太重，没能像一个女人打扮之后却看不出打扮痕迹一样。

卢：群哥，你见过这样的女人没有啊？

王：嘿嘿，在座的朋友中可能有吧。这让我想起我们谈过的木心，木心有一点我非常欣赏：他提醒我们要对一个东西保持谨慎——文笔过于光滑、精致而导致的平庸。

邱：有人专门分析过《包法利夫人》的意象，那些马呀、阴影呀、雾呀……

卢：我统计了一下大概有一百多处。

邱：贯穿始终。

卢：雾有十几处，那他为什么使用雾啊？

邱：这个其实比较好解读：每一次雾的出现都跟爱玛的心境，或者说跟她可能会遭遇的命运有关。也就是说他的景物描写肯定都是有意图的。本来用得不过分的话也没有关系，但问题是他的机关太多。比如讲爱玛一家从道特搬到永镇，临走前把她结婚的那个橘花球扔到火里烧为灰烬，那明显就是一个机关嘛，对不对？

卢：对，还有像查理与爱玛搬到永镇去的途中，爱玛的猎犬丢失了，这预示着后面肯定会有不幸的事情发生。《包法利夫人》里这种草蛇灰线式的情节设置（纳博科夫在《文学讲稿》中称为预告法或呼应法）很多，甚至让我都觉得有点太过人工。

王：很多小说家的写作都有这种太硬的痕迹，索尔·贝娄就非常刻意。像《雨王亨德森》，讲一个有钱人想过一种本真的生活，开头就是他在书房里翻书，找一句读过的话，书页里面夹着很多钱，纷纷散落出来，但那句话没找到。这个细节太刻意也太笨拙了：我要不停地寻找啊，完全不顾金钱的诱惑。

邱：还有一部典型的小说，就是戈尔丁的《蝇王》，其实写得很糟糕嘛。他就是生怕你看不懂，不断地告诉你他这么写有什么用意。

王：我想福楼拜毕竟没有索尔·贝娄那么晚近，在他的时代，这种刻意是不是可以谅解？因为读者可能普遍就是爱玛和郝麦这样的人，鉴赏水平不高，有时候提醒一下也是必要的。

邱：这个说法可能要存疑。因为福楼拜并不认为他需要谅解。他会说，他的艺术就该是这个样子的。其实我们想想，我们现在为什么会觉得这样一种艺术太过刻意，可能是因为我们接受了纳博科夫式的艺术观，否则的话你会觉得，哎呀，写得真是太牛了。安排得如此巧妙，你会击节称赞，而不是存疑。

卢：爱玛与赖昂在教堂相见时，爱玛为何不停地心不在焉地看教堂里的风景呢？福楼拜恐怕读者看不懂，说出了这样设置情节的原因——爱玛想抓住看圣像的机会，挽留住她的贞洁。

邱：而且我们这样苛责他，可能还有一个原因，而不只是纳博科夫式的艺术观。这就是要求福楼拜的描写要符合日常现实。其实这个要求也不一定合理。比如纳博科夫也指出来了：说这是一部现实主义的小说太荒谬了。他还举例说，查理·包法利这个年轻健壮的丈夫从来没有发现，半夜身边没有老婆了，因为她跟情人约会去了；罗道尔弗要跟爱玛约会的时候，经常抓一把沙子打到纱窗上，但是查理从来听不到，等等。然后就是刚才你讲过的，郝麦这样一个整天睁大眼睛看这看那的好事者，却从来没发现一丁点爱玛偷情的蛛丝马迹。

王：而且有一次，书记官毕耐甚至都看到了爱玛大早上的从罗道尔弗家的方向回来。

邱：纳博科夫还讲到玉斯旦，就是郝麦的那个徒弟，晕血，胆子那么小的一个孩子，半夜跑到爱玛的坟头去哭，那怎么可能嘛！但是纳博科夫话头一转，"小说自有它的现实"。他说，这就是童话嘛，我们不要把小说之外的所谓现实拿来苛责这样一种东西。

卢：其实还有查理。查理最开始认识爱玛时，表现得十分温柔体贴，两个人也有话说，但当二人结婚之后，查理行医回家后倒头便睡，很少与爱玛交流。婚姻前后的查理，简直是判若两人。

邱：对，前后形象并不统一，其实是福楼拜的介入在起作用。

卢：是啊。据说《包法利夫人》出版时，编辑认为其中的"婚礼"与"农展会"两个场景，完全是冗笔，应该删掉。"农展会"场景绝非冗笔已是共识，"婚礼"场景的妙处何在则少有人谈。我初读到小说第一部分第四章的"婚礼"场景时，也觉得不可理解。因为小说在正式描写"婚姻"场景前，在第三章结尾处已经概述了一句："婚礼举行了，来了四十三位客人，酒席用了十六小时，第二天又开始，拖拖拉拉，一连吃了几天。"我还以为婚礼已经写完了，没想到接下来的第四章中会长篇累牍地讲大家如何喧闹地吃喝，杯盘狼藉。几页的婚礼场景后，才是对婚后的现实生活的叙述。我读完整部小说忽然明白了，原来福楼拜是故意先把婚礼的过程简化成一句话呈现给读者，这是一种站在婚礼已经结束的未来时间点上回看"婚礼"场景的视角（就像一个长镜头一样），让读者看到了婚礼的真相。

邱：甚至你可以讲，这个地方有一个隐在的一个视角，就是爱玛的视角，是吧？她想象当中的浪漫爱情竟是如此一派繁华的苍凉。

卢：对，繁华的苍凉。然后紧接着，"繁华的苍凉"过渡到第五章的婚后现实生活，一下就来了个突转，就讲到了查理"买了一本医学词典，词典都没有裁开，但第一次出卖，几经转手，装订早已损坏"。从繁华而苍凉的婚礼，一下子就过渡到婚后平庸的日常生活，二者之间的对比极具张力。这样看，"婚礼"场景的设置确实巧妙。再有，爱玛甚至幻想她的婚礼上"点火炬，半夜成亲"等，十分像我们今天很多女生，设想自己的婚礼上新郎会给她带来什么惊喜。福楼拜近乎冷酷地告诉我们：婚礼的过程就是准备了多少天，来了多少个客人，吃吃喝喝了多久，什么惊喜繁华都只是幻象，而婚后的平庸日常生活才是真相。

王：我有个疑问，邱老师，你刚才说纳博科夫的发现，比如查理夜里从没察觉身边老婆不在了——我觉得从小说逻辑上讲，这是一个问题。尽管小说家是魔术师，他创造的世界未必直接与现实对应，可以出现妖魔鬼怪，格里高尔早上起来可以变成虫子，但是，小说应该符合生活的逻辑。我们读卡夫卡的《变形记》为什么不会觉得有异样感呢？因为它符合生活逻辑。再如读《西游记》，我们不觉得有违常理，是因为……

邱：当然有违常理。《变形记》就完全有违常理，一个人一大早起来发现自己变成了一只甲虫，你相信这事儿吗？然后还要想办法把被子拉过来盖住自己那个滑溜溜的肚子，这太荒谬了。

王：是，现实生活中人不会变成甲壳虫，但像《西游记》，作为小说，妖怪行事符合人的情感逻辑，孙悟空要是一棒把唐僧打死，就不符合情感逻辑。

邱：如果是讲情感逻辑，那福楼拜和卡夫卡都是没有问题的。福楼拜想把包法利夫人推到前台，所以要塑造一个比较脸谱化的、精神上平庸无能的丈夫形象，这就是他的情感逻辑。而就《变形记》来说，同样如此。打开门一看，格里高尔的父母很失望，很愤怒：怎么回事？我的儿子怎么变成了一只甲虫？你觉得这符合生活逻辑吗？它一点也不符合，但是从情感逻辑来讲就没有问题。所以纳博科夫那个说法，我还是比较认同。然后我们现在整体性地看待这部小说，这样一个艺术的造物，如此精巧的造物，在整个小说史上基本上很难找到另一部可与它媲美的作品。从我们现在拥有的艺术观来看，当然可以指出它的一些我们不予认可的方面，但实在地讲，如果一个人想要成为小说家，如果他做不到福楼拜的这个功夫，即便他想要写其他风格的小说，其实都是比较困难的，至少不能对他寄予太高的期望。所以说福楼拜就是一个门槛，但这个门槛太高，只有极少数的小说家才翻得过去。

王：对，就像毕加索说自己15岁就画得和拉斐尔一样好了，只是他不那样画。

邱：对呀，所以他可以随心所欲地变。下一次我们不是要讲马尔克斯的《百年孤独》吗，你让马尔克斯来写一部福楼拜这样的小说，看看情况如何。因为他很不服气嘛：你们都说我只能写这些神神道道的东西，我就给你们写一部《霍乱时期的爱情》。但你拿《霍乱时期的爱情》跟《包法利夫人》比一比，其艺术质地恐怕要差很多很多。

王：确实，这就是质地。

卢：的确，是福楼拜让小说从戏剧性的轨道中走了出来，让人物相遇在一种日常的氛围之中，米兰·昆德拉称之为"本体论上的发现"。在这个意义上，《包法利夫人》作为现代小说的起点的确名副其实。

邱：而且还有一点，就像我们这个讨论已经表明的那样，福楼拜并非只是一个"为艺术而艺术"的小说家，比如他的爱玛形象，实际上是对三角欲望这种现代欲望模式的进一步探索；他在另一部小说——《情感教育》里塑造的毛漏形象，实际上是对个人在社会历史中逐渐疏离化、原子化这一过程的书写。所以在某种意义上，他写的也是一种"史诗"，只不过较为隐晦罢了。这其实是很值得当今中国的作家学习的。

后　记

　　这些文字主要来自我和龙三的微信公众号"龙三听说"。把它们集在一起拿来出版，我是有些犹豫的。读来读去，总有浮躁轻佻之感。老大不小的人了，还像毛头小伙子一样说话，真的合适吗？语感，向来是我困惑的一件事情。要么紧了点，要么松了点，尺度难以把握，就像做人，始终没有找到从容的姿态。但有什么办法呢？活着，就总得出场，即便出丑，也只好认了。当然，这是一句矫情的话，我并非不知道。

　　还需要说明的是，这些文字里有好几篇对谈，和龙三的，和我的剃刀兄弟卢哥及酒徒王二的，按说他们也是该书的作者，但因为技术上的原因，没法出现在封面上，所以必须要跟他们说声抱歉和感谢，不然，就成赤裸裸的抢劫了。

邱晓林
2019年6月于成都

再版后记

在川大出版社为我出的几本书中，《浓汤》无疑是较为通俗易懂的，或许正因为如此，卖相也就好一些。目前该书在当当和京东上已无新货，出版社愿意为我再版，并嘱我写上几句话。

有旧版的读者可以发现，这一版的篇目顺序做了调整，大致按主题做了一下分类，这是编辑老师给出的建议，我觉得很好，就采纳了。

这一版还新增了几篇文章，仍然出自我的微信公众号。其余部分的内容，除了一些个别文字的更正和极少几处表述的增删之外，一仍其旧。

这几年我的微信公众号几乎处于僵尸状态，一方面当然是因为懒惰，另一方面则源于我患得患失的心理。我看到有豆友评论该书，说里面蛮多篇结尾都戛然而止，不免让人有些遗憾。其实也早有同事和朋友告诫我，让我不要把那些宝贵的想法浪费在公号文这么不严肃的写作上，要写大论文，大文章，做严格的学术。说实话，我的文章肯定存在这样那样的问题，但我内心里却并不完全认可这些说法，我不认为文章非要写得那么长（比如现在的刊物或会议论文一般都要求 10000－12000 字以上），也不认为学术论文就一定要写得正经八百，甚至面目可憎。只是我不得不承认，这些意见到底还是让我产生了一些犹豫，加上无法摆脱的一些现实考量（比如，写作这样的文章其实也很耗神，却不能为我挣到一点"工分"），写作的热情自然就大打折扣了。

  我一直认为自己在学术上很业余，这绝非自谦，而是出于起码的自知。但当下的学术写作确也让人困惑，让我有些无所适从。不过我不打算在这里多说什么，我只希望能够找回写作的乐趣，多写一点我想写的东西，而无论学术与否。

邱晓林

2024 年 4 月于川大与文里